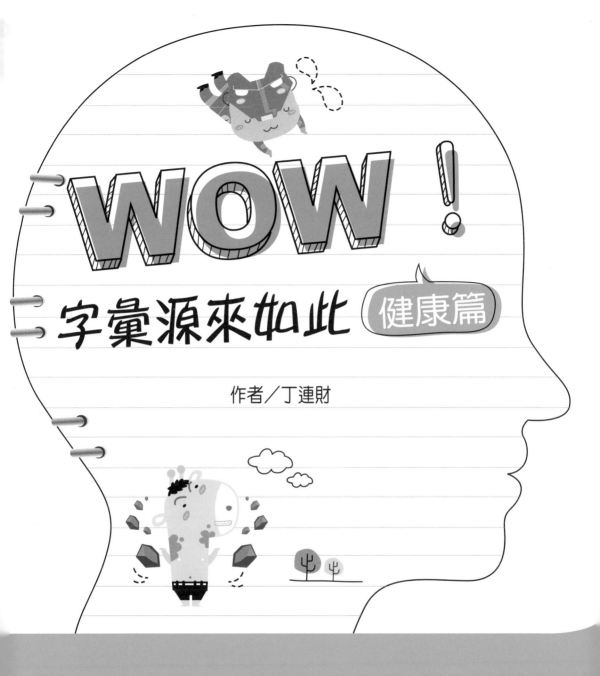

WOW！
字彙源來如此 健康篇

作者／丁連財

書泉出版社 印行

01. 與健康有關的字彙包括哪些領域？好像一般字典都查不到？

健康相關字彙包含衛生與營養、身體器官部位組織與功能、身心狀態病癥與疾病、醫療與照護等領域。

如果是 face, eye, nose, mouth, ear, neck, shoulder, hand, leg, foot, skin, head, chest, hip, bone, knee, stomach, heart, liver, kidney, sick, ill, patient, ache, pain, flu, tumor, cancer, doctor, nurse, clinic, hospital, surgery, operation, medicine, drug 等簡易字彙(在英語系國家和香港與新加坡屬於幼稚園到小二程度)，包括紙本與網路在內的一般字典一定查得到。

若是字母比較多(形)、發音比較難(音)、意思比較專門(義)的字彙，在一般字典就比較少，或根本沒有收列進去；這時就必須仰賴收列字數與詞條比較多的字典，或是醫學專業字詞典。以下幾個就是例子(字源提示：G = Greek希臘文，L = Latin拉丁文，G & L希臘文與拉丁文)：

hyperglycemia = hyper(過多，G) + glyc(糖，G) + em(血，G) + ia(疾病、病症，G&L) = 血糖過高、高血糖症

hypochlorhydria = hypo(過少，G) + chlor(氯、綠，G) + hydr(水，G) + ia(疾病、病症，G & L) = 綠色水過少、胃酸不足

esophagitis = eso(裡面，G) + phag(食、嗜、吃，G) + itis(發炎，G) = 食道炎

gastrectomy = gastr(胃，G) + ec(出去、外面，G) + tomy(切、切開，G) = 胃切除

melanocarcinoma = melano(黑，G) + carcin(o)(癌，G) + oma(腫瘤，G) = 黑素細胞癌、惡性黑素細胞瘤

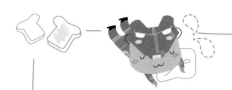

tetracycline = tetra(四，G) + cycl(ic)(環狀的，G&L) + ine(具某種化學屬性之物，L) = 四環素

sanatorium = sanat(健康，L) + orium(場所、處所，L) = 療養院

acupuncture = acu(尖、針，L) + punct(刺、戳，L) + ure(動作、過程，L) = 針療、針灸

malignant = mal(不良、惡質、壞，L) + ign(活動、進行，L) + ant(處於某種狀態的、產生某種作用的) = 惡性的

這些字看似艱澀難記，但經過拆解之後一目瞭然，容易判讀，而且只要把某個組合形式(combining form，字首字根字尾都有可能)替換，就可多出很多單字。譬如上述的gastrectomy(胃切除)，只要把gastr(胃)換成hepat(肝)、neur(神經)、vas(輸精管)、mast(乳房)、prostate(前列腺)、orchi(睪丸)等其他器官組織部位，就出現肝切除、神經切除、輸精管切除等新字彙。如果把這些新記下的組合形式拿來和melanocarcinoma(黑素細胞癌)的melano替換，又可以得出肝癌、乳癌、睪丸癌等新字彙。

02. 我們根本不是醫師、醫事技術人員或護士，也沒有要就讀醫學系、藥劑系、護理系、食品營養系，何必認識這些字彙？

臺灣西式醫院的病歷都是用英文記載的，部分人士要求病歷中文化的呼籲已經存在多年，但是沒有太多的正面回應；其原因之一就是以科學為基礎的現代醫學源自西方，而醫生的養成訓練也都使用大量的英文。再說，隨著醫學的發達與進步，會有更多的技術、療法、器材、藥物出現，一堆新字新詞還是會依據英文的造字原則湧現。曾經到過大醫院牙科或其他科別就診者，若聽到兩位以上醫師或護理人員在談論病情，幾乎都是英文用字用語，是很平常的事。

很多人認為這一類字彙是醫學與醫事專業人士才需要的，一般人沒有必要知道。其實在英、美、加、澳、紐、香港、新加坡的小學到中學，還有北京、上海、東京、首爾的前段班中學，在衛生教育、健康教育中，就有一定數量的這一類字彙，其情況就和他們中學的公民課程有一定數量的政治、法律、財經等學科字彙是一樣的。要立足世界與他國競爭，就是要培養現代國民與世界公民，使人們認識並改善自己與他人、認識並改善國家與社會、認識並改善地球與世界。有助自己與他人身心健康的知識，是每個人都需要的，而在英語文教育中吸收一定數量與該領域相關的字彙與概念，也是必要的。

對這一類字彙望而生畏的原因是：好像都很長而很難記憶。其實若破解英文的造字原則，就會發現原來沒有想像中困難，而且只要願意下功夫背下數十個字首、上百個字根、數十個字尾，經過排列組合，可得出的字彙量就以成千成萬計算，效果極為顯著，非常有效率，而且比較記得牢。

背一個算一個的傳統學習方式，是極其愚昧而毫無成果與效率可言的白痴字彙學習法。如果改採英美小學高年級與中學生都在運用的組合形式串聯法，可使學習達到很高的效率，而且收穫非常豐盛，這才是聰明字彙記憶法。

03. 以現實觀點而論，學這些有助考試嗎？

是否對考試有幫助，視參加何種考試而定。若是參加臺灣的高中或大學入學測驗，就完全沒有幫助，因為臺灣學生所學所考的英文在歸類上屬於很低層次的英文，根本不是 Content Area(學科內涵知識)的英文。若是參加臺灣的全民英檢，則在中高級與高級考試上就會發現妙用，至於初級與中級則不需要。

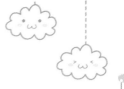

在臺灣就讀醫學(包括獸醫)與醫事科系的學生，大半在入學不久就被一大堆「望之儼然」的字彙嚇壞了，在老師或學長的提點之下，才開始接觸聰明字彙記憶法，用字首字根字尾排列組合去學習。如果在入學前就能掌握這種訣竅，那些字彙就很容易記住，大學生活想必就愉快多了。

臺灣最好的大學，在世界排名上遠遠落後東京、香港、新加坡、首爾、北京的最佳大學，原因很多，其一就是國際化程度偏低，從學生到教授的英語文程度與知識廣度、深度、高度、精度，在面對全球化的競爭時，仍有相當的改善空間。因此，有愈來愈多的優秀高中畢業生，選擇直接到外國比較優良的大學就讀。然而，美國的中學學測(Scholastic Aptitude Test, Scholastic Assessment Test, SAT)與托福語言能力測驗(Test of English as a Foreign Language, TOEFL)，還有英國的中學學測(Advanced Level General Certificate of Education, A-Level)與雅思語言能力測驗(International English Language Testing System, IELTS)，考試的範圍是無限的，一定要各學科的知識紮實，而且英語文程度極優，才能夠爭取高分，取得美國Top 10 或英國Top 5大學的入學機會。如果知識不夠紮實，而且英語文程度未臻理想，勉強申請到學校，只是花錢幫美國、英國或其他英語系國家拚經濟而已。

為考試而讀書雖然是個動力源頭，卻不理想，因為辛苦所讀的東西常常在考試後就被遺忘。讀書更高的動力與理想，是認識自己、提升自己、了解世界改善世界，實現理想而使人生豐富璀璨，使更多人獲益，使這個世界因為你的存在而有了不同。如果讀書可以讀出樂趣，掌握學習方法之後，腦部就會成為連線速度特優的internet，幫助你去建構知識與學問的金字塔，既廣博又高深，整個心智活動範圍(noosphere)變得多樣繽紛卻還是具有深度與精緻度。

中國傳統科舉制度中，極高比例的士子讀書是為考試，考試是為當官，當官是為汙錢，所學拋諸腦後，害人害己。現代不少人取得高學位，在政府、學界、業界任職，但其表現卻有很多需要改進之處，原因之一就是當初可能只是志在取得學位鍍金，而對學識沒有真正的興趣。

04. 什麼是學科內涵知識(Content Area)的英文？有那麼重要嗎？

臺灣學子在面對國際的英語文測驗的困難很多，首先就是字彙量太低，而且在學科內涵知識的字彙方面尤其不足。所謂的學科內涵知識英文就是與社會(歷史、地理、公民與社會、政治法律與商業財經)、健康(身體功能與疾病、醫療與護理、運動與體育)、自然(生物、物理、化學、地球科學)、藝術(音樂、美術、藝術生活)、生活(家政、生活科技、資訊科技)等相關的英文，可以簡稱為知識英文。

以下字彙例子是英語系國家、香港、新加坡的小學到中學，以及北京、上海、東京、首爾的前段班中學，都會接觸到的字彙。我們可能要到特定學院科系的大學部甚至研究所，才知道這些字彙，而且只要是非特定科系者，可能幾乎都不會知道。臺灣的高中課本當中，有部分學科在書末附有用語的英漢對照，這是一項進步；但是如果和北京與上海幾家前段班的中學相比較，臺灣還是落後了，因為他們早已經採用英國牛津大學出版社出版的中學科學、生物、物理、化學、數學、商務等教材，而且在2000-2001年間就雙語化了。並非每一個學生都要接受這種國際化、全球化的教育，但是臺灣資質優秀的菁英學生，若因為教育當局的缺乏見識，而失去與世界比高下的機會，就很可惜了。

photosynthesis = photo(光) + syn(共同、一起) + the(擺放) + sis(變化、過程) = 光合作用(自然、植物)

noctiflorous = nocti(夜晚) + flor(花) + ous(具某種特性的) = 夜間開花的(自然、植物)

tetragynous = tetra(四) + gyn (女、雌性) + ous(具某種特性的) = 四雌蕊的(自然、植物)

pentaphyllous = penta(五) + phyll(葉子) + ous(具某種特性的) = 五葉的(自然、植物)

arthropod = arthro(關節) + pod(腳、足) = 節肢動物(自然、動物)

carnivorous = carni(肉) + vor(食、吃) + ous(具某種特性的) = 肉食的(自然、動物)

antidepressionant = anti(對抗、抵擋) + de(往下) + press(壓) + ion(現象、結果) + ant(人或物、藥劑) = 抗憂鬱症藥物(健康教育、衛生教育)

depression = de(往下) + press(壓) + ion(現象、結果) = 抑鬱、憂鬱(健康教育、衛生教育)，窪地(社會、地理)，低氣壓(自然、地球科學)，蕭條、大衰退(社會、經濟)

dyspepsia = dys(困難、障礙) + peps(消化) + ia(狀態、病癥、疾病) = 消化不良(健康教育、衛生教育)

tachycardia = tachy(快速) + card(心臟) + ia(狀態、病癥、疾病) = 心搏太快(健康教育、衛生教育)

hyperbole = hyper(過度) + bole(拋擲) = 誇張表達法(語文、作文、演講)

euphemism = eu(美善、優良) + phem(言說) + ism(信仰、主張、思想、主義、作為、語言特質) = 委婉表達法、委婉語(語文、作文、演講)

prefix = pre(先、前) + fix(黏貼、固定) = 字首、前綴(語文、造字)

multilingual = multi(多) + lingu(舌頭、語言) + al(具某種特性的) = 會講多種語言的(語文、口說)

anthology = antho(花、精華) + logy(集合) = 精選集、文選(語文、閱讀)

semi-presidential government = 半總統制政府、雙首長制(社會、公民、政治)

segregation = se(分開) + greg(群) + ate(產生、形成) + ion(現象、結果) = 種族隔離(社會、公民、政治)

litigation = lit(法律) + ig(進行、動起來) + ate(產生、形成) + ion(現象、結果) = 打官司、訴訟(社會、公民、法律)

monopsony = mono(單一、一) + opsony(買) = 獨買、買方獨家壟斷(社會、公民、經濟)

millennium = mill(千) + enn(年) + ium(時期、期間) = 千年(社會、歷史)

paleolithic = paleo(古代、老舊) + lith(石頭) + ic(具某種特徵的、與某種事務有關的) = 舊石器的(社會、歷史)

contiguous = con(一起、共同) + tig(接觸、碰觸) + uous(具某種特性的) = 毗鄰的、共有國界的(社會、地理)

assimilation = as(針對) + simil(類似、趨同) + ate(產生、形成) + ion(現象、結果) = 同化(社會、文化)

omniscient = omni(完全、普遍) + sci(知道) + ent(具某種性質的、有某種動作的) = 全知的、無所不知的(社會、宗教)

kilogram = kilo(千) + gram(公克) = 千克 = 公斤(數學、度量單位)

milliliter = milli(千分之一) + liter(公升) = 毫升(數學、度量單位)

nanometer = nano(十億分之一) + meter(公尺) = 奈米(數學、度量單位)

trigonometry = tri(三角) + gon(o)(角) + metry(度量、測量) = 三角函數(數學、幾何)

equilateral = equi(相等、平均) + later(邊) + al(具有某種特性的,具有某種特性之物) = 等邊的、等邊形(數學、幾何)

05. 有哪些相關書籍與工具書可以幫助大家把英文字彙學好？

以一般字彙和英文的學習而言，下列六本國際名牌字典最好至少擁有其二或三，臺灣有出版公司代理進口，可上網查詢。若無法閱讀英文版，建議優先添購英漢版，而且要找最新版本。這些王牌字典對一個字在不同脈絡中有不同意思的解釋簡單明瞭，有助大家打好基礎。然而，其收納的字彙量不足以應付大學以上的需求，而且沒有附上字源(etymology)的說明：

Macmillan English Dictionary for Advanced Learners(麥克米倫)
Longman Dictionary of Contemporary English(朗文)
Oxford Advanced Learner's Dictionary(牛津)
Cambridge Advanced Learner's Dictionary(劍橋)
Collins COBUILD Advanced Learner's English Dictionary(柯伯)
Merriam-Webster's Advanced Learner's English Dictionary(韋氏)

隨著學習層次提高，必須添購更大的字典，以下五本辭書所收納的字彙量豐富，而且附有字源的說明，有助大家把較長、較難的字彙拆解為字首、字根、字尾，方便記憶與學習。網路上的Wiktionary是免費的，收納的字彙很多，而且附有字源的說明。如果無法閱讀英文本，建議優先購置英漢大辭典(繁體字版，東華)(簡體字版，上海譯文出版社)，而且要大字聖經紙版，以免字體過小：

英漢大辭典(東華)
Merriam-Webster's Collegiate Dictionary(韋氏)
The American Heritage College Dictionary(美國文粹)
Random House Webster's Unabridged Dictionary(蘭登)
Oxford English Dictionary(套書，牛津)

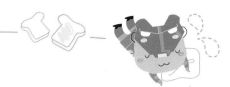

以下六本是增進字彙量的書籍，對於字首、字根、字尾有做基本介紹，臺灣有出版公司或網路書店代理進口其中幾本，可上網查詢。如果擔心分量太重，建議從The Least You Should Know about Vocabulary Building開始：

The Least You Should Know about Vocabulary Building
The Joy of Vocabulary
Building Vocabulary for College
Programed College Vocabulary 3600
Quick Vocabulary Power
Word Power Made Easy

以下五本可供查閱英文字源，臺灣有出版公司或網路書店代理進口其中幾本，可上網查詢：

The Oxford Dictionary of English Etymology
Dictionary of Word Origins
Dictionary of Word Roots and Combining Forms
Word Origins and How We Know Them: Etymology for Everyone
English Etymologies

以下六本可供查閱英文外來語，臺灣有出版公司或網路書店代理進口其中幾本，可上網查詢：

English Words from Latin and Greek Elements
Latin for the Illiterate
Latin Dictionary Plus Grammar
拉丁語和希臘語(簡體字版，外研社)

Dictionary of Foreign Words and Phrases
Dictionary of Foreign Terms and Phrases

06. 有哪些相關書籍與工具書和健康類與醫學類的字彙直接相關？

英文與拉丁文醫學詞彙入門(合記)
藥學拉丁語(簡體字版，學苑)
朗文實用醫學辭典(朗文)
華杏簡明醫學辭典(華杏)
英漢醫學詞典(簡體字版，世界圖書)
Dorland's Illustrated Medical Dictionary
Webster's New World Medical Dictionary
Medical Terminology For Dummies
Stedman's Medical Dictionary for the Health Professions and Nursing

07. 除了字首、字根、字尾的基本功之外，還有更進一步的訣竅嗎？

英文和很多的歐洲語文都是拼音文字，字形與發音之間有基本的關聯與規則，務必達到「記得聲音就寫得出，而且寫得出就會發音」的「形音結合」基礎能力，即使無法完全拼對，也要達到近似，電腦的文書軟體才能夠協助找出正確的字。

「形音結合」之外，加上字源、字首、字根、字尾的破解與排列組合功夫，則有助「形音義結合」與記憶，達到更高段的字彙能力。不過，就像電腦檔案要分類一樣，人腦中要記憶思考的材料也要分類，才可以方便搜尋、增進效率。因此，在字源、字首、字根、字尾這種「聰明記憶法」取代傳統徒勞亂背硬記的「白痴記憶法」之後，還可以再升級成為「智慧記

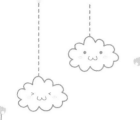

憶法」，這就是除了把單字拆解出字首、字根、字尾之外，還要把字彙分類，進行「群組記憶法」。

字彙分類的群組可以按學科，譬如醫學、生物、化學、物理、資訊、政治、外交國際關係、法律、經濟、金融、商業、文學、史學、人類學、考古學、哲學、神學、宗教、音樂、美術、工藝、影視娛樂、休閒旅遊、體育運動等。即使是醫學，還可以依據人體系統或人的生老病死或醫院診療科別進一步分類。

只有字首、字根、字尾，卻沒有字彙分類，還是太繁雜；只有字彙分類，卻無法帶入字首、字根、字尾，還是難以記憶；唯有兩者結合，才是最有效的，也就是「聰明記憶法」＋「群組記憶法」＝「智慧記憶法」。

本書是依「智慧記憶法」的原則撰述，後續的人文、社會、科學、生物等篇也是如此。若以醫學字彙而言，可以按照主題分類，譬如：「性與生殖育兒」、「成長與老死」、「養生與保健」、「疾病與醫療」等(比較適合非醫事專業卻有興趣增進這類字彙者)；也可以用專業分類為「器官組織部位」、「官能與功能」、「症狀與疾病」、「療法與手術」等(比較適合醫事專業者)。不管如何分類，只要把相關的字首字根字尾列出，就可以排列組合成千上萬的字彙了。以下僅列出部分供參考，更多而且更完整的內容，請詳見本書內文相關單元：

「器官組織部位」：
somat身體、軀體，derma皮膚，arthr關節，pod足、腳，manu、chiro手，genu膝，cervic頸、子宮頸，encephal腦，cephal頭部，pulm、pneumo肺，bronch支氣管，gastr胃，lapar腹部，colon 結腸，proct、rectum直腸，hepat肝臟，card心臟，nephr腎臟，chole膽， pancreat胰臟，uter子宮，vagin陰

道，orchid睪丸，lipo脂肪， neur神經，psych精神、心靈，stomato口腔，cheil、labia嘴唇、陰唇，odont、dent牙齒，gingiv牙齦，ling、gloss舌頭，oto耳朵，rhino鼻子，pharynx咽喉，osteo骨頭，myo肌肉

「官能與功能」：

geusia味覺，osmia嗅覺，acusia聽覺，aphia觸覺，opia視覺，stigmia聚焦，orexia食慾，thermia 體溫，esthesia感覺，pepsia 消化，pnea呼吸，chezia排泄

「症狀與疾病」：

a無、缺，eu良好、美好、順利，caco惡劣、壞，dys困難、障礙，para錯亂，hyper過多，hypo過少，tachy快速，brady緩慢，ia疾病或狀況，pathy疾病，sis疾病，itis發炎 ，oma瘤，sarcoma肉瘤，lymphoma淋巴瘤，carcinoma惡性腫瘤、癌，algia疼痛，megaly肥大，lith、lite結石，necrosis壞死，malacia軟化，porosis疏鬆，petrosis石化，sclerosis硬化，lepsy發作，rrhage流洩，plegia癱瘓，palsy麻痺，schisis裂開，stasis瘀滯，uria尿症，emia血症，emetia嘔吐，philia戀慾症，phobia恐懼症，mania狂躁症

「療法與手術」：

scope鏡，scopy鏡檢，graph、gram 圖、影、照相，plasty造型、整形，rrhaphy縫合，tomy切開，ectomy切除，centesis穿刺，pexy固定術，lig結紮，therap、therapeu治療、照顧、醫治，iatr治療、醫治

08. 在結合字首字根字尾造出單字時，為何明明是同一個字根或字首字尾，卻在拼法上有些微的差異呢？

英文是拼音語文，若字首字根字尾的接合不合發音原則，而致發音困難

時，會用添加或減縮字母的方式來活化處理。譬如：

a(無、缺) + geusia(味覺) = ageusia沒有味覺、失去味覺；但是若a(無、缺) + osmia(嗅覺) = aosmia沒有味覺、失去味覺，會因為接合處的 a 與 o 同為母音而發音困難，所以添加子音字母 n 製造一個音節，而變成 anosmia。因此，也可以乾脆把源自希臘文而代表「無、缺」的 a 寫成 a、an，而且註記為 a + 子音、an + 母音。

hypo(過少) + pepsia(消化) = hypopepsia消化功能不足、消化不良；但是若 hypo(過少) + acusia(聽覺) = hypoacusia聽覺不足、重聽，會因為接合處的 o 與 a 同為母音而發音困難，所以減縮母音字母 o，而變成 hypacusia。因此，也可以乾脆把源自希臘文而代表「過低、過少、不足」的 hypo 寫成 hypo、hyp，而且註記為 hypo + 子音、hyp + 母音。

gastr(胃) + itis(發炎) = gastritis胃炎；但是若gastr(胃) + scopy(鏡檢) = gastrscopy胃鏡檢，會因為接合處的 r 與 s 同為子因而發音困難，所以添加母音字母 o，而成為 gastroscopy。因此，也可以乾脆把源自希臘文而代表「胃」的 gastr 寫成 gastr、gastro，而且註記為 gastr + 母音、gastro + 子音。

另外，健康類與醫學類的字源幾乎都是來自希臘文與拉丁文，這兩種語文的「格」(case，主格、受格、所有格等)變化複雜，而其同一個字的格變化，可能會好幾個都被納入後來的歐洲語文中，以至於出現了基本字根和衍生字根的「字根群」，如果這種字根群又受到前述發音問題的影響，拼法就更多了。譬如：

dermatitis = dermat(皮膚) + itis(發炎) = 皮膚炎

dermatology = dermato(皮膚) + logy(研究、學科) = 皮膚學、皮膚科

dermoid = derm(皮膚、皮層) + oid(某種樣子的、某種形狀的) = 皮狀的

dermal = derm(皮膚、皮層) + al(具某種特質的) = 皮膚的

endoderm = endo(內部) + derm(皮膚、皮層) = 內胚層(生物學)

endodermis = endo(內部) + dermis(皮膚、皮層) = 內皮層(植物學)

epidermis = epi(表面上) + dermis(皮膚、皮層) = 表皮

erythroderma = erythro(紅) + derma(皮膚、皮膚病) = 紅皮病

因此，可以把 derm、derma、dermat、dermato、dermis 通通列為 skin(皮、皮膚、皮層)的字源線索。

本書在每一單元開頭所列的「字源線索」中的「字綴與組合形式」，皆本諸此一原則羅列，以方便讀者學習。

此外，英文在各領域都有所謂的「混合字」(blend, portmanteau word)，譬如 breakfast(早餐) + lunch(午餐) = brunch早午餐；這種接合方式，通常在註記上會變成br(eakfast) + (l)unch = brunch，表示( )當中的字母被略去了。其他例子：

sm(oke)(煙) + (f)og(霧) = smog煙霧

L(in)(林書豪) + insanity(瘋) = Linsanity林來瘋

Wiki(維基) + (encyclo)pedia(百科全書) = Wikipedia維基百科

Chin(ese)(中文、中國的) + (En)glish(英文) = Chinglish中式英文

在健康類與醫學類的字彙也有這種混合字。譬如：

der(ma)(皮膚) + malaxia(軟化) = dermalaxia皮膚軟化

Achill(es) (tendon)(阿基里斯腱、跟腱) + odynia(痛) = Achillodynia跟腱痛

nutr(ition)(營養) + (pharm)aceutical(藥物) = nutraceutical營養藥物

emerg(ency)(緊急) + center(中心) = emergicenter急救中心(母音 i 是因為接合處的 g 與 c 都是子音而添加,以利發音)

01

性與生殖育兒

字源線索

★ 英文	★ 中文	★ 字綴與組合形式
life ; alive	生命、活著的	vi ; vita ; viv ; viva ; vivi
bear ; produce ; carry ; bring	生育、生產、懷孕、帶著	fer ; fert
bloom ; swell ; teem	成胚、茂盛、鼓脹、充滿	bry ; bryo ; bryon ; bryoni
fetus ; brood ; hatch	胎兒、幼苗、孵化	fet ; feti ; feto ; foet ; foeto
fetus membrane	羊膜(胎兒外膜)	amnio ; amnion
bear ; beget ; childbirth	生產、生小孩	toc ; toco ; tok ; toko
loaden ; laden ; pregnant	負重的、滿載的、妊娠的、懷孕的	gravid ; gravido
bear ; produce ; impregnate ; bring	生育、產生、妊娠、帶著	ger ; ges ; gest
bear ; deliver	生育、分娩	par ; pare ; per
give birth ; separate	生小孩、分出	part ; parturi
to be born ; appear ; rise	生出、出現、上來、上升	or ; ori
birth ; born ; tribe	誕生、生成、部族	gna ; nasc ; nat

★ 英文	★ 中文	★ 字綴與組合形式
origin ; beget ; sex ; kind ; race	源、生、性、類、族	gen ; gene ; geno
sex ; beget ; race	性、生、族	gener ; genit
unable to speak ; baby	不會說話、嬰兒	infan
say ; speak ; talk	說、講、談	fa ; fam ; fan ; fat ; fess
infant ; newborn	嬰兒、新生兒	nepi ; nepio
boy ; child	男嬰、孩童	puer
offspring ; child	後裔、子孫	prol ; proli
monster ; abnormal	畸形、畸胎、怪胎、異常	terat ; terato
maimed ; crippled ; deformed	傷殘的、有缺陷的、畸形的	pero
womb	子宮	hyster ; hystero ; metr ; metro ; uter ; utero
ovary	卵巢	oophor ; oophoro ; ovar ; ovari
breast	乳房	mamil ; mamm ; mammi ; mammoi ; mast ; masto
milk	乳、奶	galact ; galacto ; lact ; lacti ; lacto

★ 英文	★ 中文	★ 字綴與組合形式
egg	卵、蛋	ov ; ovi ; ovo
bowl ; bucket ; lamb	碗鉢、水桶、羔羊	amnio ; amnion
vagina ; sheath	陰道、鞘、屄、肉孔	colp ; colpo ; vagin ; vagino
hollow ; belly ; cavity	腔、腹、孔	cel ; cele ; celeo ; celi ; celio ; cell
hollow ; belly ; cavity	房、穴、室	coel ; coele ; coeli ; coelio ; coelo
belly	腹、室	abdomin ; abdomino ; abdomen ; ventr ; ventri ; ventro
throw ; send ; hurl ; spurt	拋、射、擲、噴	jac ; jacu ; ject ; jet
seed ; sow	種子、播種、精液、精子	semen ; semeni ; semeno ; semin ; semini ; semino
seed ; sow	種子、播種、精液、精子	sperm ; sperma ; spermato
straight ; right ; rule	挺直、擺正、治理	rect ; recti
move ; go ; make	動作、進行、去做	it ; ig
seize ; hold	抓住、握住、容納	cap ; capt ; ceipt ; ceive ; cept ; cip ; cipi

性與生殖育兒

 英文	⭐ 中文	⭐ 字綴與組合形式
lie ; lie down ; lie asleep	躺臥、躺下、躺睡	cub ; cubi ; cubit ; cumb
position ; location ; place	位置、所在、地點	top ; topo
late ; later	晚、遲、較晚、較慢、晚年、老來	ops ; opsi
inquiry ; request ; ask ; propose	詢問、要求、請求	rog ; roga
stand ; stay	站著、積滯、待著	sist ; sta ; stac ; stas ; stasi ; staso
stand ; put ; fix ; firm	立著、擺放、堅定	stat ; statute ; stet ; stitute
unfaithful	不忠實	couc ; coucou ; cuck ; cuckoo ; cucul
crazy ; cuckoo	瘋癲、杜鵑鳥、布穀鳥	couc ; coucou ; cuck ; cuckoo ; cucul

性與生殖育兒

①	infertile	_____	不孕的
②	erect	_____	勃起
③	coitus	_____	行房
④	contraceptive	_____	避孕藥
⑤	fetoplacental	_____	關於胎兒胎盤的
⑥	gravid	_____	妊娠的
⑦	puerpera	_____	產婦
⑧	impregnate	_____	使受孕
⑨	neonate	_____	新生兒
⑩	ectopia	_____	子宮外孕
⑪	genitals	_____	生殖器
⑫	viviparous	_____	胎生的
⑬	infant	_____	嬰兒
⑭	obstetrix	_____	助產婆
⑮	dystocia	_____	難產

1. **infertile＝in字首(不、無、非)+fert+ile形容詞字尾(屬於…的、有…性質的)＝不受精的、不孕的、不生育的、不肥沃的、貧瘠的。**

     延伸記憶. infertility 不孕狀態、不育，fertile能生的、肥田的、豐饒的，fertility生育力、繁殖力、肥沃度，fertility drug排卵藥，fertility rate生育率，fertilize＝fertilise使受精、使受孕、使變肥沃、使變豐饒，fertilizer＝fertiliser肥料、受精媒介物，in vitro fertilisation＝in vitro fertilization＝IVF 人工受精、人工受孕、玻璃試管內的精卵結合(vitro＝glass玻璃試管)；sterile貧瘠的、不孕的，puerile孩子氣的，senile衰老的，juvenile年輕的，nubile適婚的，saxatile岩生的、生長於岩石間的，anile老嫗的、老太婆的

2. **erect＝e字首(出、外)+rect＝直直出來、直立、勃起、建立、架設，直立的、堅挺的、勃起的。**

     延伸記憶. erectile勃起的、可豎立的、可建立的，erectile dysfunction勃起功能障礙、陽痿，erection勃起、豎立、建立、裝好，Homo erectus直立人、人屬直立人種，Homo erectus pekinensis北京猿人，Pithecanthropus erectus直立猿人(體質人類學、生物學演化論用語)，rectum直腸，rectangle矩形、長方形、有直角的形，rectangular有直角的、長方形的、矩形的；rectify糾正、矯正、修訂，rectitude正直、耿直，rectitudinous品格端正的，rectilinear直線的、垂直線條的

     報馬仔. 直角且四邊等長之形為square正方形。

     報馬仔. 勃起功能障礙只是性無能的一種，另一種情況是premature ejaculation時機過早的射精、早發性射精、早洩；impotence＝im字首(否、非、無)+pot(能力、力量)+ence名詞字尾(性質、狀態、行為)＝性無能。

3. **coitus＝co字首(與、和、共同、相互、一起)+it+us名詞字尾(行為、東西、物體、時間、處所)＝一起去、合體、交會、行房、房事、性交、交媾。**

 coition＝coitus性交，coital性交的，coital headache性交頭痛症，coital fantasy性交幻想、性交想像，coital exanthema性媾疹、外陰部溼疹，coitalgia＝coital pain交媾疼痛，coitus incompletes(拉丁文)＝incomplete coitus未完成的性交，coitus interruptus＝interrupted coitus＝pull-out method中斷式性交、體外射精，coitus reservatus＝reserved coitus保留式性交、含蓄式性交、不射精的性交，coitophilia性交愛戀，coitomania性交狂躁，coitophobia性交恐懼；thalamus丘腦，Ailanthus臭椿屬植物，apparatus器具、工具、機構、機關團體，cactus仙人掌，impetus動力、推入的大力氣，quietus解脫、寂滅、生命終止、償清

 人類文獻中首位以性交中斷方式避孕的人就是Onan俄南，因而onanism＝onan+ism「俄南做法、俄南行為」，也可代表中斷式性交coitus interruptus，其故事請見聖經創世紀第三十八章。另外，俄南的體外射精行為也被延伸意指手淫或自慰masturbation。

4. **contraceptive**＝contra字首(反對、相反)+cept+ive名詞字尾(有…性質的的物品、有…傾向的東西、屬於…的藥劑)、形容詞字尾(有…性質的、有…傾向的、屬於…的)＝**不讓精卵抓在一起的東西、避孕藥、避孕裝置，避孕的、避孕作用的、節育的。**

 contracept避孕、節育，contraception避孕作法、節育作為，concept概念、觀念，conception概念、觀念、懷孕、胎兒，conception control節育、避孕、懷胎節制，conceptus孕體，incept抓入、攝取，except抓出去、不放一起、例外、除外，accept接受，intercept在當中抓取、攔截；conceive精卵完全抓在一起、懷孕、成孕、各種想法容納在一起、構思、構想、設想，preconceive預先構想，misconceive構思錯誤、想錯了、錯誤理解，deceive錯誤接受、受騙，receive抓回、取回、收受，perceive完全抓到、領悟、體會、體察，apperceive借助過去的經驗理解新的知覺對象

 permanent conception control永久避孕、永久節育，方法有vasectomy＝vas+ec+tomy輸精管切除、tubal ligation輸卵管結紮。

5. **fetoplacental** ＝ feto＋placenta(胎盤、胎座)＋al形容詞字尾(屬於…的)＝關於胎兒胎盤的、與胎兒胎盤相關的。

延伸記憶．fetometry胎兒測量、胎兒身體與頭圍尺寸等的測量，fetopathy胎兒病變，fetoscope胎兒鏡，fetoscopy胎兒鏡檢，fetotoxicity胎毒、傷害或害死胎兒的毒素；fetus胎兒，fetal胎兒的，fetal viability胎兒存活力，fetation妊娠、受孕、胎兒發育；feticulture胎兒栽培、胎教，feticide殺胎兒、墮胎，fetiferous產胎兒的、生兒育女的；placenta 胎盤，placental胎盤的，Placentalia有胎盤類、胎盤動物，placentitis胎盤炎，placentoma胎盤瘤

6. **gravid** ＝ grav(重量、重力、負荷)＋id形容詞字尾(具有…性質的、如…的)、名詞字尾(具有…性質的人者物、動植物類別)＝**妊娠的、懷孕的。**

延伸記憶．gravid uterus懷孕的子宮，gravid female懷孕婦女，gravida孕婦，gravidas ＝gravidae孕婦(複數)，gravidic妊娠期的、懷孕期的、孕婦相關的，graviditas＝gravidity妊娠、受孕，gravidism妊娠現象，gravidarum孕婦的、妊娠的，nausea gravidarum妊娠期噁心，hyperemesis gravidarum妊娠劇吐，striae gravidarum＝stretch marks妊娠紋，ingravidate使懷孕、使受孕、使成孕；liquid液態的、液體，fluid流動的、流質，rapid快速的、急流、急湍，hispid有硬毛的、多剛毛的，orchid＝Orchidaceae蘭科植物，delphinid ＝Delphinidae 海豚科動物，tyrannosaurid＝Tyrannosauridae暴龍科動物

報馬仔．與《Wow！字彙源來如此－生活篇》的○一單元的數字與數目組合，可得出很多新字彙：nulligravida零孕婦、未孕婦、從未懷孕的婦女，primigravida初孕婦、首次懷孕婦，unigravida一次懷孕婦，secondigravida再次懷孕婦，tertigravida三次懷孕婦，quartigravida四次懷孕婦，quintigravida五次懷孕婦，sextigravida六次懷孕婦，septigravida七次懷孕婦，octigravida八次懷孕婦，nonigravida九次懷孕婦，decigravida十次懷孕婦，multigravida再孕婦、二次以上次數懷孕婦。

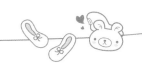

7. **puerpera**＝puer+per(生育)+a名詞字尾(陰性單數字尾、女人、女性、雌性)＝**生育孩童的女人、產婦。**

puerperal產婦的、產褥期的、分娩的、產後的，puerperal infection產褥感染，puerperal psychosis產後精神病、產後的憂鬱或精神分裂等精神失序現象，puerperal sepsis產褥敗血症、產後膿毒症，puerperal convultion＝puerperal eclampsia產婦痙攣、子癇症，puerperium產褥期、分娩期、產後期，puerperalism產褥病；puerile童稚的、幼稚的、像小孩子似的，pueri-culture育兒、胎兒保健、子女栽培，puerilism幼稚、幼稚表現、成人的童狀痴呆症，puerility幼稚期(嬰兒期與青春期中間的階段)

幼稚期指男孩七到十四歲或女孩七到十二歲期間，但由於飲食習慣的改變，還有性知識的傳播普及，現在兒童有早熟現象，故幼稚期的年齡可能要下修。

8. **impregnate**＝im字首(向內、入)+pre字首(前、預先、先於)+gna+ate動詞字尾(做、從事、進行、造成、使之成為)、形容詞字尾(有…性質的、如…形狀的)＝**使進入生小孩之前的階段、使懷孕、使受孕、使充滿、注入生產劑、灌入生產液、浸漬生產液，懷孕的、受精的、浸漬的。**

impregnable＝impregnatable可懷孕的、可受精的，impregnation懷孕、受精、浸漬、注入，pregnant早於生產的、懷孕的、妊娠的、滿盈的、豐饒的，pregnancy＝pregnance生產之前的時期、懷孕期、妊娠期、懷孕，extrauterine pregnancy＝extrauterine gestation＝eccyesis子宮外孕，ovarian pregnancy卵巢妊娠，tubal pregnancy＝Fallopian pregnancy輸卵管妊娠，pseudopregnancy＝false pregnancy假性懷孕、精神性假妊娠，adolescent pregnancy青少女懷孕、未成年懷孕

impregnable另一個意思字源完全不同：im字首(不、非、無)+pregn(攻占、奪取)+able形容詞字尾(能夠…的、有…能力的)＝固若金湯的、無法攻克的、顛撲不破的。

 輸卵管是義大利解剖學家Gabriello Fallopio發現的，故以姓氏的形容詞字形Fallopian稱呼輸卵管為Fallopian tube，亦有音譯為法婁皮歐氏管。

9. **neonate**＝neo字首(新的、新型的、晚近的)+nat+e名詞字尾(人、物、者)＝**新生兒**。

 neonatal新生兒的、新生期的，neonatologist新生兒科醫師，natal出生時的、出生的、生兒育女的、分娩的，prenatal產前的，prenatal development產前發育、受精卵成長為胎兒出生前的過程，prenatal diagnosis 產前診斷、針對胎兒是否有異常或遺傳疾病進行的診斷檢驗，postnatal產後的，postnatal recuperation產後恢復、坐月子，perinatal圍產期的、環產期的、生產前前後後的，intranatal生產之際的、生產過程中的，natality出生、出生率，natalism獎勵生育政策、獎勵生育的作法，natalist鼓吹獎勵生育政策者，native出生的、土生土長的、本地的，nativity出生、誕生，nativity play耶穌誕生劇，nation出生一族、民族、國民，nature生出的特質、本質、自然，natural天生的、自然的；neolithic新石器時代的，neophilia喜新癖、新奇嗜好，neoteric新式的、新近的

10. **ectopia**＝ec字首(出去、外部、外面)+top+ia名詞字尾(病症、狀態、地方、國家、地區、邦國)＝**位置外的病症、位置不正確的狀態、子宮外孕**。

 ectopic位置外的、位置不正確的、異位的，ectopic pregnancy＝ectopia位置外的懷孕、異位懷孕、子宮外孕，entopic位置內的懷孕、內位懷孕、正位的，entopic pregnancy內位懷孕、正位懷孕、子宮內孕，angiectopia管異位，adenectopia腺異位，arteriectopia動脈異位，phlebectopia靜脈異位，topical地方的、局部的、主題的；topoalgia局部痛，topography局部解剖、地形描繪、地形學，topognosis局部位置感覺，toponarcosis局部麻醉，isotope同位素

  011

 報馬仔．

Utopia烏托邦、不存在的好地方、空談的邦國、想像的理想國、桃花源，Eutopia美善的地方、理想之邦，dystopia爛地方、歹托邦、假想的負面邦國，cacotopia壞地方、爛邦、亂邦。

11. genitals = genit+al形容詞字尾(屬於…的、關於…的)、名詞字尾(具…特性之物、過程、狀態、活動)+s名詞字尾(人、者、物、複數) = **生殖器**。

 延伸記憶．

genitalia＝genitals生殖器，internal genitalia內生殖器，external genitalia外生殖器，genital＝genitalic＝genitalial生殖器的，genitality性交功能、生殖能力、生殖慾望，congenital生殖時就帶著的、天生的、先天的，genitoinfectious生殖感染的、性交傳播的、性病的；gene生殖因子、遺傳因子、基因，genome基因組、染色體組，genesis生殖、發生、起源、創造，genesiology生殖學，genesistasis生殖制止，genetic生殖的、起源的、遺傳的，genetics遺傳學，genetic engineering遺傳工程，generate生殖、產生、製作，genealogy家系、族譜、血統

 報馬仔．

西洋常見男子名Eugene、Eugène、Eugen、Eugenio、Eoghan，意思是「優生、好品種」；eugenics優生學、eugenic優生的、好品種的，eugenicist優生學家、優生倡導者。

12. viviparous = vivi字首(活著、生命)+par+ous形容詞字尾(有…性質的、屬於…的) = **生出活活生命的、分娩出活物的、胎生的**。

 延伸記憶．

viviparity胎生特性，viviparism胎生生殖，oviparous卵生的，ovoviviparous卵胎生的(例：蛇snake、蜥蜴lizard)，nulliparous＝nonparous未生過嬰兒的，uniparous分娩一次的、一胎產單胞的，biparous一胎雙胞的，multiparous經產的、二次或以上次數分娩的、一胎雙胞或以上胞數的，pluriparous一胎多胞的、一胎多子的，parent生育者、生產者、父親、母親、家長；parturient臨產的、產婦，parturifacient催產的、催產劑、催生藥，parturition分娩、生產；prepartum產前的，postpartum產後的，postpartum

depression 產後憂鬱症；vivid有活力的、活潑的、鮮活的，vivify使有活力、使活躍、恢復活力；vivacious生命力強的、活躍的、活潑的，vivacity活力、生命力、活躍性、活潑度，vivarium活物園、動植物園；revive復生、甦醒，survive活下來、存活

para＝par+a名詞字尾(陰性單數字尾、女人、女性、雌性)＝分娩婦、產婦；para與數目字組合可以得出很多新字彙：nullipara零產婦、未產婦、從未分娩的婦女，primipara初產婦、首次分娩婦，unipara一次分娩婦，secondipara再次分娩婦，tertipara三次分娩婦，quartipara四次分娩婦，quintipara五次分娩婦，sextipara六次分娩婦，septipara七次分娩婦，octipara八次分娩婦，nonipara九次分娩婦，decipara十次分娩婦，multipara經產婦、二次或以上次數分娩婦。

13. infant＝in字首(不、無、非)+fan+ant名詞字尾(人或物)、形容詞字尾(屬於⋯的)＝不語者、不會說話的人、嬰兒、幼兒、生手，嬰兒的、幼小的。

premature infant早產兒，postmature infant過熟兒，preterm infant足月前嬰兒，term infant足月嬰兒，post-term infant足月後嬰兒、過熟兒，infanticulture嬰兒栽培、育兒法，infant mortality嬰兒夭折率，infant school幼兒園，infantorium嬰兒醫院，infant prodigy神童，infant bed＝cot＝crib＝cradle嬰兒床，infant seat嬰兒座椅，infanticide殺嬰者，infancy嬰兒期、幼兒期，infantile幼稚的、孩子氣的、嬰兒期的、幼兒期的、初期的，infantile paralysis小兒麻痺症，infantilism嬰兒行為、嬰兒語言、幼稚病；informant線民、情報提供人，applicant申請者，accusant原告，coolant冷卻劑，pollutant汙染物

14. obstetrix＝ob字首(朝、向、針對)+stet+rix名詞字尾(女性、婦女、從事某行為的女性)＝向著產婦站著的女性、助產婆、接生婆。

obstetrician產科醫師，obstetrics產科、產科研究，obstetric＝obstetrical產科的、分娩的、產道的，obstetric care產科照護，obstetric anesthesia生產

麻醉，Gynaecology & Obstetrics＝Obstetrics and Gynaecology婦科與產科、產科與婦科、婦產科，veterinary obstetrics獸醫產科、動物產科，naturopathic obstetrics自然醫學產科、以按摩法和天然草本藥物照護且不施打麻醉不動手術的產科；fornicatrix行淫女子，narratrix女講述者，exterminatrix女終結者，interrogatrix女盤問者，dominatrix女霸主，curatrix博物館女館藏員

15. **dystocia＝dys字首(惡、爛、困難、不良、故障)+toc+ia名詞字尾(情況、狀態、病症)**
＝難產。

 dystocia＝dystokia難產，eutocia＝eutokia順產，bradytocia滯產、分娩延後，oxytocia快速分娩，oxytocic催產劑，arrhenotocous產男的、有產雄特點的，thelytocous產女的、有產雌特點的，atocia＝atokia女性不育、未經過生產，embryotocia胚胎產、墮胎，polytocia多胞胎產、一胎多子產，polytocous多胞胎產的；tocology＝midwifery＝obstetrics產科、助產學、接生研究，tocodynagraph子宮收縮力道描計器，tocomania生育狂、一直想要生小孩

 natural birth不需要醫學科技介入的生產、自然產，vaginal birth陰道產、傳統生產，Caesarean section剖腹產。

 identical twins同卵雙胞胎，fraternal twins異卵雙胞胎。

性與生殖育兒

拆字猜義

⑯	uterine _____	子宮的
⑰	incubator _____	保溫箱
⑱	teratogen _____	致畸物
⑲	inseminate _____	使受孕
⑳	perochirus _____	殘缺手畸胎
㉑	surrogate _____	替代的
㉒	opsipatria _____	老來得子女
㉓	ejaculate _____	射精
㉔	abortion _____	墮胎
㉕	embryo _____	胚胎
㉖	colpitis _____	陰道炎
㉗	amniocentesis _____	羊膜穿刺
㉘	proligerous _____	產後代的
㉙	galactophage _____	乳食者
㉚	cuckold _____	有不忠實妻子的男人

性與生殖育兒

16. uterine = uter+ine形容詞字尾(屬於…的、具有…的、如…的)=子宮的、同一子宮的、同母異父的。

 延伸記憶. uterine contraction子宮收縮，uterine brothers同子宮兄弟、同母異父兄弟，uterus子宮，uteritis子宮發炎，uteralgia＝uterodynia子宮痛，uterectomy子宮切除，intrauterine device(IUD)子宮內裝置、子宮內避孕器，periuterine子宮周圍的，vesicouterine膀胱子宮的，rectouterine直腸子宮的；uteroscope子宮鏡，uterocervical＝cervicouterine子宮頸的，uterovaginal子宮陰道的，uteroabdominal子宮腹的；Alpine阿爾卑斯山的、高聳的，asinine驢子的，equine馬的，ursine熊的，canine狗的，feline貓的

17. incubator = in字首(內、入)+cub+ator名詞字尾(做…工作的人或器物)=使躺在裡面的機器、保溫箱、恆溫箱、新生兒照護箱、孵化器。

 延伸記憶. incubate溫育、暖育、孵化、孵育、醞釀、潛伏，incubational 育成的、孵育的、潛伏的，incubus潛伏於臥房之怪物、夢魘；incumbency現任職位、現任職權，incumbent躺在裡面者、在位者、在職者，incumbent躺在裡面的、在位的、在位競選連任的，superincumbent躺在別人或他物之上的、帶來壓力的

18. teratogen = terato+gen名詞字尾(原、源、因、來源物、導致品)=致畸原、致畸物、致畸藥、導致胎兒發育畸形的物質或藥物或用品或放射線等。

 延伸記憶. teratic畸形的，teratoid畸胎樣子的；teratosis畸形、畸胎，teratogenesis畸形生成、畸胎發生，teratology畸形學、畸胎學，teratophobia畸胎恐懼症，teratospermia畸形精子症，teratoma畸胎瘤、發生在不該出現地方的瘤，teratocarcinoma畸胎惡性腫瘤、畸胎癌；androgen雄性激素、促進男人雄風的激素，estrogen雌激素、動情激素、觸發女性交配欲望的激素，allergen過敏原，antigen抗原，hydrogen水之原(氫)，carcinogen癌原、致癌物

19. inseminate = in字首(內、入)+semin+ate動詞字尾(做、從事、進行、造成、使之成為) = 授精、注入精液、使受孕、灌輸。

natural insemination=intravaginal insemination自然授精、性交授精、陰道內授精(一般限於配偶或情人之間)，artificial insemination人工授精、精卵藉由醫學技術在試管內結合為授精卵，donor insemination捐精者人工授精，homologous insemination同源同種同配人工授精、丈夫提供精液的人工授精，heterologous insemination異源異種異配人工授精、非丈夫提供精液的人工授精，semination播種、傳播、授精，dissemination把種子或精液散發出去、散布、散播、傳播，semina=semens精子(複數)，seminal精液的、輸精的、繁殖的、發源的、萌生的；seminiferous生精子的、含精液的、產生種子的，seminivorous以種子為食的(動物)、吃精液的；semen精子(單數)，semen bank精子庫，semenuria=seminuria精液尿症；semenology=seminology精液學、精液研究

donor natural insemination捐精者自然授精：在丈夫知情同意下，由捐精者和自己配偶性交而授精成孕；此一情況罕見，即使有也不為人知。

20. perochirus = pero+chir(o)(手)+us名詞字尾(行為、狀況、東西、物體、時間、處所) = 殘缺手畸胎、出生時少了一隻手或雙手。

perodactylus手指或腳趾殘缺畸胎，perobrachius臂殘缺畸胎，perocephalus頭(臉或頭顱發育異常)殘缺畸胎，perocormus軀幹殘缺畸胎，peromelus四肢不全殘缺畸胎，peronia殘缺狀況、胎兒發育異常；chirograph親筆文件、手寫字據，chirography手寫、筆跡、書法，chirographer書法家、手書者，chiromancy依手紋或手型來判斷、手相，chiromancer手相師，chiropractic整脊

21. surrogate = sur字首(下方、往下、接續、接替)+rog+ate動詞字尾(做、從事、進行)、形容詞字尾(有⋯性質的、如⋯形狀的)、名詞字尾(人、者、物、職務) = 替代、代理、接替，替代的、代理的，替代品、替代者、代理人、代理孕母。

 surrogate mother代理孕母，surrogate pregnancy＝surrogacy代孕、代孕作法，traditional surrogacy傳統代孕、代理孕母的卵與客戶男的精子結合成受精卵並在代理孕母子宮內發育，gestational surrogacy妊娠代孕、客戶夫妻本身的卵與精子結合的受精卵植入代孕者的子宮，surrogate partner＝sexual surrogate代理性伴(性治療)，subrogate代位、代理、代權(法律)、subrogation right代位權(用於求償、繼承等)，interrogate質詢、質問、審問，derogate要求降低權利或身分、減損、損害、貶低，supererogate做超出職務要求以外的事、多做份外事務；surreptitious私下的、鬼鬼祟祟的，surrender放下、交出、投降，surprise在下方抓住、奇襲、使驚訝

22. opsipatria＝opsi+patr(父親)+ia名詞字尾(情況、狀態)＝晚當父親、老來得子女。

 opsimatria晚當母親，opsigamy晚婚，opsigamous晚婚的，opsimath老來才學習者，opsimathy晚年學習的東西，opsiproligery老年生殖力，opsiproligerous老年繁殖後代的、晚年生下子女的，opsidentia牙齒比較晚長，opsigenes晚生出之物、較慢長出來的東西、智齒；opsanthosis晚開花、女子晚成熟；patriot愛父祖這方國家的人、愛國者，patrifocal以父親為中心的，patrilocal從父居的、婚後住男方家的，patrilineal父系的

23. ejaculate＝e字首(出去、外部、外面、離開)+jac+ulate動詞字尾(進行、從事)＝射出、噴出、射精。

 premature ejaculation早洩、過早射精，retarded ejaculation延遲洩、晚洩、過遲射精，anejaculation無洩、沒辦法射精，ejaculatory射精的，ejaculatory disorder射精障礙、洩精失序，ejaculum射出之物、精液；eject彈出、跳出、拋出、排出、噴出，ejecta排出物、噴出物(痰、屎、火山灰等)，ejector彈射器(戰機駕駛座或航空母艦甲板上協助飛機起飛的裝置)，inject射入、注射、打針，object讓你對著拋射的東西、目標、對象、物體，project向前拋擲、投射、投影，reject拋回去、拒絕、不接受；evaporate變蒸氣而跑掉、蒸發，ebullient感情沸騰出來的、奔放的，educe推斷、演

繹，egest帶到外面、排泄，elect挑出來、選舉

24. abortion＝ab字首(離開、脫出、斷開)+or+tion名詞字尾(行為、行為結果、行為過程)＝斷離出生、墮胎、流產、夭折、懷孕中止，任務中途喊停、中途挫敗、中輟。

延伸記憶　artificial abortion＝induced abortion人工流產、誘發式流產，accidental abortion意外流產，spontaneous abortion自然性流產、自發流產，therapeutic abortion治療性流產，abortion-on-demand依懷孕者要求而進行的墮胎，abort發育不全、流產、墮胎、中止，abortive發育不全的、墮胎的、中輟的、墮胎藥，abortus流產胎、中輟胎，aborticide殺胎、墮胎、墮胎藥，abortifacient造成墮胎的、墮胎藥，abortorium墮胎診所，proabortionist支持墮胎人士，antiabortionist反墮胎人士；origin出生的源頭、來源，aborigine 原住民，oriental出來的、上升的、東方的

報馬仔　美國常常出現支持與反對墮胎人士的抗議示威或對峙，支持墮胎者稱為Pro-Choice「支持抉擇」陣營，支持孕婦的抉擇權；反對墮胎者稱為Pro-Life「支持生命」陣營，支持胎兒的生命權。

25. embryo＝em字首(置於…之內)+bryo＝胚、胚胎。

延伸記憶　embryo sac胚囊，embryo transfer胚胎移植，embryophyte有胚植物，embryotroph胎體營養物，embryotomy毀胎術、碎胎術、胚胎切開術(死產或難產而要挽救產婦的特殊手術)，embryoctony＝feticide殺胎、滅胎、將活胚胎或胎兒刻意弄死(ctony＝kill)，embryoscope胚胎鏡，embryology胚胎學，embryoma胚組織瘤，embryotocia胚胎產、早產、流產；embryonic＝embryonal胚胎的、萌芽的、初期的，embryonate含胎的、受孕的，embryoniform＝embryonoid胚胎樣的、胚胎狀的、看似胚胎的；embryectomy胚胎切除術(子宮外孕時的處理方式之一)，embryulcia鉗胎術、牽胎法，將死胎拉出子宮的手術，embryulcus鉗胎鉤、牽引鉗、碎胎術的工具

報馬仔　胚胎指的是ovum卵在受精後，到長成fetus胎兒中間的階段。

26. colpitis = colp+itis名詞字尾(發炎症、炎)**=陰道炎。**

 vaginitis＝colpitis陰道炎，vaginocele＝colpocele陰道脫垂、陰道疝，vagi-nodynia＝colpalgia＝colpodynia陰道痛，colpatresia陰道閉鎖，colpoclesis陰道閉合，colpectasia＝colpectasis陰道擴張，colpostenosis陰道狹窄，vaginismus＝colpismus＝colpospasm陰道痙攣，colporrhagia陰道出血，colporrhea陰道黏液、白帶，colporrhexis陰道裂傷，colporrhaphy陰道縫合、陰道再造，colpoxerosis陰道乾燥，vaginoscope＝colposcope陰道鏡，vaginoscopy＝colposcopy陰道鏡檢

27. amniocentesis = amnio+centesis名詞字尾(穿刺術、穿孔術)**＝羊膜穿刺。**

 amniocyte羊膜細胞，amniogenesis羊膜生成、羊膜形成，amnioclepsis羊水溢，amniorrhea羊水漏，amniorrhexis羊膜破裂，amnioscope羊膜鏡，amniote羊膜動物；amnion羊膜，amnionitis羊膜炎，amnionic羊膜的；celiocentesis＝abdominocentesis腹部穿刺，colocentesis結腸穿刺，arthro-centesis關節穿刺，rachicentesis＝rachiocentesis椎管穿刺，pneumocentesis＝pneumonocentesis肺穿刺

28. proligerous = proli(子孫、後代)+ger+ous形容詞字尾(有⋯性質的、屬於⋯的)**＝產後代的、生後裔的、生育的。**

 proliferation增生、繁衍、擴散，proliferous繁殖的、增生的，prolific多產的、多育的、俱繁殖力的，prolicide殺嬰兒；ovigerous＝oviferous產卵的、帶卵的，pollinigerous＝polliniferous產花粉的、帶花粉的，piligerous＝piliferous帶毛的、具有毛的，squamigerous＝squamiferous長鱗的、帶鱗的，dentigerous有齒的、帶齒狀物的，setigerous帶剛毛的、有刺毛的，belligerent帶著戰爭的、交戰中的；gestation懷胎、孕育，gestagen促孕素，gestatorial懷胎的、妊娠的、孕育的

29. galactophage = galacto+phag(吃、食)+e名詞字尾(人、物、者)**＝乳食者、靠吃乳維**

生者。

 galactophagous乳食的、靠吃乳維生的，galactophagy乳食行為、靠吃乳維生的習性，galactorrhea乳溢，galactogenous 生乳的、催乳的，galactophor乳管，galactophoritis乳管炎，galactostasis＝galactostasia乳液停止、乳汁積滯；galactagogue催乳藥，galactia乳，galactic乳汁的，galactischia乳汁分泌抑制；zoophage食肉者，phyllophage食葉者，lipophage食脂者

 wean斷奶、使嬰兒或幼畜戒奶，weanling剛斷奶的嬰兒或幼畜；mastitis乳房炎、乳腺炎，mastadenitis乳腺炎，mastatrophy乳腺萎縮，mastalgia乳腺痛，mastodynia乳房痛。

30. **cuckold＝cuck+old名詞字尾(法文與古英文訛音轉換：ard沉溺者、行為過度者；ward看著者、守著者、向著者)＝過分受到不忠實行為對待者、有不忠實妻子的男人、其太太偷漢子的丈夫、不知情下把太太與私通男子生下子女養大的男人、戴綠帽者、呆呆或瘋癲守著杜鵑鳥蛋者。**

 cuckoldry使丈夫當龜公的行為、使男人戴綠帽的行為、妻子外遇通姦、妻子偷漢子、龜公身分、戴綠帽狀態，cuckquean有不忠實丈夫的妻子、不知情下把丈夫與私通女子生下子女養大的女人、龜婆，cuckoo杜鵑鳥、郭公鳥、布穀鳥、喀咕鳥、鳩，傻子、呆子、瘋子、傻蛋的、愚蠢的，cuckoo clock布穀鳥自鳴鐘；Cuculiformes鳥綱鵑形目動物，cuculiform杜鵑鳥的、杜鵑形的，Cuculidae杜鵑科，Cuculus杜鵑屬

 據說杜鵑鳥性喜換偶，完全沒有忠實可言；另外，杜鵑鳥的孵化與養育幼雛，是一種頗特殊的brood parasitism巢寄生，而且是kleptoparasitism偷賊式寄生，就是偷偷把自己的卵下到別隻的巢中，讓呆呆的「別親、義親」代孵代養；因為如此，cuckoo成了龜公的字源；klepto＝thief、steal小偷、偷竊。

 杜鵑花azalea rosebay，與杜鵑鳥無英文字源關係。

性與生殖育兒

02

成長老死喪葬

字源線索

★ 英文	★ 中文	★ 字綴與組合形式
sexually developing ; pubic hair	恥毛、青春	pub ; pube ; pubio ; pubo
beautiful maiden ; rosebud	美少女、荳蔻年華少女	nymph ; nympho
young girl ; virgin ; lonely girl	少女、處女、孤雌	parthen ; partheno ; partho
young people ; youth ; puberty	少年人、青春、青春期	heb ; hebe ; hebo
young ; youthful	年少、年輕、資淺	jun ; juv ; juven ; juveno
later youth ; near adulthood	青年、剛要成年	epheb ; ephebe ; ephebo
man ; male ; bold	男人、雄性、陽剛	mas ; mascu ; mascul
woman ; female ; tender	女人、陰性、溫柔	fem ; femi ; femin ; femina
old ; elder	年長、老	seign ; sen ; sene ; seni ; sir
old people ; old age	老人、老年	ger ; gerat ; gerato ; geri ; gero
old people ; old age	老人、老年	geront ; geronto
old ; elder ; go first	年長、老、先走	presby ; presbyo

成長老死喪葬

⭐ 英文	⭐ 中文	⭐ 字綴與組合形式
death ; die	死亡、逝世	mor ; mori ; mort ; morti ; mortu
dead ; death	死的、死亡	thanas ; thanat ; thanato
death ; corpse ; dead cell	死亡、屍體、死細胞	necr ; necro ; necron ; nekro
burial ; burial ceremony	喪葬、葬儀、殯儀	fun ; funer ; funero
burial ; grave ; tomb	埋葬、墳墓	taph ; tapho
soil ; ground ; grave	腐質土、土地、墳墓	hum ; hume ; humus
made of soil ; man ; human	泥土做的、男人、人類	hom ; homi ; homo ; hum
flesh ; meat	肉身、肉體、肉	carn ; carne ; carni ; carno
burn ; burn to ash	火燒、焚化	crem ; crema
dusts ; ashes	塵土、灰燼、灰渣	cinder ; cine ; ciner
to cause death ; kill ; ruin	造成死亡、殺害、毀滅	cide
lament ; grief ; pain	哀悼、悲傷、疼痛	dol ; dolor ; dolori ; doloro
sleep ; dream	睡眠、睡夢	hypn ; hypno ; somn ; somni ; somno

成長老死喪葬

★ 英文	★ 中文	★ 字綴與組合形式
memory ; remember	記憶、記得	memen ; memor ; mnem ; mnemo ; mnes
speak ; topic ; subject ; reasoning	話語、話題、主題、推斷	log ; logo ; logue
mind ; mentality	心智、智能、精神	ment ; menti
see ; eye ; sight	看、眼、視力	op ; ops ; opsi ; opso ; opt ; optic ; optico
hear	聽、傾聽	acou ; acouo ; acous ; acousti ; acoustico ; acouto ; acu
joint	關節	arthr ; arthro
grow ; nourish	成長、茁壯、滋養	alesc ; alit ; olesc ; ult
beginning to be ; becoming	開始成為、變成	esce
ripe ; timely	成熟、合乎時機、適時	matur
incomplete ; unfinished	不完整、未完成	atel ; ateli ; atelio ; atelo
completion ; end	完成、末端、目的	tel ; tele ; teleio ; teleo ; teli ; telio ; telo
heal ; cure ; treat	治療、照護、處置	iater ; iatr ; iatri ; iatro
upon ; near ; in addition to	在上、接近、附加	ep ; epi

① pseudopuberty _____   假青春期

② adolescent _____   青少年

③ immature _____   未成熟的

④ hebiatrics _____   少年醫學

⑤ ephebogenesis _____   青春期的身體變化

⑥ nymphet _____   美若天仙的少女

⑦ parthenophobia _____   對處女感到害怕

⑧ rejuvenescence _____   回春

⑨ ateliotic _____   發育不全的

⑩ unmasculate _____   除去男子氣概

⑪ feminine _____   女性的

⑫ senility _____   衰老

⑬ presbyacousia _____   老人性聾

⑭ geromorphism _____   衰老現象

⑮ mortuary _____   殯儀館

1. **pseudopuberty**＝pseudo字首(假、疑似)+pub+er名詞字尾(人、者、物)+ty名詞字尾(性質、情況、狀態)＝假青春期、第二性徵出現但性腺尚未成熟的狀態。

延伸記憶. puber進入青春期的人、開始具有生育能力的人，puberphonia青春期聲音病、男生到了發育期卻未變聲而仍是小孩清音現象，puberal＝pubertal青春期的、有關青春期的，puberty青春期、性徵與性腺發育期、性能力滋生發展期，impuberal未到青春期的、尚未性成熟的、還不具生育能力的，prepuberal＝prepubertal＝prepubescent青春期之前的，postpuberal＝postpubertal青春期之後的，pubarche恥毛初生，pubescence＝pub+escence變化過程＝到達青春期、身體發育期、長恥毛、出現陰毛，pubes＝pubic hair陰毛、柔毛，pubis＝pubic bone恥骨，pubic恥骨的、陰部的，suprapubic恥骨上方的，subpubic恥骨下方的；pubioplasty恥骨整形、陰部整形

報馬仔. puberty「青春期」：指性徵與性腺的發育期，比較偏向生理，女孩最早開始於八歲而最晚完成於十六歲，男孩約開始於十到十二歲之間，而最晚於十八歲完成。

2. **adolescent**＝ad字首(朝著、朝向)+olesc+ent名詞字尾(人、者、物)、形容詞字尾(具有…性質的)＝走向茁壯的人、青少年、正在發育的人、還不成熟的人，青少年的、青春期的。

延伸記憶. homeless adolescent青少年街友、青少年遊民，adolescent gang青少年幫派，adolescent subculture＝youth subculture青少年次文化，adolescent pregnancy＝teenage pregnancy青少女懷孕，preadolescent＝preteen未到青少年期的、青少年期之前的，adolescence青春期、青少年期、發育期，adolesce步入青春期；coalesce＝coalite合生、合併、聯合、併聯，coalition聯合、組合、兩黨或多黨聯合政府；adult成人、成熟人、長成之人、成蟲、已經成人的、完全長成的，adult magazine＝pornographic magazine成人雜誌、色情雜誌

 adolescence「青春期、青少年期」：指childhood「童年身分」與adulthood「成人身分」之間的過渡發展期，除了性徵性腺的生理變化之外，還有心理、認知、身分、社會等諸多面向。

3. **immature**＝im字首(不、無、非)+matur+e名詞字尾(人、者、物)、形容詞字尾(具有⋯的、有⋯特質的)＝**未成熟者、未成熟動物，未成熟的、發育未完全的、尚未到期的、時機未到的。**

 mature成熟的、發育完全的、時機已到的、到期的(定存或支票)、化膿的(傷口)，maturate使成熟、使發展完善、票據到期、傷口化膿，maturant＝maturative催膿藥、化膿藥，maturity成熟特質、成熟期、到期日、完善、備妥，maturescent趨向成熟的、就要變成熟的，premature成熟之前的、時機還未到的、過早出現的、早產的，alopecia prematura過早禿頭、早年禿髮；implacable無法安撫的，impertinent不切題的，impersonal非特定個人的

4. **hebiatrics**＝heb+iatr(治療、醫療)+ics名詞字尾(學、科、研究)＝**少年醫學、少年科。**

 hebiatrician少年醫學專家、專治青春期病症的醫生，hebin青春激素、促性腺激素；hebephrenia＝hebephrenic schizophrenia青春型精神分裂症、成人之前出現的精神分裂症，hebephreniac青春型精神分裂症患者，hebephrenic青春型精神分裂症的，hebetic青春期的，hebephobia對少年感到恐懼，hebephilia愛戀少男少女；pediatrics小兒科，psychiatrics＝psychiatry精神醫學、精神科，physiatrics＝physiotherapy物理治療，geriatrics老人科，gyniatrics ＝gynaecology婦科，otiatrics耳科，bariatrics減肥科，hydriatrics＝hydrotherapy水療，buiatrics牛疾治療，hippiatrics馬疾治療

 Hebe：希臘神話中的goddess of youth青春女神，在羅馬神話是Juventas；hebephilia=hebe(少男少女)+phil+ia=對青春期早期少女少男(約十至十四歲)的戀慾癖，ephebophilia=ephebo(青年男女)+phil+ia=對青春期中後期青年男女(約十五至十九歲)的戀慾癖。

5. **ephebogenesis**＝ep字首(接近、趨近、附加、在上)+hebo+gene名詞字尾(生長、生成)+sis名詞字尾(行為過程、狀態變化)＝**青春期的身體變化。**

 ephebiatrics青年醫學、青年科、青春期醫學研究與治療，ephebic=ephebian青年的、青年期的，ephebe=ephebus=ephebos青年(單數)、青年人、青春期後期者、古希臘十八到二十歲者，ephebes=ephebi青年(複數)，ephebology青年期身心變化研究；biogenesis 生命起源、生物出現，cardiogenesis心臟生成，cariogenesis蛀牙生成，glycogenesis醣原生成

6. **nymphet**＝nymph+et名詞字尾(⋯的小者)＝**小美女、美若天仙的少女、早熟女孩、放蕩少婦。**

 nymph仙女、美少女、蛹、幼蟲、眼蝶、小陰唇，nymphine美少女，nymphean仙女的、美少女的，nymphean cave仙女住的山洞，nymphal仙女的、美少女的、小陰唇的；nympholepsy對美少女的狂戀愛慾、仙女引發的著魔，nympholept美少女的狂戀追求者，nymphomania少女少婦追男狂熱症、女花痴症、愛慕男人狂，nymphomaniac女花痴症者、女色情狂；Nymphaea睡蓮屬，Nymphaeales睡蓮目，Nymphaeaceae睡蓮科，Nymphaea alba白睡蓮，Nymphalidae蛺蝶科；duet二人小單位、二重唱、二重奏，quintet五人小單位、五重奏、五重唱，nugget速食店的雞肉小塊、貴重金屬塊、金塊、銀塊，bracelet手鐲，islet嶼、小島礁

 Nymph：在希臘神話中以美少女形象出現，住在山、林、樹、海、河、溪、湖、泉中的小仙、精靈，音譯「伶芙」。

7. **parthenophobia** = partheno+phob(恐懼、害怕)+ia名詞字尾(狀態、病症) = 對處女感到害怕、對少女相伴有畏懼感。

> **延伸記憶** partheniad處女頌歌、讚美處女潔白無瑕的詩詞歌賦，parthenian處女的、少女的、與處女有關的，parthenic=parthenine處女的、少女的、潔白無瑕的、未有交配行為的、沒有受粉授精的；parthenology處女研究、對處女身心特性的研究，parthenolatry處女崇拜、聖母瑪利亞崇拜，parthenolatrist處女崇拜者，parthenogenetic處女所生的、孤雌生出的，parthenogenesis孤雌生殖、未經受粉或授精的雌性植物動物的單性生殖，parthenocarpy孤雌結出果實，parthenospore單性孢子、無交配合子；androphobia懼男，gynophobia懼女，gamophobia懼婚，photophobia懼光，scotophobia懼暗

> **報馬仔** 希臘雅典的守護神是Athena雅典娜，但其完整名稱是Athena Parthenos「處女雅典娜」；在男女關係極為混亂和猥褻的希臘神話中，雅典娜沒有婚配、沒有情人、沒有男伴，雅典衛城上供俸雅典娜的神殿稱為Parthenon，意思就是「處女神殿」，臺灣長年音譯為「帕德嫩」、「帕臺農」神殿。

> **報馬仔** 基督教的正統思想認為耶穌是童貞女瑪利亞受聖靈感孕所生的，並非經過人類自然交配，因而在生物學上，耶穌就是parthenogenetic。

8. **rejuvenescence** = re字首(再次、重新)+juven+esce(成為)+ence名詞字尾(性質、狀態、行為) = 再次成為年少、恢復活力、回春、返老還童、更新。

> **延伸記憶** rejuvenescent恢復活力的、回春的，rejuvenize=rejuvenise=rejuvenate使恢復活力、使回春，rejuvenator回春者、助人恢復青春活力的人或藥劑或器物，juvenal雛的、雛鳥的，juvenescence年輕現象、有活力的狀態，juvenescent年輕的、變年輕的、成長為青少年的，juvenile少年、雛鳥、幼體，juvenile delinquent不良青少年、青少年犯法者，juvenile delinquency青少年違法犯罪行為，juvenilely年少的、幼稚的、不成熟的，juvenility不成熟的作法、少不更事；juvenolatry崇拜青春活力，juvenocracy青年統治

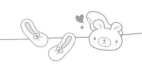

政體、由年輕人治理的國家，junior=Jr.晚輩、年幼者、資淺者，anilojuve-nogamist=anilo+juveno+gam+ist娶比自己年齡大很多的婦女的男生

9. **ateliotic** = a字首(無、不、非、否)+telio+tic形容詞字尾(屬於…的、有…性質的) = 發育不全的、發育沒有到達末端的、沒有發育完整的

延伸記憶．atelia發育不全症、發育不全狀態；atelocardia心臟發育不全，atelopodia足發育不全，ateloencephalia腦發育不全，ateloglossia舌發育不全，atelochei-lia唇發育不全，atelocheiria手發育不全；teleneuron神經末梢，telenomy目的定律、目的性、生存價值論；teleiophilia=對成年男女的戀慾癖，熟男熟女愛戀，adultophilia=teleiophilia；teleology目的論、結局目標的研究與論述，dysteleology人生無目的論，Teleosauridae真蜥鱷科、進化完整的蜥蜴，Teleosaurus真蜥鱷屬；atrophia無營養、萎縮，apathy無感覺、冷感，atheism無神論、無神信仰

報馬仔．字首tele的意思是「遠方、遙遠」時，是出自希臘文的另一個字源，與tele、teleo、telio代表「完成、末端、目的」不相干；television遠方視野、電視，telephone遠方聲音、電話，telescope看遠處的鏡管、望遠鏡，telepathy遠處的感覺、心電感應，telegram遠方書寫、電報，telem-etry遠處測量、遙測。

10. **unmasculate** = un字首(除去、使喪失、使分離)+mascul+ate動詞字尾(造成、使之成為) = 除去男子氣概、使變得陰柔。

延伸記憶．emasculate使陽剛性跑出去、使變得柔順、去勢、閹割、使當上太監，masculate使變得陽剛、使變得有男子氣概；masculinoid男人樣子的、似男人的、女身男相的，masculine陽性的、雄性的、陽剛的、男子氣概的、男性、陽性，masculinism男性主義，masculinist男性主義者，masculinity陽剛性、凶狠性，masculinize=mascilinise男性化、使具陽剛性、使具有男性特徵

 「去勢、閹割」除了用emasculate表示之外，還可用下列各字：castrate 除去睪丸或卵巢、geld摘除睪丸或卵巢、spay摘除卵巢、desexualize= desexualise去性化、除性化、去除性能力、demasculinize=demasculinise 除去男性的性力、defeminize=defeminise除去女性的性力。

 eunuch：太監、內官、宦官，其字源原意為「看守後宮寢殿的人」、 「看緊皇帝女人臥房的人」。

11. feminine＝femin+ine形容詞字尾(屬於…的、具有…的、如…的)、名詞字尾(人者物、 原則、準則、理念、抽象概念)＝**女性的、雌性的、陰性的、柔順的、嬌弱的，女性、 陰性**。

 feminity=femininity=feminality=feminacy女性特質、嬌柔性，feminize= feminise使女性化、使柔順化，feminism女性主義，feminist女性主義人 士，anti-feminism反女性主義，feminal=feminary=feminate=female=fe- minile女性的、雌性的、溫柔的；feminophobia女性恐懼、對女性感到害 怕；feme=femme婦女、女子、妻子，feme sole=single woman未婚、離 婚、守寡之單身女子；femme fatale=deadly woman=fatal woman致命女 性、勾引男人而致使失財喪命的妖婦，femmes fatales致命女性(複數)， femme de ménage=charwoman=cleaning maid女清潔工、家事女傭，femme couvert=protected woman=married woman 受丈夫保護之女人、已婚女子

12. senility＝sen+ile形容詞字尾(屬於…的、有…性質的)+ity名詞字尾(性質、情況、狀 態、人、事、時、物)＝**衰老、老態、年老**。

 senile衰老的、年邁的，senile involution老年性退化、老年性內縮，senile psychosis=psychosis of senility老年性精神病，senopia老視、原本近視但 因年紀漸大而致視力日趨正常的現象，premature senility早衰症，senec- titude=晚年、老年期，senescent老態的、變衰老的，insenescent老而不衰 的、不顯老；fragile易碎的，virile像男人的、雄起起的，futile做白工的、

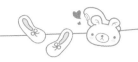

沒有效用的

成長老死喪葬

13. presbyacousia＝presby+acous(聽)+ia名詞字尾(病症、狀態)＝老人性聾、因年紀老而出現的聽力漸漸喪失。

延伸記憶 presbyacusia=presbyacusis=presbycusis=presbyacousia，presbyatrics老人醫學、老人科，presbycardia老年心臟病，presbyinsomnia=presbyasomnia老人性失眠、老年性失眠，presbyderma=presbydermia老年性皮膚病，presbyopia老花眼、老視，presbyter長老，Presbyterian基督新教長老教會的，Presbyterian Church長老教會，presbyophrenia老年性精神障礙；dysacousia=dysacousis=dysacusis聽覺不良，echoacousia回音聽覺、回聲感覺，anacousia無聽覺、全聾，paracousia=paracusia=paracusis聽覺錯亂，hypoacousia=hypacusia=hypacusis重聽、聽覺倒退、聽覺不足，hyperacousia=hyperacusia=hyperacusis聽覺過高、聽覺過敏

14. geromorphism＝gero+morph(形狀、樣子)+ism名詞字尾(思想、行為、現象、特徵、特性、疾病)＝老的樣子、早衰的形象、衰老現象。

延伸記憶 gerophilia=gerontophilia嗜好老人、嗜耄癖，gerophobia=gerontophobia害怕變老、老人嫌惡、老人恐懼，gerodontics=gerodontology老人牙科，geroderma=gerodermia老年狀皮膚，geromarasmus老年性消瘦，gerocomia老人養生、老人保健；geratic=gerontal老年的、老人的；geratology=gerontology人口老化研究、老年病學、老年醫學；geriatrics=geriatry老年醫學、老人科，psychogeriatrics=geropsychiatry=geriatric psychiatry老人精神醫學，eugeria美好的老年生活、健康快樂的老年，agerasia不老現象、老而不衰、年紀大但有健康與活力；gerontotherapy老人病治療，gerontocracy老人統治、統治者年紀都很大的國家；gerontu老男人(單數)，geronti老男人(複數)，geronta老女人(單數)，gerontae老女人(複數)；monomorphous=monomorphic單態的、單形的、單晶的，anthropomorphism人形論、擬人化作法，polymorphous=polymorphic多態的、多形

的

15. mortuary＝mortu＋ary名詞字尾(匯集處所、場所、地點)、形容詞字尾(具…性質的、有…特性的)＝死者放置處、停屍間、太平間、殯儀館，喪葬的、殯儀的、哀傷的。

延伸記憶 mortiferous帶來死亡的、致命的，mortician殯儀業者、殯儀館工作人員，mortient死者、過世者，mortify使寂滅、使消無、使如同死亡、使受辱、使丟臉、禁慾苦修；mortgage當成死掉、當成不存在、抵押、做質、抵押品，mortal必有一死的、臨死的、劇烈的、很苦的、凡人的、人間的、凡人、生物、必死之物，mortal enemy天敵、死敵、大敵，amort無生命力的、奄奄一息的、瀕死的，immortal長生不死的、永垂不朽的、萬古流芳的、不朽偉人、神，benemortasia好死狀態、安樂死，neomortia剛死之屍體、新鮮屍體，nomomortia自然死亡，oxymortia猝死、暴斃、突然死去，tychemortia意外死亡，pnigomortia窒息而死；moribund瀕死的、垂死的、臨死之人；morgue停屍間、陳屍所、報社或製片廠(過期沒人使用老舊資訊)的資料室或檔案室或影片庫

報馬仔 Mors：羅馬神話中的死神。

拆字猜義

⑯ euthanasia ＿＿＿＿＿＿　　安樂死

⑰ funeral ＿＿＿＿＿＿　　喪禮

⑱ synnecrosis ＿＿＿＿＿＿　　共亡

⑲ suicide ＿＿＿＿＿＿　　自殺

⑳ dementia ＿＿＿＿＿＿　　痴呆

㉑ condolence ＿＿＿＿＿＿　　慰問語

㉒ paramnesia ＿＿＿＿＿＿　　記憶錯誤

㉓ eulogy ＿＿＿＿＿＿　　悼詞

㉔ insomniac ＿＿＿＿＿＿　　失眠者

㉕ arthritis ＿＿＿＿＿＿　　關節炎

㉖ epitaph ＿＿＿＿＿＿　　墓誌銘

㉗ inhume ＿＿＿＿＿＿　　入土

㉘ crematory ＿＿＿＿＿＿　　火葬場

㉙ incinerate ＿＿＿＿＿＿　　焚化

㉚ reincarnation ＿＿＿＿＿＿　　投胎轉世

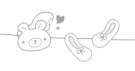

16. euthanasia＝eu字首(順、優、美、善、好、易)＋thanas＋ia名詞字尾(狀態)＝安樂死。

 延伸記憶 active euthanasia＝mercy killing積極性安樂死、加工自殺、使脫離痛苦而提早死亡，aneuthanasia無安樂之死、在痛苦受難中死亡，cacothanasia 暴死、不好死、不良情況中死亡、可怕情形下死，dysthanasia痛苦中死、拖著傷病痛而死，hydrothanasia溺死、水死，electrothanasia死刑遭電椅電死、觸電死、打雷電死，tachythanasia速死，athanasia不死；thanatology死亡學、死亡研究，thanatologist死亡學家、送行者、殯儀喪葬專業人士，thanatorium死亡收容所、閻王殿、地獄，thanatophobia死亡恐懼，thanatophilia死亡迷戀，thanatography死亡紀事，thanatoid死樣的、看似死的，thanatophidia致死的蛇、毒蛇，thanatobiology生死學，thanatopsis死亡觀、對死亡的見解

 報馬仔 Thanatos：希臘神話中的死神。

17. funeral＝funer＋al名詞字尾(具…特性之物、過程、狀態、活動)、形容詞字尾(屬於…的、關於…的)＝喪禮、葬儀、出殯，喪葬的、殯儀的、適合喪事場合的、備極哀榮的。

 延伸記憶 funerary＝funereal＝funeral殯儀的、適合喪事場合的、備極哀榮的、淒苦沮喪的，funeral director送行者、殯儀師，funeral arrangements殯儀師與死者家屬針對喪葬事宜的協調聯繫與安排，funeral customs殯儀、喪葬儀式或風俗，funeral home殯儀館、葬儀社，funeral urn骨灰罈、骨灰甕，state funeral國葬

18. synnecrosis＝syn字首(共同、相同)＋necro＋sis名詞字尾(行為過程、狀態變化)＝共亡、共死。

 延伸記憶 necrogenic＝necrogenous致死的、死因的、死原的，necrology死亡統計、死亡研究、死亡告知、訃聞，necrologue訃聞，necropolis屍體之城、墳場、墓園，necrophagous食屍體的、食腐肉的，necrophobia屍體恐懼、死

亡恐懼，necromimesis死亡模擬、死亡想像、裝死，necrophilia戀屍癖、姦屍狂，necrosis壞死、死去，necropsy=autopsy解剖、驗屍，necrolatry亡魂崇拜，necromancy亡魂占卜，necromorphous死樣子的、死亡形狀的、裝死的，necrocytosis=cytonecrosis細胞壞死，radionecrosis曝露於過多輻射而死，adiponecrosis脂肪壞死，angionecrosis血管壞死，myonecrosis肌肉壞死，hepatonecrosis肝壞死，necroectomy=necronectomy=necrectomy壞死部分組織的切除手術；nekrophytophagous以死掉植物為食的；synoecious共棲的，synetics共同研討、集思廣益，syntax排列一起、語法、句法

19. suicide＝sui字首(自己、本身)+cide＝自殺、殺本身。

autocide=suicide殺自己，autocide=automobile suicide開車自殺，suicide squad自殺團、敢死隊，suicidal自殺的，suicidology自殺研究，pseudocide假殺、偽裝自殺，homicide殺人，amicicide殺朋友，femicide=gynecide=gynaecide殺女人，viricide殺男人，senicide殺老人，dominicide=hericide殺主人，hospiticide殺客人，hosticide殺敵，regicide弒君、殺國王或皇帝，tyrannicide殺暴君，ethnocide滅族，genocide滅族，famicide毀人名節，liberticide毀滅自由，urbicide毀城，temporicide消磨時間，deicide滅神；sui generis自成一類、獨創一格，sui juris有自理能力、有自主能力、自己可以承擔法律責任，sui caedere自殺；suis stat viribus自食其力、靠自己

20. dementia＝de字首(離開、脫離、除去、取消、毀)+ment+ia名詞字尾(病症、狀態)＝心智能力脫離症、痴呆、精神錯亂。

demency=dementia痴呆，senile dementia老人性痴呆，presenile dementia早老性痴呆，Alzheimer dementia=Alzheimer disease阿茲海默型痴呆、阿茲海默症，dementophobia痴呆恐懼，dement痴呆者、瘋子，demented痴呆的、瘋的、精神錯亂的，ament無心智能力者、痴呆者、白痴者，amentia無心智能力狀態、痴呆狀態、白痴症，amential白痴的，mental心智的、精神的，mentor智囊、心靈導師，menticide消滅心智

21. condolence＝con字首(一起、共同)＋dol＋ence名詞字尾(性質、狀態、行為)＝一起哀傷的狀態、共同悲痛的表現、慰問語、弔唁詞、安慰信。

 condolatory慰問的、弔唁的，condole慰問、弔唁、安慰、一起傷痛，dol痛單位、計算疼痛程度的單位，indolence免於疼痛、無痛、不工作、好逸惡勞、怠惰，dole＝dolor＝dolour憂傷、悲痛；doleful＝dolorous＝dolourous悲傷的、哀慟的，doloroso憂傷的、憂傷地(音樂術語)；dolorimetry疼痛測量，dolorimeter疼痛測量計；dolorology疼痛研究，dolorogenic＝dolorific產生疼痛的

22. paramnesia＝para字首(不在正確位置、錯亂、迷亂)＋mnes＋ia名詞字尾(病症、狀態)＝記憶錯誤、回溯往事而出現的人事物錯亂。

 hypomnesia＝hypomnesis記憶減退、記憶未達正常，hypermnesia記憶增強、記憶超過正常，presbymnesia年老記憶退化或受損情況，dysmnesia記憶障礙，neomnesia對新近發生的事記憶好，paleomnesia對遠久發生的事記憶好，amnesia失憶、喪失記憶、遺忘症，amnesty遺忘他人過錯、赦免、特赦；amnesiophobia失憶恐懼、遺忘恐懼；mneme記憶力，mnemasthenia記憶薄弱，mnemon記憶單位，mnemonic記憶的、幫助記憶的，mnemonics記憶術，mnemonist記憶專家；memorize記住，memorable值得記住的，memorial紀念物、紀念碑、紀念館、紀念的、追思的，memorial service紀念過世教友的追思禮拜，memorandum＝memo備忘便條、備忘錄，commemorate紀念、慶祝，memoir回憶錄

 Mnemosyne：希臘神話中的記憶女神。

23. eulogy＝eu字首(優、善、好)＋log＋y名詞字尾(情況、行為、性質、狀態、制度、技術、手術)＝好話、讚辭、頌辭、悼詞、悼文。

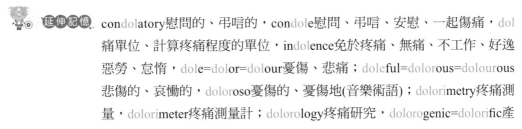 eulogize作悼文、稱讚、歌頌、讚美，eulogist作讚辭者、寫悼文者，eulogistic稱讚的、歌頌的、讚美的，bradylogia言語過慢，tachylogia急語、

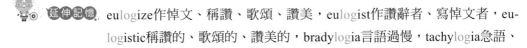

言語快速，dyslogia言語障礙、推理障礙，hyperlogia言語過多、急躁性錯語，logomachy言詞戰、爭議字詞用法，logomancy測字、語詞占卜術，logomania多語躁症，logospasm言語痙攣、口吃，misologia言語厭惡、推理嫌惡，polyology多語、嘮叨

24. **insomniac** = in字首(不、無、非)+somn+iac名詞字尾(有⋯情況者、呈現⋯狀態者、罹患⋯病症的人、出現⋯效果的物品) = **失眠者、失眠症患者。**

 延伸記憶 insomnia無法睡覺症、失眠，cacosomnia睡不好、睡眠情況糟糕、失眠，dyssomniac有睡眠障礙者、失眠者，hypersomnia睡眠過度、嗜睡，hyposomnia睡眠不足、失眠；somnolentia愛睏、想睡，somnoambulism夢遊症、夢行症；somniloquism夢囈、夢語；aphrodisiac使你遇見愛神的東西、春藥，erotomaniac色情狂者，tulipomaniac鬱金香狂熱者，islomaniac島嶼狂熱者，logomaniac言語狂躁者

 報馬仔 Somnus：羅馬神話的睡眠之神；Hypnos：希臘神話的睡眠之神。依希臘神名衍生的字彙：ahypnia=a(無、非)+hypn(睡眠)+ia(病症、狀態)=失眠，ahypnia=anhypnia=ahypnosis無法睡覺症、失眠，dyshypniac有睡眠障礙者、失眠者，euhypnia優眠、易睡，hypnalgia夜痛、睡發性疼痛。

25. **arthritis** = arthr+itis名詞字尾(炎症、炎) = **關節炎。**

 延伸記憶 rheumatoid arthritis風溼性關節炎，panarthritis全身性關節炎，periarthritis關節周圍炎，polyarthritis多關節炎，arthralgia=arthrodynia關節痛，arthrectomy關節切除；arthroscopy=arthroendoscopy關節內視鏡檢，arthrology關節學、關節研究、關節科，arthroncus關節腫大，arthropathy關節病，arthropod關節足、節肢動物

26. **epitaph** = epi字首(在上、接近、附加)+taph = **附加在墳上的東西、墓誌銘、墓碑文、悼念碑文。**

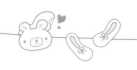

 epitapher墓誌銘撰寫者，bibliotaphy把書籍埋藏起來，bibliotaph= bibliotaphist埋藏書籍者；taphonomy埋葬學、對古生物如何被掩埋而成為化石的研究，taphonomist埋葬學家，taphocoenosis共葬、埋葬群落、生物埋葬群，Taphozous=tomb bat墓蝠屬蝙蝠；epithet附加之名、綽號，epidermis上面的皮、表皮，episcopal在上面看的、監督的、主教的、主教制的，epiphany顯現與你接近的狀態、神靈顯現、顯靈、主顯節(基督宗教)

27. inhume=in字首(內、入)+hume=入土、進墳、埋葬。

 exhume=disinhume出土、重見天日、挖墳、撿骨；humus腐植土、土壤、泥土，humic腐質土的、腐質的，humous腐質土的、土壤的，prehumous埋葬前的、入土前的，posthumous入土後的、埋葬後的、遺腹的，posthumous child遺腹子，inhumation埋進腐土處理、掩埋作法；humify使成腐質，humification腐質作用、腐質形成，humiliate使人變得低下卑賤、羞辱人、使人丟臉；humble低到土地的、低下的、卑微的、卑賤的、謙恭的、謙遜的，human用土塑造的生物、人、人類，inhuman沒有人性的、冷酷的、殘暴的，humane有人情味的，inhumane沒有人情味的，humanity人類、人性、仁慈、博愛、把人當人對待，humanities人文學科，humanism人文思想，humanitarianism人道主義、博愛精神；hominid人科(生物)，hominoid人樣的、人狀的、看似人的；Homo人屬動物

 homo=the same相同，是源自於希臘文：homosexual同性戀，homogenous同質的、同源的，homomorphic同型的；homo=human being人類，是源自拉丁文：Homo erectus直立人，Homo sapiens智人。

報馬仔 有關人類是自塵土而造的說法，有一字源學的妙解：聖經所載人類始祖亞當(Adam)，字源出於舊約聖經原本所用的希伯來文(Hebrew)的ad-amah，其字義就是「土、土地」。聖經創世紀二章七節(Genesis 2:7)：「神用地上的塵土造人，將生氣吹在他鼻孔裡，他就成了有靈的活人，名叫亞當。」(And the LORD God formed man of the dust of the ground, and breathed into his nostrils the breath of life; and man became a living soul.)；聖經創世紀三章十九節(Genesis 3:19)「你必汗流滿面才得糊口，直到你歸了土，因為你是從土而出的，你本是塵土，仍要歸於塵土。」(In the sweat of thy face shalt thou eat bread, till thou return unto the ground; for out of it wast thou taken: for dust thou art, and unto dust shalt thou return.)(中文和合譯本)(英文King James Version)。

28. crematory＝crem＋atory名詞字尾(場地、地點)、形容詞字尾(有…性質的、具有…的)＝焚化爐、火葬場，火葬的、焚化的。

延伸記憶 crematory＝crematorium屍體焚化爐、垃圾焚化爐，cremator焚屍工人，cremate火化、焚燒、火葬，cremains＝cremated remains火化後的遺留物、骨灰，cremation火化行為、焚燒動作、火葬作法，concremation多人多物一起火化、共同焚燒，cremationist焚屍工作人員、火葬倡導人士，cremationism火葬主張、火葬主義，incremable無法焚化的、不能火化的

 報馬仔

依不同民族文化習俗，屍體的處理方式有：earth burial土葬(伊斯蘭教)、extended burial伸肢葬、直肢葬、四肢伸直土葬，flexed burial屈肢葬、contracted burial屈身葬，urn burial缸葬，jar burial甕葬，exposure burial天葬、曝葬、鳥葬(藏族)，water burial水葬(傣族)，cremation火葬(佛教與印度教)，pagoda burial塔葬(佛教僧侶)，platform burial風葬、風吹雨打葬、架高臺葬(印地安人)，tree burial樹葬，boat coffin burial船棺葬(婆羅洲、越南北部、四川巴縣)，hanging coffin burial懸棺葬(古中國南方民族)，collective burial集體葬，green burial＝natural burial綠葬、環保葬、天然葬。

 成長老死喪葬

29. incinerate＝in字首(使…變成、成為)+ciner+ate動詞字尾(做、從事、進行)＝化為灰燼、變成炭渣、火化成骨灰、焚化、火燒、火葬。

 延伸記憶

incineration化為灰燼的行動、火化成骨灰的作法，incinerator垃圾焚化爐、屍體火化爐、垃圾焚化業者、焚化工人、焚屍業者，cinerary骨灰的、灰燼的，cinerary urn骨灰甕，cinerarium骨灰存放處、骨灰甕、骨灰塔，cineritious＝cinereous灰燼樣子的、成灰的、似灰的、灰毛的、灰羽的、灰冠的、灰色的，cinerescent變成灰色的，cinerea腦脊髓灰質，cinereal腦脊髓灰質的，cinerate灰化、化成灰，cinerator焚化爐、火化爐；cinder炭灰、炭渣、炭屑、煤渣、餘燼，cinder block煤渣磚，cinder coal劣質焦炭，cinder concrete爐渣混凝土，cinder track以細煤渣所鋪的跑道

 報馬仔

Cinderella(英文)、Cindrillon(法文)＝灰姑娘：字源是cinder，著名童話故事，拍成動畫電影在臺灣上映時名為「仙履奇緣」；在故事中該姑娘受繼母和兩位繼姊虐待，每天辛苦工作燒柴煮飯泡茶，累了就癱在煤灰炭渣上休息，全身髒兮兮，故稱為「灰姑娘、炭灰妹、煤渣美眉」。

30. reincarnation＝re字首(再次、重新)+in字首(入、內、化為、變成)+carn+ation名詞字尾(情況、狀態、過程、結果)＝再次進入肉身、重新化為人身、投胎轉世、輪迴、再世。

延伸記憶 reincarnationism轉世輪迴思想，reincarnationist轉世輪迴思想信徒，incarnate賦予肉身、形體化、具體化，incarnation體現、化身、代表，carnal肉體的、性慾的，carnal knowledge肉體上的相知、性交(法律用語)，carnation肉紅色、康乃馨；carnophobia肉品恐懼，Carnosaurus肉食龍，carnose含肉的、似肉的，carnosity贅肉；carnitine肉毒鹼，carnify肉質化、使成為肉，carnivorous吃葷的、食肉的，herbicarnivorous葷素都吃的

03

養生保健

字源線索

★ 英文	★ 中文	★ 字綴與組合形式
knead ; dough	弄軟、搓揉、壓捏、按摩	mass ; masso
loose ; slack	鬆弛、鬆散	lax
caress ; stroke ; soften	揉、捏、使鬆軟	malax ; malaxo
bend ; curve ; turn	折、曲、轉	flect ; flex ; flexo
stretch ; tight	伸展、拉張、緊縮	ten ; tend
strain ; struggle	拉扯、使勁	tens ; tense ; tent ; tenti
sinew	肌腱、筋	tendo ; teno ; tenot ; tenonto
muscle	肌肉	my ; myo ; myos
correction	推拿、矯正	napra
throb ; pulse	顫動、抽動、脈動	sphygm ; sphygmo
material ; nature ; body	物質、自然、身體、生理	phy ; phys ; physi ; physio
natural science ; medical science	自然科學、醫學	physic ; physico
healthy ; sound ; heal ; cure	健康、健全、保健、衛生	san ; sana ; sane ; sani
health	健康、衛生	hygei ; hygi ; hygie ; hygiei ; hygieio ; hygien ; hygio

養生保健

⭐ 英文	⭐ 中文	⭐ 字綴與組合形式
wish health to you ; health	祝你健康、衛生	salu ; salubri ; salut ; salute
greet	致意、打招呼	salu ; salubri ; salut ; salute
heal ; treat	療癒、治療	iater ; iatr ; iatri ; iatro
inoculation ; cow ; bovine	牛痘、疫苗、接種、牛、牛的	vacc ; vacci ; vaccin ; vaccini ; vaccino
nourishment	滋養	troph ; trophi ; tropho
life ; live	生命、活力	bi ; bia ; bio
stand ; set ; establish	立著、擺放、建立	stat ; statute ; stet ; stitut
keep ; hold ; grasp	維持、撐住、抓住	tain ; ten ; tent ; tin
hold ; protect	挺住、護住	cover ; cuper
restrain ; confine	限制、侷限	erc ; erci
act ; develop ; hone ; improve	活動、發展、鍛鍊、改善	exerc ; exerci
very fat ; corpulent	很胖、肥胖、胖成一團脂肪	obes ; obeso
weight ; heavy ; corpulent ; pressure	重量、重、肥胖、壓力	bar ; baro ; bary

養生保健

★ 英文	★ 中文	★ 字綴與組合形式
blood	血、血液	sangui ; sanguini ; sanguine
blood	血、血液	haem ; haema ; haemat ; haemato ; haemo
blood	血、血液	hem ; hema ; hemat ; hemato ; hemo
blood	血、血液	aem ; em
blood disease	血症、血液病	aemia ; emia
excessive flow ; burst	失血、流血、流出過多	rrhage ; rrhagia
flow ; burst	流出、溢出	orrhea ; rrh ; rrhea ; rrhoea
break ; burst	破裂、折裂、爆裂	rrhexis
artery ; blood vessel	動脈、血管	arter ; arteri ; arterio
heart	心臟、心臟相關	card ; cardi ; cardio
gall ; bile	膽、膽汁	chol ; chole ; cholo
gout ; painful seizure	痛風、疼痛發作	agra ; agras
stuff ; plug	堵塞不通、梗塞、梗死	farc ; fars
dung ; excrement ; dreg	排泄物、糞便、渣	faec ; faeco ; fec ; feci ; feco

★ 英文	★ 中文	★ 字綴與組合形式
defecate ; excrete ; discharge	排便、排泄	chez
filth ; dung	穢物、糞便	copr ; copro ; kopr ; kopro
urine ; moisten	尿、弄溼	ure ; uri ; uric ; urico ; urin ; urino
sift ; separate	過濾、篩離、分離	cer ; cern ; cert ; cre ; creet ; cret
cram ; pack ; trunk	塞擠、密實、硬條、樹幹、莖、柄	stip ; stipit
do ; make ; cause	製、產生	fac ; facil ; fact ; feas ; feat ; fect ; fic ; fy
make worse inside something ; spoil	變質、內部變糟、感染、毀壞	infect
round object ; hollow sphere ; globe	圓狀物、內空的球形、球體	ball
other ; another ; change	他者、另類、改變	ali ; all ; allel ; allelo ; allo ; alter
one and then another ; take turns ; change	輪流、交替、變換	alter ; altern ; altru
needle ; pin ; sharp	針、釘、尖銳	acu ; acut ; acuti ; acuto ; agu

養生保健

拆字猜義

① masseur _____ 按摩師

② reflexology _____ 反射學

③ antiobesic _____ 治肥胖症的

④ bariatrician _____ 肥胖症醫生

⑤ physical _____ 生理的

⑥ hypertension _____ 高血壓

⑦ constipated _____ 便祕的

⑧ sanitary _____ 衛生的

⑨ hygiene _____ 衛生

⑩ insalubrious _____ 有害健康的

⑪ vaccine _____ 疫苗

⑫ disinfectant _____ 消毒劑

⑬ defecation _____ 排便動作

⑭ exercise _____ 運動

⑮ cholesterol _____ 膽固醇

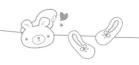

1. **masseur**＝mass+eur名詞字尾(人、者)＝按摩師。

延伸記憶. masseuse女按摩師，massage按摩，massager按摩師、按摩器、按摩機，massage parlour＝massage parlor按摩院、按摩館、養生館，Thai massage＝ancient-manner massage泰式按摩、古式按摩，Indian head massage＝Champissage印度式頭頸臉按摩，Swedish massage瑞典式按摩、緩慢進行的深層肌肉按摩，sports massage運動按摩，hot stone massage熱石按摩，deep tissue massage深層組織按摩，neuromuscular massage神經肌肉按摩，therapeutic massage治療性按摩，massage therapy＝massotherapy按摩療法，massage therapist＝massotherapist按摩治療師，massotherapeutic按摩治療法的

報馬仔. sarmassation＝sar+mass+ation＝對身體組織與器官進行揉撫吻捏按(字源sar、sarc、sarx肉身、肉體)，此行為若是在夫妻或情人之間進行，屬於前戲的卿卿我我親密行為，在商業行為則屬erotic massgae情色按摩。

報馬仔. manual therapy＝manipulative therapy＝manual & manipulative therapy徒手治療、手技治療、手力治療、操作治療。這類治療包括massage按摩，chiropractic＝chiro(手)+practic(實踐、實施)＝脊椎矯正、手療學、整脊學、脊椎按摩療法，osteopathy＝osteo(骨)+pathy(療法)＝骨療法，naprapathy＝napra(矯正)+pathy＝推拿療法、矯正療法，joint mobilization關節鬆動術。

2. **reflexology**＝re字首(回、返、回復)+flexo+logy名詞字尾(言詞、陳述、學科、學問、研究、思想、思維)＝反射論、反射學、反射區按摩療法、腳底按摩療法。

延伸記憶. reflexotherapy＝zone therapy＝reflex zone therapy＝reflexology反射療法、反射區按摩療法、腳底按摩療法；reflex反射作用、本能反應、倒影，retroflex反折、捲舌、後屈，flexible可彎曲的、有彈性的，inflexible沒有彈性的、不可曲折的、無法調適的，flexuous蜿蜒曲折的；flexitime彈性上班時間，flexiloquent講話閃躲的、支支吾吾的，flexitarian＝flexible+vegetar-

ian彈性吃素的、彈性素食者；reflect反射、反映，reflected反射的、別人反映的、得至他人的，reflection回響、反射、反映、反省，reflector反射鏡、反射器，reflectivity反射率，deflection偏向、偏斜、橈曲，inflection內彎、內曲、屈折變化，genuflect屈膝、跪

reflection反射(flect=bend)，refraction折射(fract=break)。

inflection屈折變化：語言學(linguistics)中的型態學(morphology)用語，指單字依據時態、單複數、陰陽性等語法規則而產生形態上的變化。例：英文go→going去(原形→現在分詞)，法文finace→fiancee有婚約者(陽性→陰性)，西班牙文amigo→amiga朋友(陽性→陰性)。

3. **antiobesic** = anti字首(阻止、防止、反抗、逆反、反對、相反)+obes+ic形容詞字尾(具有⋯的、屬於⋯的，呈⋯性質的)、名詞字尾(物、藥品、人、學術、時代) = **對抗肥胖的、治肥胖症的，治肥胖症的藥劑。**

obese肥胖的、過分肥胖的、癡肥的，obesity肥胖狀態、肥胖症，anti-obesity medication減肥藥，management of obesity肥胖管理、對肥胖有認識與處理管控；obesoclinity肥胖傾向，obesophobia肥胖恐懼、害怕變得肥胖、害怕肥胖者，obesophilia肥胖愛戀、對象愈肥胖就愈喜歡，obesogenic=obesogenous導致肥胖的，obesogen肥胖因、肥胖源(例：大吃大喝、不運動、愛甜食等)

體重分級：severely underweight嚴重過瘦、嚴重過輕，underweight過輕、過瘦，normal weight一般體重、正常體重，overweight過重，class I obesity (obesity) 一級肥胖、肥胖，class II obesity (severe obesity) 二級肥胖、嚴重性肥胖，class III obesity (morbid obesity) 三級肥胖、病態性肥胖，super obesity超級肥胖，super super obesity超級超級肥胖。

4. **bariatrician** = bar字首+iatr+ic形容詞字尾(具有⋯的、屬於⋯的，呈⋯性質的)+ian名詞字尾(某種職業、地位的人) = **肥胖症醫師、肥胖症專家。**

養生保健

 bariatrics體重超重病症、肥胖症治療、肥胖科，bariatric肥胖症的，bariatric surgery肥胖症治療手術、減肥手術，baric重量的、壓力的、氣壓的，homobaric相同重量的，isobaric等壓力的，baresthesia重量感覺、壓力感覺，baranesthesia 無重量感、失去對重量的感覺，baresthesiometer壓覺計、壓力計；barometer氣壓計、晴雨表，barogram氣壓紀錄圖，barotolerant耐高壓的

 weight loss減肥、減重、變瘦、瘦身，weight gain增肥、增重、變胖、豐身，weight loss industry減肥產業，weight loss camp=fat farm=fat camp減肥營，weight loss coaching減肥指導、瘦身教練帶領。

5. **physical** ＝phys+ical形容詞字尾(…的)＝**實體的、有形體的、肉體的、身體的、生理的、自然的、物理的。**

 physical examination=health checkup健康檢查、體檢，annual physical examination=annual checkup= routine physical examination=general medical examination年度健康檢查、例行體檢、一般醫學檢查，physical實體的、肉體的，physical education身體教育、體育、體育課，physical culture體育、身體的栽培、體格的培育，physical jerks健身操、體操，physical movement身體運動、身體活動，physical exercise鍛鍊、體能訓練、運動，physically attractive肉體上迷人的，physical science物理科學、自然科學，physical medicine物理醫學，physical therapy物理療法，physique體格、體型，physic藥劑、醫學、用藥、醫治，physicky藥劑引起的，physician身體專家、治病者、醫生、內科醫師，physics物理學，physicist物理學家；physiology生理學，physiologist生理學家，physiography自然地理學，physiolatry自然崇拜，physiognomy人的自然形體判斷術、看外貌判定命運、面相術，physiognomist面相師

6. **hypertension** ＝hyper字首(上方、超過、過高、過多)+tens+ion名詞字尾(行為、過程、結果、情況、物品)＝**高血壓、血壓過高、血管過高的緊張力、過高的伸展力、過**

度緊張。

hypertensive高血壓的、高血壓患者，hypertensor增血壓藥，hypotension低血壓、血壓過低、血管過低的緊張力，hypotensive低血壓的、低血壓患者，hypotensor降血壓藥，tense緊繃的、拉緊的、緊張的，tensive張力的、感到緊張的，tension張力、壓力、拉扯力，tensiometer=tensometer張力計；tenor拉緊的男生歌聲、男高音，tent拉緊後搭成的地方、帳篷，tendon腱、緊繃的肌肉纖維組織；tenorrhaphy腱縫合術，tenositis=tenontitis=tendinitis肌腱炎

sphygmomanometer=sphygmo搏動、脈動+mano流體+meter測量=量血壓機、血壓計；high blood pressure=hypertension高血壓，low blood pressure=hypotension低血壓，systole心臟收縮，systolic pressure收縮壓，diastole心臟舒張，diastolic pressure舒張壓。

養生保健

7. **constipated**＝con字首(一起、通通)+stip+ate動詞字尾(造成、使成為)+ed形容詞字尾(具有…的、如…的)＝塞在一起的、便祕的、受阻的、不通的。

constipate使便祕、使祕結不通、使遲滯、使受阻，constipation便祕狀態、祕結情況、限制，atonic constipation無力性便祕，slow transit constipation慢傳輸型便祕，outlet obstructive constipation出口梗塞型便祕，colonic constipation結腸性便祕；stipes密實的東西、莖、柄，stipiform=stipitiform莖狀的、柄狀的，stipitate有柄的

constipation=dyschezia=dys(困難、障礙)+chez(排便)+ia(病症、狀態)=大便困難；constipation=costiveness=co(一起、通通)+stive(擠塞)(拉丁文stip轉為古法文時發音轉訛)+ness(狀態、情況、性質)=便祕，costive便祕的、引發便祕的、小氣的、吝嗇的。

8. **sanitary**＝san+it從事、進行+ary形容詞字尾(具…性質的、有…特性的)、名詞字尾(匯集處所、場所、地點、人)＝衛生的、有助衛生的、合乎健康的，衛生的方便處、公

共廁所。

延伸記憶 sanitary napkin=sanitary towel衛生棉、衛生巾、月經棉、月經墊，sanitary engineer衛生工程師、清潔工(專業職稱)，sanitary ware陶瓷衛生器具，sanitary landfill衛生掩埋、衛生填土，sanitarian=sanitarist衛生人員、衛生專家，sanitarium=sanitorium=sanatorium療養院、休養所、避暑或避寒之地，sanitate使合乎衛生、使達到健康標準，sanitation衛生設備、盥洗設施、衛生條件、環境衛生、公共衛生，sanitize=sanitise衛生處理、淨化處理、消毒、洗淨，sanitationman清潔隊員，sanitationwoman女清潔隊員，bradysanescent產生療效速度慢的，tachysanescent產生療效速度快的；sane健全的、心智正常的，insane不健全的、心智不正常的；sanity精神健全、心智正常，insanity瘋狂狀態、精神不健全、心智不正常；sanatory有益身心健康的、促進健康的，sanative治癒性的、可當成治療用的

報馬仔 Linsanity=Lin+insanity=林來瘋，籃球迷為臺裔美籍NBA選手林書豪(Jeremy Lin)傑出表現而呈現的狂熱與著迷。

9. **hygiene＝**hygien+e名詞字尾(事務、事物、人、者)**＝衛生、衛生事務、衛生學、保健、清潔乾淨狀態、健全情況。**

延伸記憶 hygiene education衛教、衛生教育，body hygiene身體清潔、身體衛生，physical hygiene生理衛生，feminine hygiene婦女衛生，mental hygiene心理衛生，veterinary hygiene動物衛生，sleep hygiene睡眠衛生，occupational hygiene職業衛生=industrial hygiene工業衛生=hygiene in the workplace職場衛生，culinary hygiene烹飪衛生，food hygiene食品衛生，personal hygiene個人衛生，community hygiene團體衛生，public hygiene公共衛生，hygienic=hygienal衛生的、保健的，antihygienic不衛生的、與衛生逆反的，hygienist=hygieist衛生專家、保健專家；hygienics=hygieology=hygiology衛生學、保健學，hygeiolatry衛生崇拜、衛生過度、清潔癖

Hygeia、Hygea、Hygia(三種拼法皆對)是希臘神話中主司健康與衛生(預防疾病)的女神,而且正是hygiene(衛生、保健)的字源;她是醫學醫術醫藥之神Aesculapius的女兒,她的幾位姐妹的名字也和醫學的字源相關:Iaso、Ieso(兩種拼法皆對)是主司復原康復的女神,衍生字源有iasis病症,iatri、iatrio醫療、醫學,iatrician醫師,iatrics、iatry醫學分科、療法;Panacea、Panakeia(兩種拼法皆對)是主治療治癒的女神,衍生字有panacea、panchrest萬用藥、萬靈丹、保命仙丸;Aglaea、Aglaïa(兩種拼法皆對)是主司容光煥發美麗燦爛(身體健康的表現)的女神,衍生字有galre、aglare、gleam、agleam、glimmer、aglimmer、glitter、aglitter、glow、aglow,都和「閃耀、閃爍、發光、發亮、光輝」等意思相關。

10. insalubrious＝in字首(不、無、非)+salubri+ous形容詞字尾(有…性質的、屬於…的、充滿…的)＝不健康的、有害健康的、不衛生的。

insalubrity不健康特性、有害健康的狀態、不衛生,salubrious健康的、有益健康的、衛生的,salubrity健康特性、有益健康的狀態、衛生;insalutary不健康的,salutary有助益的、適宜健康的,salutarium適宜健康的場所、療養院;salutiferous帶來健康的、產生健康的;salute祝你健康、別來無恙、致敬、敬禮、響禮炮、打招呼,salutatory致意的、致敬的、打招呼的、報紙雜誌創刊詞、典禮儀式開幕詞,salutatorian＝salutator畢業典禮致歡迎詞的人

養生保健

 比較下列源自拉丁文的同源字——有助健康的、對健康有益的：salubri-
ous(英文)、salubre(法文、義大利文、西班牙文)；有助益的、適宜健康
的：salutary(英文)、salutaire(法文)、salutare(義大利文)；健康：salute(義
大利文)、salud(西班牙文)；祝你健康：salut(法文)、salute(義大利文)；
打招呼：salutation(英文)、salutation(法文)、saluto(義大利文)、saludo(西
班牙文)；致敬、敬禮：salute(英文)、saluer(法文)、salutare(義大利文)、
saludar(西班牙文)。

 Royal Salute皇家禮炮：蘇格蘭名牌威士忌whisky。

11. vaccine＝vacc+ine名詞字尾(藥物名稱及化學物品)、形容詞字尾(屬於…的、具有…的、如…的)＝牛痘、疫苗，牛痘的、疫苗的、接種的。

 cholera vaccine霍亂疫苗，hepatitis vaccine肝炎疫苗，mumps vaccine腮腺
炎疫苗，influenza virus vaccine流感病毒疫苗，measles vaccine麻疹疫苗，
rubella vaccine德國麻疹疫苗，polio vaccine=poliomyelitis vaccine小兒麻痺
疫苗、脊髓灰質炎疫苗，rabies vaccine狂犬病疫苗，smallpox vaccine天
花疫苗，human papillomavirus vaccine人類乳突性病毒疫苗、子宮頸癌疫
苗，trivaccine三聯疫苗、三合一疫苗，hexavaccine六聯疫苗、六合一疫
苗，autovaccine自體抗原、自身疫苗，vaccinetherapy疫苗療法，vaccicide
殺牛、殺牛者、殺牛藥；vaccinal疫苗的、種痘的，prevaccinal接種前
的，postvaccinal接種後的，vaccinable可接種的，vaccinate接種、種痘，
vaccinator=vaccinist接種工作人員、施痘者，vaccinee接受疫苗接種者，
endovaccination內服疫苗法，antivaccinationist反對疫苗接種者，revacci-
nate再度接種、二次種痘，unvaccinated沒種痘的、未打疫苗的；vaccini-
culture疫苗培養、菌苗栽培；vaccinogenous產生疫苗的，vaccinophobia 疫
苗恐懼、種痘恐懼、害怕打疫苗；fluorine氟，cholrine氯，bromine溴，
alkine炔烴，nicotine菸鹼、尼古丁；bovine牛的，phocine海豹的，porcine
豬的，anserine鵝的

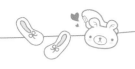

 inoculation=in(進入)+ocul(眼周、眼周狀物、芽狀、痘狀)+ation(進行、從事)=打進去然後形成一個眼周狀、芽狀、痘狀的外口,接種、種痘、疫苗接種;看看手臂的牛痘疫苗接種處,就容易理解此字的造字原理。

12. disinfectant = dis字首(取消、除去)+in字首(內、入)+fect+ant名詞(人、者、物)、形容詞字尾(屬於…的)=**消毒劑,消毒的**。

 disinfect消毒,disinfected消毒好的、消毒過的,non-disinfected未消毒的,disinfection消毒動作、消毒行為、消毒過程,water disinfection水的消毒,ultraviolet disinfection紫外線消毒,infect病毒進到裡面、感染、傳染,infected受到感染的、受到傳染的,uninfected未被感染的、未受到傳染的、沒有被影響到的,infection感染狀態、傳染動作、傳染病,mass infection大量感染,waterborn infection水源性感染,airborne infection空氣型感染,droplet infection飛沫感染,extogenous infection外源性感染,opportunistic infection機遇性感染,infectious=infective傳染性的、引發感染的,infectiosity=infectiveness傳染性、傳染度、傳染力;lubricant潤滑劑,deodorant除臭劑,depressant抑制劑,antidepressant抗憂鬱藥物,adulterant摻合劑,attenuant稀釋劑、淡化劑,cryoprotectant抗凍劑

13. defecation = de字首(除去、取消、毀、離開、脫離)+fec+ation名詞字尾(情況、狀態、過程、結果)=**排便動作、清糞行為、淨化作用、除掉殘渣、清除堆積**。

 hyperdefecation排便次數過多與排便量過大,defecate排便、清糞,defecator清淨器、澄清槽、過濾裝置,faeces=feces糞便,fecal=faecal糞便的,fecaloid糞狀的、糞樣的,fecalith糞石,fecaloma糞瘤;fecanalgia糞痛症、大便時直腸或肛門感到疼痛;fecula蟲糞鳥便、殘渣、爛臭物,feculent糞便的、臭渣的、污穢的,feculence污穢、混濁、髒臭

14. exercise = ex字首(外面、離開、消除、由…中弄出)+erc+ise名詞字尾(狀態、情況、性質、功能)、動詞字尾(從事、進行)=**運動、鍛鍊、操練、練習、演習、行使、運**

用。

exercise equipment運動設備、健身設備、健身器材，exercise device運動裝置、健身裝置，exercise machine運動機、運動器、健身機器，exercise bicycle=exercise bike=stationary bicycle=exercycle健身腳踏車、練身自行車、只轉輪但不走動的運動用腳踏車，exercise ball=gym ball=sports ball=fitness ball=therapy ball=Swiss ball健身球、抗力球、瑞士球，stretching exercise伸展運動，aerobic exercise有氧運動，anaerobic exercise無氧運動，cardiopulmonary exercise心肺運動，endurance exercise耐力運動、耐力訓練，therapeutic exercise治療性運動，gymnastic exercise體操運動，military exercise軍事演習，field exercise野戰演習，deskercise=desk+exercise久坐者在辦公桌做的簡易肢體舒緩運動，dancercise=dance+exercise舞蹈有氧運動、有氧舞蹈、舞蹈與健身結合操，jazzercise=jazz+exercise爵士樂健身操，boxercise=boxing+exercise拳擊有氧運動，exercisable可操練的、可運用的；coerce限制他人與你採取一致意見、脅迫、強制，coercion高壓統治、脅迫行為，coercive脅迫的、強制的，incoercible不可脅迫的、不能強制的；advertise廣告，criticise批評，compromise妥協，chastise懲戒

exercise的erc原意是「侷限、限制、維持」，exercise原意為「侷限在屋外做動作、維持在戶外做事、不得在屋內休息」，引申為「運動、演練」。

15. cholesterol＝chole+ster(立體、堅固)+ol名詞字尾(醇)＝膽固醇。

bad cholesterol=low density lipoprotein (LDL) =atherogenic lipoprotein壞膽固醇、低密度脂蛋白、致動脈粥樣化脂蛋白，good cholesterol＝high density lipoprotein (HDL) =anti-atherogenic lipoprotein好膽固醇、高密度脂蛋白、抗致動脈粥樣化脂蛋白，cholesterolgenesis膽固醇生成，cholesterolemia膽固醇血症、血膽固醇過多，cholesteroluria膽固醇尿症、尿膽固醇過多，cholecyst膽囊，choleic膽的，cholelith膽石；choline膽鹼、膽素；sterol=ster+ol=固醇，steroid=sterol+oid(類似、樣子)=類固醇，

養生保健

sitosterol=sito(食物)+sterol=穀固醇；tocopherol生育醇，inositol肌醇、環己六醇，cortisol皮質醇，calcitriol鈣三醇

cholera霍亂：是霍亂弧菌引發的一種急性腸胃病，有嚴重的腹瀉，然後嘔吐，使體液大量流失。古希臘認定的四種體液(four bodily fluids)對照四種要素(four elements)：血液(blood)對火，黏液、痰(phlegm)對水，黃膽汁(choler, yellow bile)對風，黑膽汁(melancholy, black bile)對土；調和良好就身體健康，調和失當或嚴重失調就會微恙或大病。在醫學尚未發達時，把霍亂相對於黃膽汁的流失，就用黃膽汁choler來造出cholera=choler+ia(病症、狀況)=黃膽汁病、霍亂；另外，憂鬱症被認定是黑膽汁過多所致，就用「黑膽汁病」(melancholia=melan黑+chol膽汁+ia病症)來表示。

化學用語字源：meth甲、eth乙、propyl (prop) 丙、but丁、penta戊、hexa己、hepta庚、oct辛；methan甲的、ethan乙的、propylan丙的、butan丁的、pentan戊的、hexan己的、heptan庚的、octan辛的、ol醇、al醛、ane烷、ene烯、one酮、er醚、yne炔。衍生字：methanol甲醇、methanal甲醛、methane甲烷；ethanol乙醇、ethanal乙醛、ethane乙烷、ethane乙烯、ether乙醚、ethyne乙炔；trichlormethane=tri(三)+chlor(氯)+methane=三氯甲烷。

拆字猜義

⑯ atrophy _____ 萎縮

⑰ infarct _____ 梗塞

⑱ constitution _____ 體質

⑲ sanguine _____ 有血色的

⑳ hypoglycemia _____ 低血糖症

㉑ hemorrhoid _____ 痔瘡

㉒ alternative _____ 另類的

㉓ malaxate _____ 揉捏按摩

㉔ arteriagra _____ 痛風性動脈硬化

㉕ incontinence _____ 失禁

㉖ recuperate _____ 復原

㉗ excrement _____ 排泄物

㉘ secretagogue _____ 促分泌劑

㉙ acupuncture _____ 針灸術

㉚ urinalysis _____ 尿析

16. atrophy＝a字首(不、非、無)+troph+y名詞字尾(情況、行為、性質、狀態)＝無滋養、養分進不去、萎縮。

延伸記憶. atrophia=atrophie=atrophy萎縮，atrophic=atrophied=atrophous萎縮的，vascular atrophy脈管性萎縮，senile atrophy老年性萎縮，optic atrophy視神經萎縮，periodontal atrophy牙周萎縮，muscular atrophy=amyotrophy=amyotrophia肌肉萎縮，gastric atrophy胃萎縮，atrophoderma=atrophodermia=dermatrophia=dermatrophy皮膚萎縮，atrophedema萎縮性水腫，acardiotrophia=a+cardio(心臟)+trophy=心萎縮，abiotrophy=abiotrophia=abiatrophy生活力萎縮、生命力缺無、生命力退化，anatrophy=general atrophy全身萎縮，encephalatrophy腦萎縮，cerebral atrophy大腦萎縮，cerebellar atrophy小腦萎縮，mastatrophia=mastatrophy=breast atrophy乳房萎縮、乳腺萎縮，myoatrophy=muscle atrophy肌萎縮，myelatrophy脊髓萎縮，metratrophy子宮萎縮，lipoatrophy皮下脂肪萎縮、脂肪營養不良，ulatrophy齦萎縮，retinal atrophy視網膜萎縮；hypertrophy營養過剩、變得肥大、肥胖，ventricular hypertrophy心室肥大，breast hypertrophy=gigantomastia乳房肥大、巨乳，dystrophy=dystrophia=paratrophy營養不良，營養障礙，autotrophy自養作用、自營生特性，autotroph自養生物、自己營生的生物，trophic營養的，dystrophic營養不良的、營養障礙的，eutrophic營養良好的，trophocyte 滋養細胞，trophedema=trophoedema營養性水腫，trophology營養學，trophotherapy營養療法，trophonosis=trophopathia=trophopathy營養病；controversy爭議性、爭議程度、爭議事件，honesty誠實品行、誠實特質，difficulty困難性、困難度

17. infarct＝in字首(內、入)+farct＝裡面梗塞、內部塞住不通、梗塞、梗死、血流阻塞引起的部分組織壞死而致喪失功能或可能致死。

延伸記憶. infarcted梗塞的、梗死的，infarction梗塞形成、梗死發生，myocardial infarction(MI)心肌梗塞、冠狀動脈血栓，acute myocardial infarction (AMI)

急性心肌梗塞，cerebral infarction=stroke腦梗死、中風，intestinal infarction腸梗死，pulmonary infarction肺梗死，anemic infarct=pale infarct=white infarct缺血性梗死、白色梗死，infarctectomy梗死切除手術

18. **constitution**＝con字首(一起、共同)+stitut+ion名詞字尾(行為、過程、結果、情況、物品)＝一起撐起的東西、使身體公司國家得以建立的共通事務、構造、本質、體質(身體與健康)、章程(公司與法人機構)、體制、憲法(政府與國家)。

 constitutional體質的、本質的、有益體質的、保健的、健身的、章程的、憲法的、合乎憲政的，constitutional簡易健身運動、輕便保健活動、保健散步，take a constitutional(形容詞)walk=take a constitutional(名詞)=散個健身步，constitutional anthropology體質人類學、研究個別人種民族身體構造的學科，constitute組成、形成、設立、建立，constituent=constitutive組成的、形成的、本質的、結構的，constituent成分、組成要素、選民，constituency構成成分總稱、整個選區的選民、選區

19. **sanguine**＝sangui+ine形容詞字尾(屬於…的、具有…的、如…的)、名詞字尾(人者物、原則、準則、理念、抽象概念)＝有血色的、氣色好的、臉色紅潤的、血紅色的、樂觀的、熱情的、好見血的、愛殺戮的，血紅色、紅色粉筆。

 sanguine=sanguinary=sanguinous=sanguineous有血色的、氣色好的、臉色紅潤的、血紅色的、血的、血質的、樂觀的、熱情的、好見血的、愛殺戮的，consanguine=consanguineous共同血源的、來自共同祖先的、同宗的、有血親關係的，consanguinity血親、近親、同宗，exsanguinate去血、放血、除血、使變成無血，exsanguine=exsanguinous無血的、失血的、貧血的，sanguinity樂觀性情、熱情特質，sanguinolent含血的、沾血的、帶血絲的、染血的；sanguinivorous吃血的、吸血維生的，sanguinivore吃血的生物(例：吸血蝙蝠vampire bat、蚤flea、蝨louse、蚊mosquito)；sanguis血、血液，sanguisuction吸血法，sanguicolous寄居於血中的、棲血的、住血的、生活在血中的，sanguifacient造血的、產生血的，sanguifica-

養生保健

tion造血作用、血液化、血液生成，sanguiferous帶有血的、運送血的，sanguimotor=sanguimotory血液循環的；internecine互相殘殺的，argentine銀的，cygnine天鵝的，cetacine鯨魚的，cebine猴子的，columbine鴿子的

jus sanguinis=legal right of blood血統法定權利、血統主義、屬人主義、子女國籍依父母國籍而定；jus soli=legal right of soil=birthright citizenship出生地法定權利、出生地主義、屬地主義、出生所在國家就是其國籍。

20. hypoglycemia＝hypo字首(下方、不足、過低、過少)+glyc(糖)+em+ia名詞字尾(病症、狀況)＝低血糖症、血糖過低。

hypoglycemia=hypoglycaemia血糖過低，glycemia=glycaemia= glucohemia糖血、糖血症，lipemia=lipaemia=pionemia脂血、脂血症，proteinemia蛋白血症，hyperlipoproteinemia血脂蛋白過多，alkalemia鹼血症，kalemia鉀血症，azotemia=uricemia氮血症、尿毒症、慢性腎衰竭(血中含氮的尿素物質過多)，uricacidemia尿酸血症，acidemia=acidaemia酸血症，calcemia鈣血症，hypocalcemia血鈣過低，magnesemia鎂血症，natremia鈉血症，hypernatremia高血鈉症，ammonemia氨血症，chloremia氯血症，hyperchloremia高氯血症，alcoholemia醇血症，cupremia銅血症，toxemia=toxaemia毒血症，pyemian膿毒血症，ichorhemia=ichorhaemia=septicemia=septicaemia敗血症，pneumosepticemia肺炎敗血症，carotenemia胡蘿蔔素血症，oxalemia草酸鹽血，anoxemia血缺氧、缺氧血症，leukemia白血病、血癌，melanemia=melanaemia黑血症，dysemia=dysaemia血液變壞、血液循環障礙症，hydremia=hydraemia水血症、稀血症，pachyemia=pachyaemia血液濃縮，anemia貧血、無血，pernicious anemia惡性貧血，thalassemia=thalassaemia地中海貧血症；glycan多糖、聚醣，glycogen糖原，glycolipid糖脂，glycose=glucose單糖、葡萄糖，glycosuria=glucosuria糖尿

 養生保健的三高之害：hyperglycemia=hyperglycaemia高血糖症、血糖過高，hyperlipemia高血脂症、血脂過高，hypertension高血壓症、血壓過高。

21. **hemorrhoid** = hemo+rrh(流動)+oid形容詞字尾(看似…的、像…樣子的、有…狀的)、名詞字尾(似…的東西、像…樣子的人或物、…狀的物品)=**流血樣子的症狀、痔、痔瘡。**

 hemorrhoid=haemorrhoid痔，hemorrhoidal痔的、為痔瘡所苦的、罹患痔瘡的，hemorrhoidectomy痔瘡切除手術，hemoclip血管夾、血管鉗，hemopathy血液病，hemophilia血友病，hemophile血友病患，hemophobia=blood phobia對血極端害怕、血恐懼，hemoptysis咳血，hemorrhage失血、出血，hemostasis=hemostasia止血、止血法，hemostat止血器、止血工具，hemostatic止血劑、止血藥，hemolysis溶血、血細胞溶解，hemodialysis血液透析、洗腎，hemodialyzer血液透析氣、洗腎機，hemocyanin血青素、血藍蛋白，hemoglobin血紅素、血紅蛋白；hemochrome=haemochrome=hemachrome=haemachrome血色素，hemagogue促血流的、促血流劑、通經藥、催經針，hemaagglutinin血凝素、血細胞凝集素；hemal=hematal血的、血管的，hematemesia嘔血、吐血，hematic補血的、補血藥；hematocyte血細胞、血球，hemology=haemology=hematology=haematology血液科、血液學、血液研究，hematologist=haematologist血液科醫師、血液學專家，hematological血液科的、血液學的，hematocryal=cold-blooded=poikilothermal=ectothermic冷血的、冷血動物的、變溫的、不定溫的、體外決定溫度的(例：爬蟲reptile)，hematothermal=warm-blooded=homeothermal=endothermic溫血的、溫血動物的、恆溫的、定溫的、體內決定溫度的；anthoid像花的、花狀的，arctoid像熊的，anginoid血管狀的，astroid星星樣子的，cynoid像狗的，deltoid三角洲狀的，globoid球狀的，helioid像太陽的，hippoid像馬的，oneiroid像夢一般的，ornithoid像鳥的

22. alternative = altern+ate動詞字尾(做、從事、進行、造成、使之成為)、形容詞字尾(有…性質的、如…形狀的)、名詞字尾(人、者、物、職務、職權的總稱)+ive形容詞字尾(有…性質的、有…傾向的、屬於…的)、名詞字尾(有…性質的的物品、有…傾向的東西、屬於…的藥劑) = **另類的、他種的、二者擇一的、供選擇的、可替代的，取捨、抉擇、選項、替代辦法、出路。**

alternative medicine替代治療、另類醫學，alternative energy替代能源、另類能源，alternative to surgery手術外的其他抉擇，alternate交替、輪流、更迭、交替的、輪流的、間隔的、替換的、代替者、後補人員、輪流者、選擇，alternation交替作用、間隔狀態、輪流情況；alter改變、變動，altercate彼此罵、交相指責、吵架、爭執，unaltered原樣的、沒有改變的，alteration變動、變樣、改換，alterable可改變的，inalterable=unalterable無法改變的，alterant變質劑、變色劑、可改變的，alterative改變體質的變質藥、使病人體質往有益方向改變的藥劑、有助恢復健康的藥劑；subaltern在下方的輪替人員、部下、手下、下屬、下級的、下層的，subalternate下級的、下層的、從屬的、低位階的；altruism利他主義、主張為別人利益著想，altruistic利他的、不自私的，altruist利他主義者

替代治療、另類醫學包括：傳統中醫(traditional Chinese medicine)當中的草藥(herbal medicine, phytotherapy)、針灸(acupuncture)、推拿(tuina)、氣功(qigong)、拔罐(cupping)等，傳統印度阿育吠陀醫學(ayurvedic medicine長生經醫學)中的草藥、頭頸部按摩(Indian head massage=Champissage)、瑜珈(yoga梵我合一操)等，自然療法(naturopathy)、順勢療法(homeopathy)、身心療法(mind-body intervention)、能量醫學(energy medicine)，還有各國的各種民俗醫學(folk medicine)等。

23. malaxate = massage+lax+ate動詞字尾(做、從事、進行、造成、使之成為) = **揉揉捏捏、揉捏按摩、揉捏陶瓷、攪拌、搓合、拌合、使成分摻和到麵糰或藥劑中。**

malaxation揉捏法治療、拌合、咀嚼，malaxator揉混機、拌合器、揉麵糰機、拌土機，malaxage揉捏按摩、揉捏陶瓷、攪拌、搓合，malaxable

可揉捏的、可弄軟的，dermalaxia皮膚軟化，lax鬆弛的、寬鬆的、腹瀉的、不嚴格的、不細心的、不緊張的，relax 放鬆、鬆弛、緩和、減輕、休閒，relaxed鬆弛的、輕鬆的、舒服的、自在的、悠哉的，relaxant弛緩的、弛緩藥、鬆弛劑；laxity鬆弛狀態、疏鬆性、道德放縱、肌肉疏鬆情況、腸道鬆動、緩瀉情形；laxative緩瀉的、輕瀉的、通便劑、輕瀉藥

24. arteriagra＝arteri(動脈)+agra＝痛風性動脈硬化。

 arteritis=arteri+itis=動脈炎，arteriolith動脈結石，arteriostenosis動脈狹窄，arteriosclerosis動脈硬化，coronary arteriosclerosis冠狀動脈硬化，arteriomalacia動脈軟化；arthragra關節痛風，cheiragra=chiragra手痛風，dactylagra手指或腳趾痛風，podagra足痛風、大拇趾痛風，melagra肢痛風，anconagra肘痛風，arthragra關節痛風，coxagra髖關節痛風，gonagra膝關節痛風，gonatagra膝痛風，cephalagra發作性頭痛風、偏頭痛風，trachelagra頸痛風，omagra肩痛風、肩關節痛風，cleidagra=clidagra鎖骨痛風，odontagra痛風性牙痛，glossagra=glossalgia痛風性舌痛，proctagra肛部痛風，ophthalmagra眼突發劇痛、眼痛風，cardiagra心痛風，celiagra腹痛風，pudendagra陰部痛風

25. incontinence＝in字首(不、無、非)+con字首(共同、一起、齊聚)+tin+ence名詞字尾(性質、狀態、行為)＝無法一起撐住的情況、不能保持齊聚的狀態、沒辦法維持完整、不節制、沒有控制力、荒淫無度、失禁。

 fecal incontinence大便失禁，rectal incontinence直腸失禁，bowel incontinence腸失禁，urinary incontinence=incontinence of urine尿失禁，incontinent失禁的、對排泄能力失去控制能力的、不節制的、荒淫無度的，continence節制力、控制力、節慾，fecal continence排便節制，urinary continence排尿節制，continent有節制力的、有控制力的、能節慾的，abstinence不再抓住某種東西不放、放棄一直撐住的狀態、戒慾、戒色、戒淫、戒酒、戒肉，abstinent戒慾的，pertinence徹底控制、針對性、精確的

養生保健

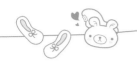

相關性，impertinence無針對性、沒有精確的相關性、不切題、不中肯，pertinacious徹底抓住而不放手的、頑固的、冥頑不靈的、難以治療的

 報馬仔. continent齊聚一起的土地或陸塊、洲、大洲、大陸，subcontinent次洲、次大陸、比較小的陸塊區。

26. recuperate＝re字首(再次、重新、回、返)+cuper+ate動詞字尾(做、從事、進行、造成、使之成為)＝**復原、復得、恢復健康、休養。**

 延伸記憶. recuperation復原的行為、復得的過程、恢復健康的情形，recuperative復原的、復得的、恢復健康的、休養的，recuperator體力消耗後的復原者、病後休養恢復健康者、回復裝置、廢油再生機、回熱式換熱器；recover再得、取回、恢復、復原、痊癒，recovery恢復過程、復甦狀態、康復情形，recovery room恢復室、治療或手術後的療養間，recoverable可取回的、能恢復健康的、可復原的、有痊癒希望的

27. excrement＝ex字首(出、外、離開、消除、由…中弄出)+cre+ment名詞字尾(行為、行為過程、行為結果、事物)＝**篩檢分離後排出去的東西、排泄物、糞便。**

 延伸記憶. excremental＝excrementitious排泄物的、糞便的；excrete排泄、泌出，excretion排泄動作、排泄行為、排泄物、泌出物，excreta排泄物總稱，excretin糞素，excretory排泄的，excretory organ排泄器官，excretory function排泄功能

28. secretagogue＝se字首(離開、分開、拉開)+cret+agogue名詞字尾(引領者、催行者、鼓動者、激發劑、觸發物)＝**促分泌劑、促分泌藥。**

 延伸記憶. secretagogue＝secretogogue促分泌劑、促分泌素，secrete分泌，secreta分泌物總稱，secretion分泌、分泌作用、分泌功能、分泌物，internal secretion內分泌，external secretion外分泌，secretin腸促胰液肽、促胰液素，secretinase促胰液素酶

 endocrinology=endo內、內部+crino泌出、滲出、流出+logy研究=內分泌學、內分泌科，endocrinologist內分泌學專家、內分泌科醫師，endocrine內分泌的、激素的，endocrinium內分泌系統，endocrinopathy內分泌病，endocrinotherapy內分泌療法、激素療法。

29. acupuncture = acu+punct(戳、刺、打孔、穿洞)+ure名詞字尾(行為、行為狀態、情況結果)、動詞字尾(進行、從事)＝**針刺療法、針灸術，施以針刺法治療、進行針灸。**

 acupuncturist針刺療法師、針灸醫師，acupuncture point=acupoint施針點、穴位，acupuncture analgesia針刺止痛、針灸而使無痛覺，electroacupuncture電針灸，ear acupuncture=auriculoacupuncture= auriculotherapy=auricular therapy耳針療法、耳穴療法；acupressure針壓、針壓止血法，acuate尖的、針狀的，aculeate有刺的、帶針的、會刺人的(動植物或語言)，acuity尖銳性、敏銳度、劇烈性、急性程度，acumen敏銳、聰明；acute尖的、銳的、劇烈的、急性的，SARS=severe acute respiratory syndrome嚴重急性呼吸道症候群，acute leaf尖葉，acute angle 銳角

 moxibustion=moxa(艾、艾蒿)+combustion(燒灼、燃燒)=艾葉燒灼治療法、灸、灸術；acupuncture and moxibustion針與灸、針灸。

30. urinalysis = urin+ (an)alysis名詞字尾(析、分解、溶解、裂解、鬆開、分開)＝**尿析、尿分析、尿分析法。**

 urinalysis=urin+ (an)alysis=uranalysis=ur(in) +analysis=尿分析法，urine尿，urinal尿器、尿壺、尿斗、男廁尿尿處，urinous尿的、含尿的、有尿味的、尿質的，urinary尿的、含尿的、泌尿的，urinary system泌尿系統，urinary organ泌尿器官，frequent urination=urinary frequency頻尿，urinary urgency尿急，urinary tract尿道，urinary tract infection尿道感染，urinary stuttering斷斷續續排尿，urinary bladder膀胱、儲尿囊，urinary calculus=cystolith=urolith尿石、尿結石；uriniferous輸尿的，uriniferous duct輸尿管；

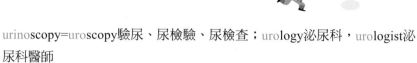

urinoscopy=uroscopy驗尿、尿檢驗、尿檢查；urology泌尿科，urologist泌尿科醫師

與尿相關疾病：uria尿症，hematuria血尿，hemoglobinuria血紅素尿、血色蛋白尿，myoglobinuria肌紅蛋白尿，glycosuria=glucosuria糖尿、糖尿病，ketonuria酮尿，crystalluria結晶尿、晶尿症，chyluria乳糜尿、米湯尿，bacteriuria細菌尿，aminoaciduria胺基酸尿，albuminuria蛋白尿，bilirubinuria膽紅素尿，hyperuricosuria高尿酸尿，hypouricosuria低尿酸尿，hypercalciuria高鈣尿。

04

疾病與醫療之一

字源線索

★ 英文	★ 中文	★ 字綴與組合形式
brain ; mind	腦、心智、精神	phren ; phreni ; phreno
spirit	精神、心靈、元氣	psych ; psycho
mind	精神、心智	minisce ; mens ; ment
mind ; emotion ; temper	心智、感情、氣質、精神狀態	thym ; thymo
mind ; reason	心智、理性	noe ; noes ; noet ; noia ; nou ; nous
memory	記憶	mnem ; mnes
brain ; top of head	腦、腦部	encephal ; encephalo
meninges	腦膜、腦脊髓膜	mening ; meningi ; meningo
cerebrum	大腦	cerebr ; cerebri ; cerebro
cerebella	小腦	cerebell ; cerebello
head	頭、頭部	cephal ; cephalo
skull	顱、顱骨、頭骨	crani ; cranio
nerve	神經	nerve ; nervi ; nervo ; neur
spine	脊柱、脊椎	rachi ; rachio
spine column	脊柱、脊椎、椎骨	vertebr ; vertebro

疾病與醫療之一

★ 英文	★ 中文	★ 字綴與組合形式
marrow	髓、脊髓、骨髓	myel；myelo
armpit	腋下、腋窩	maschal
shield-shaped	盾甲樣子、甲狀腺	thyr；thyreo；thyro；thyroid；thyroido
fingernail；toenail；claw	指甲、趾甲、爪	ony；onych；onycho；onyx
tumor；bulge；mass	瘤、凸出物、腫塊	oma；omatoid；ome
flesh tumor	肉瘤	sarcoma；sarcomat
inflammation	發炎	itis
incision；cutting；section	切開、切面、層片、段節	tom；tomo；tomy
excise；surgical removal	切除、切除術、動手術拿掉	ectomy
strength	力量	sthen；stheno
weakness；without strength	衰弱、無力	asthen；astheno
condition；symptom；disease	狀況、病症、疾病	ia；path；sis
disease；suffering；feeling	疾病、受苦、感覺	path；pathe；patho

★ 英文	★ 中文	★ 字綴與組合形式
heal ; cure ; treatment	治療、照顧、醫治	therap ; therapeu
heal ; cure	治療、醫治	iater ; iatr ; iatro
seizure ; hold ; attack	發作、逮住、纏住、襲擊	lep ; leps ; lept ; lepto
bear down on	壓、壓抑、抑鬱	press ; pressi ; presso ; prim ; prin
cleft ; split	裂開、分裂、剝離	schis ; schist ; schisto ; schiz ; schizo
love ; attraction ; fondness	愛、吸引、深情	phil ; philo
dislike ; fear	嫌惡、恐懼	phob ; phobo
madness ; craziness	瘋狂、狂躁	man
lust ; coition ; sexual desire	情慾、性慾	lagn ; lagneu ; lagneuo ; lagno
wander in mind	幻覺、迷幻、心智迷走	hallucina ; hallucinate ; hallucino
game ; play ; deceive	戲耍、玩玩、欺騙、錯認	lud ; ludi ; lus
arrange ; regulate	安排、規範、調節、秩序	ord ; order ; ordin ; ordinate
uneasy ; worried ; solicitous	不安、焦慮、心煩	anxi ; anxio

疾病與醫療之一

★ 英文	★ 中文	★ 字綴與組合形式
feeling ; perception	感覺、感受	aesth ; aesthe ; aesthesio ; esth ; esthe
pain ; hurt	疼痛	alg ; alge ; alges ; algesi ; algesio ; algi ; algio
breathing ; air	呼吸、空氣	pne ; pnea ; pnei ; pneo ;
sight ; vision	看、視	op ; opsi ; opso ; opt ; optico
watch ; peep	細看、窺視	vey ; vid ; video ; vis ; visu ; visuo ; voy
hear	聽、耳聞	acou ; acus ; aud ; audi ; aur ; auri
smell	嗅、鼻聞	osm ; osphresi ; osphresio
taste	嘗、舌嘗、品味	geus
feel ; touch	摸、觸	aph
speak	說話、發言	dict ; locut ; log ; loqu ; phas
write ; draw	書寫、畫畫、描繪	gram ; graph
read words	閱讀、朗讀	lex ; lexi ; lexic ; lexico
appetite ; desire	食慾、欲望	orex
eat ; consume	吃、食、耗用	phag ; phage ; phagi ; phago

疾病與醫療之一

★ 英文	★ 中文	★ 字綴與組合形式
thirsty	口渴、想喝	dips ; dipso
digestion	消化	peps ; pepsi ; pept ; pepto
sleep	睡覺、休眠	dorm ; dormi ; hypn ; hypno ; somn ; somni ; somno
sleep ; numb ; dull	睡眠、昏呆、昏迷、麻醉	narc ; narco ; narcot ; narcotico
deep sleep ; long sleep	深睡、昏迷、呆滯	coma ; comat ; spoor ; sop
dream	夢	oneir ; oneiro ; onir ; oniro ; somn ; somni ; somno
without ; lack ; absence	無、缺乏、不存在	a ; an
stink ; foul odor	臭、臭味	brom ; bromo
good ; happy ; pleasing ; easy	優、良、好、喜、順、易	eu
bad ; wrong ; ill ; difficult	劣、錯、不良、困難	dys
apart ; asunder ; removal	分開、裂開、脫離	di ; dif ; dis
wrong ; irregular ; abnormal	錯亂、不規律、不正常	par ; para

疾病與醫療之一

★ 英文	★ 中文	★ 字綴與組合形式
beside ; by the side of ; along with	並行、在旁、靠近、輔助	par ; para
tardy ; delayed ; slow	緩慢、遲緩	brady
rapid ; fast ; speed	快、快速、速度	tach ; tacho ; tachy
mankind ; human ; people	人、人類	anthrop ; anthropo
wolf	狼、野狼	lyc ; lyco ; lycos ; lyk ; lyko ; lykos
dog	狗、犬	can ; cani ; cyn ; cyno ; kyn ; kyno
cat	貓	aelur ; aeluro ; ailouro ; ailur ; ailuro ; eluro
cat	貓	fel ; felin ; felino
ox	牛、公牛	bo ; bos ; bov ; bovo
cow	牛、母牛	vacc ; vacci ; vaccin ; vaccini ; vaccino
goat	羊	trag ; tragi ; tragico ; trago
animal ; beast ; living being	動物、獸、生命	zo ; zoa ; zoo

① paracusia _____ 聽覺錯亂

② dysmenorrhea _____ 痛經

③ achlorhydria _____ 胃酸缺乏

④ lycanthropy _____ 人變狼妄想

⑤ paraphiliac _____ 性癖好異常者

⑥ voyeurism _____ 窺視癖

⑦ kleptomania _____ 偷竊狂患者

⑧ psychiatry _____ 精神病學

⑨ depression _____ 憂鬱症

⑩ illusion _____ 幻覺

⑪ disorder _____ 失調

⑫ philophobe _____ 對愛恐懼的人

⑬ antianxiety _____ 抗焦慮

⑭ therapeutic _____ 治療的

⑮ narcolepsy _____ 猝睡症

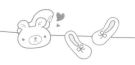

1. **paracusia**＝par字首(錯亂、倒錯)＋acus＋ia名詞字尾(病症、狀況)＝**聽覺倒錯、聽覺錯亂、聽覺不正常。**

 延伸記憶. paracusia＝paracusis聽覺錯亂，paracusic聽覺錯亂的，anacusia＝anacusis全聾、沒有聽覺，anacusic無聽覺的；acoustics音響學，acoustic聽覺的、音響研究的，acoumeter聽力計、聽音器，acousma幻聽、聽幻覺；parosmia嗅覺錯亂，parorexia食慾錯亂；paralgia＝paralgesia痛覺異常；parafunction功能異常，parafunctional功能異常的，parageusia味覺錯亂，parageusic味覺異常的，paragraphia書寫錯亂，paralexia閱讀倒錯，parahypnosis睡眠異常、睡眠錯亂，parahidrosis汗分泌異常，paracrisis分泌錯亂，paranoia心智錯亂、偏執狂、妄想狂

 報馬仔. par＋母音字母開頭的字；para＋子音字母開頭的字。

2. **dysmenorrhea**＝dys字首(困難、障礙)＋meno(月)＋rrhea名詞字尾(流出的情況、溢出的狀況)＝**每月溢流動困難症、痛經。**

 延伸記憶. menorrhea月經、行經，inflammatory dysmenorrhea發炎性痛經，ovarian dysmenorrhea 卵巢性痛經，spasmodic dysmenorrhea痙攣性痛經，amenorrhea無月經，hypermenorrhea月經過多，hypomenorrhea月經過少，menostaxis月經延長、緩慢漏滴型月經，menoschesis月經滯留、閉經，menophania月經顯現、初經，menopause月經停止、絕經、更年期；dysosmia嗅覺障礙、嗅覺失真，dysopia視覺障礙，dyspepsia消化不良，dyshepatia肝功能障礙，dysgnosia認知困難、智力障礙，dysmnesia記憶障礙，dysmelia四肢有問題、肢畸形，dysfunction功能障礙，dyspareunia交媾困難、交配障礙，dyspnea呼吸困難，dyssomnia睡眠障礙，dysstasia站立困難；urorrhea遺尿、非自主性流尿，diarrhea腹瀉、拉肚子，amniorrhea羊水漏(產科)，gonorrhea淋病(性病科)，leucorrhea白帶(婦科)，spermatorrhea遺精、精漏、精溢

3. **achlorhydria**＝a字首(無、沒有)+chlor(氯、綠色)+hydr(水)+ia名詞字尾(病症、狀況)
＝沒有胃酸、胃酸缺乏、沒有綠色水。

azymia無酵素症、胸缺乏，avitaminosis維他命缺乏症，atrophia=atrophy營養缺乏、萎縮，atrepsia=atrepsy營養不良、消瘦，atonia=atony張力缺乏、肌力鬆弛，ataraxia=ataraxy不煩亂、心平氣和、氣定神閑，athyroidism甲狀腺功能缺乏，apnea無呼吸、停止呼吸、窒息，amnesia失憶、無記憶，amusia失歌、無法唱歌，atresia無開口，沒有肛門，aphagia無法吞嚥，astigmia無聚焦、散光，astasia無法起力、站不起來，aspermia無精蟲，aphonia失聲、無法發聲，agalactia無乳、沒有乳分泌，alexia失讀、無法閱讀，agerasia不老，athansia不死；anuria無尿，anesthesia沒有感覺、麻醉，anopia無視力、無眼畸形，anaphia無觸覺，analgesia不痛，anhedonia無法快樂、失樂；arrhythmia無韻律症、心律不整；chloride氯化物，chlorine氯，chlorite綠泥石，chlorinate=chlorine+ate=氯化處理，加氯消毒；chlorophyll葉綠素；hydra水螅，hydrant水栓、消防栓，hydrargyrum水銀，hydrate水合物，hydraulic水力的、液壓的；hydrophobia恐水症，hydroplane水上飛機，hydrogen水原子、氫，hydrography水文學、水道測量術

a+子音字母開頭的字，an+母音字母開頭以及h開頭的字，ar+r開頭的字。

4. **lycanthropy**＝lyc字首(野狼)+anthrop+y名詞字尾(情況、行為、性質、狀態、物品)＝
狼人狂妄、人變狼妄想、變狼法術。

lycanthrope變狼妄想狂患者(精神科)，lycoid狼樣的、狼狀的；lycomania狼性狂躁症、變狼妄想，lycorexia狼性食慾、貪食、善飢；cynanthropy犬人狂妄、人變犬妄想、變犬法術，cynanthrope變犬妄想狂患者，boanthropy牛人狂妄、人變牛妄想、變牛法術，boanthrope變牛妄想狂患者，equianthropy馬人狂妄、人變馬妄想、變馬法術，avianthropy鳥人狂妄、人變鳥妄想、變鳥法術，ophianthropy蛇人狂妄、人變蛇妄想、變蛇法

疾病與醫療之一

術，zoanthropy變獸妄想、變獸法術，therianthropy野獸人、半人半獸生物
(神話)，pithecanthrope=pithecanthropus猿人，Pithecanthropus erectus=Java
man直立猿人、爪哇人，philanthropy愛人的行為、慈善

5. **paraphiliac＝para字首(錯亂、倒錯)+phil+iac名詞字尾(…情況者、…狀態的人、…病症患者)＝愛慾錯亂者、性慾倒錯者、性癖好異常者。**

延伸記憶 paraphile=paraphilist=paraphiliac性癖好異常者，paraphilia愛慾錯亂症、性慾倒錯症、性癖好異常症(精神科)，paraphilic性癖好異常的、性慾倒錯的，pedophilia戀童癖，pedophile=pedophilist=pedophiliac戀童癖患者，pedophilic戀童的，hebephilia戀幼齒癖、中老年男子對少女的迷戀，necrophilia戀屍癖，zoophilia=bestiality戀獸癖、獸交，mammaphilia嗜乳房癖、對乳房的特殊愛慾，pygophilia嗜臀癖、特愛屁股，coprophilia嗜糞症，urophilia嗜尿癖，biastophilia強姦癖，pictophilia色情圖片癖，stigmatophilia紋身或身體穿孔癖、身體標記癖，haemophilia=hemophilia血液親愛症、血友病，hemophiliac血友病患者，hemophilic血友病的，ailurophilia愛貓，cynophilist愛狗者，xerophile喜歡乾燥者、適旱植物(例：仙人掌cactus)，astrophile愛星星者、愛好天文者，hydrophilic=hydrophilous親水的、喜水的，photophilous適光的、喜光的，neophile喜好新奇事物者，Japanophilia親日本、愛日本、喜歡日本、哈日，Japanophile哈日者、親日人士，Koreaphilia=Korean Wave哈韓現象、韓流、韓潮、親韓國心理、愛韓國(戲劇、歌舞、手機等)，Koreaphile哈韓者、親韓人士，Sinophile哈中國者、親中國人士

6. **voyeurism＝voy+eur名詞字尾(人、者)+ism名詞字尾(行為、現象、主張、特徵、特性、思想)＝窺淫癖、窺視癖、偷窺他人私密事務的癖好、偷看他人親密行為。(精神科)**

延伸記憶 voyeur淫窺、窺人私密，voyeur淫窺癖者，voyeuristic淫窺的，clairvoyant有清楚眼力者、具洞察力者、千里眼；frotteur摩擦者、磨蹭猥褻者，toucheur觸身者、亂摸亂碰他人身體者，flaneur漫遊者、閒逛者，amateur

業餘者、出於喜歡(amat)非為了賺錢而做事者，rapporteur匯報人，saboteur破壞者，ticqueur眼睛抽搐者；frotteurism摩擦癖、磨蹭猥褻癖，toucheurism非禮癖、亂摸亂碰癖，infantilism冒充嬰兒癖，exhibitionism裸露癖、展現癖

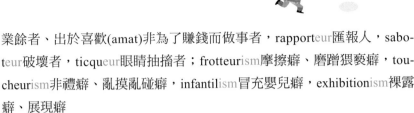

報馬仔 male exhibitionism=peodeiktophilia=peo (penis) +deikto (show) +philia=露鳥(陽具)癖，exhibitionist=peodeiktophiliac露鳥俠(精神科)。

報馬仔 eur字尾代表「人、者、物」，源自法文。

7. kleptomaniac＝klepto字首(偷竊)+man+iac名詞字尾(患者)＝偷竊狂患者。

延伸記憶 mania躁症、狂躁症，maniac狂躁症患者、痴迷者、狂人、瘋子，manic狂躁的、瘋狂的，maniacal狂躁的、瘋狂的，hypomania輕躁，hypermania=severe mania狂躁、嚴重躁，megalomania自大狂，megalomaniac自大狂者，egomania自我狂，andromania花痴(女追男)，gynaecomania花痴(男追女)，erotomania色情狂，genomaniac性交痴狂者，logomania多語狂、胡言亂語狂，pyromania縱火狂，trichotillomania拔毛髮狂，bruxomania磨牙狂、咬牙切齒狂，bibilomania藏書狂，ailuromania愛貓成痴，cynomania愛狗成痴，hippomania愛馬成痴，pithecomania愛猿猴成痴，lithomaniac愛石頭成痴者，dendromania愛樹成痴，anthomania愛花成痴，tulipomania鬱金香狂熱(荷蘭於十七世紀瘋狂炒作鬱金香而致泡沫化的那段時期)，orchidomaniac愛蘭花成痴者，Lisztomania喜歡音樂家李斯特成痴，Mozartomaniac喜歡音樂家莫札特成痴者，Chilingmania喜歡林志玲成痴，Obamamania喜歡美國總統歐巴馬成痴，mobilemania手機狂，oniomania購物狂，omomania生食狂、生魚片狂，omomaniac愛吃生魚片成痴者，plutomania財富狂、拜金狂，timbromania集郵狂，ergomania工作狂，oenomaniac酒鬼、酗酒狂患者；kleptocracy竊國統治、國庫黨庫私庫不分的統治、盜賊統治，kleptocrat竊國統治者，kleptophobia偷竊恐懼症、害怕偷竊，erotic kleptomania=kleptolagnia偷竊性情慾狂、情慾偷竊狂、偷竊某東西會引發性的興奮，biblioklept偷書者，bibliokleptomania竊書狂，bibliokleptoma-

疾病與醫療之一

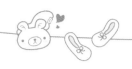

niac竊書狂痴者

8. **psychiatry**＝psych字首(精神、心靈)+iatr+y名詞字尾(行為、性質、狀態、制度、技術)＝**精神治療、精神病學、精神科、心靈治療。**

 延伸記憶 psychiatrist精神病學專家、精神科醫師，psychiatrics精神病學，psychiatric精神病學的，neuropsychiatry神經精神病學，psychic精神的、心靈的、通靈的、通靈者、通靈物，psychic media靈媒；psychosis精神病，psychopath精神病患者、精神變態者，psychopathy精神病、精神障礙、病態人格，psychopathia精神變態，psychopathic精神變態的、罹患精神病的，psychotic精神病的、精神錯亂的， psychotic disorder精神疾病、精神失序，psychogenic精神引起的、心因性的，psychology心理學，psychometrics心理測驗，psychotherapy精神療法、心理療法，psychoanalysis心理分析、精神分析，psychoanalyst心理分析師、精神分析專家；podiatry足科、腳氣病科，geriatry=geriatrics老人科，atmiatry 蒸汽吸入療法，

9. **depression**＝de字首(向下、降低、減少)+press+ion名詞字尾(狀態、情況、行為、過程、結果)＝**壓低、阻抑、壓抑、抑鬱、鬱症、抑鬱症、憂鬱症、不景氣、衰退、蕭條、低氣壓、窪地、凹地。**

 延伸記憶 postpartum depression(PPD)產後抑鬱症，neurotic depression = dysthymia神經官能性抑鬱症，winter depression=winter blues=seasonal affective disorder (SAD) 冬季抑鬱症、冬季憂鬱症、季節性情緒失調，atypical depression非典型抑鬱症，melancholic depression憂鬱型抑鬱症，double depression雙重抑鬱症，depressed抑鬱的、沮喪的、感到心情低落的，depressing=depressive令人抑鬱的、令人沮喪的、壓抑的、下壓的，depressant阻抑的、抑制的、抑制劑、抑制物、抑制藥、鎮定劑，manic-depressive psychosis=manic-depressive disorder=bipolar affective disorder=bipolar disorder狂躁抑鬱型精神病、雙極障礙、躁鬱症，antidepressant抗抑鬱的、抗抑鬱藥、抗憂鬱藥，pressing迫切的，pressure壓力，pressure cook-

er壓力鍋，impress壓進入、打印、使有印象，impression印象，appressed緊貼的、平貼的，ciderpress蘋果榨汁機，compress壓在一起、壓縮，express把感情思想壓出去、表達、表白，repress壓回去、鎮壓、平息、制止、壓抑、抑制；denigrate抹黑、貶低，degrade降級、墮落，dejected被扔到下方的、沮喪的、士氣低落的

10. **illusion** = il字首(內、入)+lus(戲耍、欺騙、玩玩)+ion名詞字尾(狀態、情況、行為、過程、結果)＝**進入錯認狀態、進入戲耍情況、錯覺、幻覺、假象。**

 延伸記憶. optical illusion視錯覺，auditory illusion聽錯覺，tactile illusion觸錯覺，illusionary錯覺的、幻覺的、假象的，illusioned充滿幻想的、滿是錯覺的，illusionist幻想家、空想家、錯覺藝術家，illusive=illusory錯覺的、幻覺的、虛假的、不實際的、靠不住的，disillusion幻滅、錯覺消失、幻想破滅、醒悟，illude使進入錯覺、欺騙、迷惑，delude耍弄他人而使脫離真相、欺騙、哄騙，delusion錯覺、妄想，delusion of persecution=persecutory delusion受迫害妄想，delusion of jealousy嫉妒妄想，elude玩玩就跑掉、逃避、躲避，elusive逃避的、躲避的、不易抓住的、抓摸不定的，allude針對某人某事玩玩、影射、暗指、提及、用典故，allusion影射、暗指、典故，allusive影射的、暗指的、間接提及的；illuminator在裡面放燈者、裡面照明者、點亮人、闡明人，啟發者、啟示者，照明設備，illation帶到裡面、推論、推斷，illuvial沖積的、沖刷進來的

 報馬仔. 字首in表示「內、入、裡面」，例：insert嵌入、插入；im+m開頭的字，例：immigrate遷徙進入、移入、入境；il+l開頭的字。

11. **disorder** = dis字首(不、無、相反、離開、失去、消除)+order＝**沒有秩序、失去調節、不適、失調、紊亂、障礙。**

 延伸記憶. disordered混亂的、失調的、異常的、有病的，disorderly凌亂的、雜亂的、沒有秩序的、妨礙治安的，disorderly house妨害治安的地方、賭場、胡亂擺攤的地方、妓房、違規色情營業場所，mood disorder=affective

disorder情感障礙、情緒失調、心情不適、情感性疾患，bipolar disorder兩極失調、雙相障礙、躁鬱症，unipolar disorder單極失調、單相障礙、躁症或鬱症，eating disorder飲食失調，sleep disorder睡眠障礙，nightmare disorder＝dream anxiety disorder夢魘疾患、睡夢焦慮症，obsessive-compulsive disorder (OCD) 強迫症(例：不斷洗手、一直檢查瓦斯、不容一丁點缺失)，adjustment disorder適應障礙，personality disorder人格障礙、人格異常，paranoid personality disorder偏執型人格障礙、妄想型人格異常，anti-social personality disorder反社會型人格異常，histrionic personality disorder表演型人格障礙、戲劇型人格異常，narcissistic personality disorder自戀型人格異常，posttraumatic stress disorder (PTSD) 創傷後壓力症候群、創傷後壓力心理障礙症，attention deficit hyperactivity disorder (ADHD) 注意力不足過動症＝attention deficit disorder (ADD) 注意力缺失症，acute stress disorder (ASD) 急性壓力疾患、急性應激障礙，order秩序、法規、命令，orderly整齊的、有秩序的，ordered整齊的、有條理的；ordinance法令、成規、慣例、管理，ordinary常規的、按條理的，ordination授予按規定的神職職位，coordinate互相調整秩序、協調

12. philophobe＝philo(喜歡、愛)+phob+e名詞字尾(人、者、物) ＝害怕愛情的人、對愛恐懼的人。

延伸記憶 philophobia愛情恐懼，sociophobia社交恐懼，sociophobe怕社交的人，gamophobe婚姻恐懼者、怕結婚者、怕締結承諾者，gymnophobia怕裸露、畏懼裸身，gymnophobe怕裸露者、畏懼裸身者，genophobia性交恐懼症，genophobic怕交配的、性交恐懼的，genophobe性交恐懼者，heliophobia畏懼太陽、怕陽光，photophobia怕光，mysophobe恐懼汙穢者、對不乾淨的事物感到厭惡的人，phonophobic怕聲吵的，scotophobia怕暗，nyctophobe怕黑夜的人，brontophobia＝ceraunophobia＝keraunophobia＝tonitrophobia怕閃電，astraphobia＝astrapophobia怕打雷，murophobe怕老鼠的人，ophidiophobe怕蛇的人，arachnophobia怕蜘蛛，chiroptophobia怕翼手類動物、怕蝙蝠，selachophobe怕鯊魚者，zoophobia怕動物，lipophobia

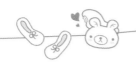

怕脂肪，turophobe怕乳酪者，pharmacophobia怕藥，hemophobia怕血，thanatophobe怕死者，ergophobia怕勞碌、怕工作，decidophobia怕做決定，hydrophobia怕水、恐水症、狂犬病，acrophobic懼高的，agoraphobe空曠恐懼者，claustrophobia幽閉恐懼，xenophobia陌生恐懼、嫌惡外人、討厭外國人，omophobia生食恐懼，alopeciaphobia害怕變禿頭，Sinophobia怕中國，Russophobia怕俄羅斯；philocalist愛美者，philobiblic愛書的，philogynous喜歡女人的，philofelist= ailurophile愛貓者，Slavophilia喜愛或仰慕斯拉夫文化

13. antianxiety = anti字首(對付、緩治、解徐、減輕、取消、阻止、防止、反抗)+anxi+ety名詞字尾(性質、狀態、情況)=抗焦慮、防止心情不安、對付心神不定，抗焦慮藥物。

anticancer抗癌，anticarcinogen對抗致癌因子、抗癌藥，antibody抗體，antianginal防心絞痛的、治心絞痛的、治心絞痛藥，antibechic鎮咳藥，antiasthmatic止喘藥，antipruritic止癢藥，antiseptic防腐劑、抗菌劑，antisudoral止汗藥，antibromic除臭劑，antidote解毒劑，antiemetic止吐劑，antifebrile退燒藥，antipyretic退熱藥、解熱藥，antihemophilic抗血友病藥，antinauseant防暈藥、止噁心藥，antiviral抗病毒藥，antiarthritic抗關節炎藥；antalgic=antalgesic止痛藥、鎮痛劑，anthemorrhagic抗出血藥、止血藥，anterotic制止性慾藥；anxiety-ridden滿心焦慮的、憂心忡忡的，separation anxiety分離焦慮、與親人主人或愛人寵物分離產生的焦慮，performance anxiety表演焦慮，anxious著急的、焦慮的、急切的、擔心的、牽掛的，anxiousness焦慮、不安；anxiolysis=anxi(ety) +o+lysis(鬆開)=焦慮減輕、焦慮紓解、抗焦慮，anxiolytic減輕焦慮的、紓解焦慮的、抗焦慮的、抗焦慮藥，anxiogenic促生焦慮的、致焦慮產生的

anti+子音字母開頭的字；ant+h或母音字母開頭的字。

14. therapeutic = therapeu+tic形容詞字尾(屬於…的、有…性質的)、名詞(屬於…的人者物、有…性質的人、者、物)=治療的、治療學的，治療劑、治療藥品，治療學家。

疾病與醫療之一

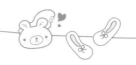

 therapeutic cloning治療性的複製、出於治療所需而進行的複製，thera-peutic abortion治療性流產、為避免孕婦因繼續懷孕而致危及生命而進行的流產，therapeutic horseback riding治療性的騎馬、對神經感官系統反應與協調有治療作用的騎馬行為，therapeutical=therapeutic治療的、治療學的，therapeutics=therapeusis治療學、治療研究，therapeutist=therapist治療專家、治療師；therapia=therapy療法、治療，preventive therapy預防治療(例：打疫苗)，abortive therapy頓挫性治療、症狀治療、阻止病症進一步惡化的治療，radiation therapy=radiotherapy放射線治療、放療，electricity therapy=electrotherapy電療，hydrotherapy水療，balneotherapy浴療，thermotherapy熱療，cryotherapy凍療、低溫療法，diet therapy食療，pharmacotherapy=drug therapy藥療，chemotherapy化療，mesotherapy中胚層治療、皮膚與肌肉部分的治療(醫學美容科)，psychotherapy心理治療、精神治療，gene therapy基因治療，hormonal therapy荷爾蒙治療，horticulture therapy=horticulture園藝治療(精神科)，salt therapy=halotherapy=speleotherapy鹽療，bibliotherapy書療、讀書治療、閱讀治療，hippotherapy馬療、馬術治療(神經科)，hypnotherapy催眠治療，heliotherapy陽光治療，pulp canal therapy根管治療(牙科)，electroconvulsive therapy (ECT) =electroshock therapy電痙攣療法、電擊療法、電震撼療法、休克療法

therapeutic cloning：治療性的複製；reproductive cloning：生殖性複製、生育複製。前者指複製出細胞、器官或組織以供治療使用，比較常見的是利用臍帶血幹細胞複製出細胞來修補受損器官，或是利用複製出的年輕細胞來取代死去或受損的細胞組織，若培養出新的神經細胞，可用以治療腦部或脊髓受損的疾病；後者指複製出完全一模一樣的個別生物體，譬如複製羊、複製犬、複製貓、複製人等，目前偏向於贊成複製絕種或者瀕臨絕種動物，但是反對複製一般的動物，具有很大的爭議。

15. narcolepsy＝narco(昏睡、昏迷)+leps+y名詞字尾(情況、病症、行為、性質、狀態、物品、制度、技術、手術)＝昏睡發作、發作性睡眠、猝睡症。

 narcoleptic發作性睡眠的、猝睡的，narcotic麻醉的、引發昏睡的、麻醉劑、致幻覺毒品，narcotist吸毒成癮者、麻醉品成癮者，narcotize使昏睡、使無感覺、麻醉，narcosis昏睡、昏迷、無知覺；catalepsy僵住症、強直性昏厥，epilepsy=epilepsia癲癇，gelastic epilepsy痴笑性癲癇，gelotolepsy狂笑症，hysteroepilepsy歇斯底里性癲癇、癔症性癲癇，theolepsy神明附身、起乩，prolepsis提早發作；epileptic癲癇的、癲癇患者；epileptogenic引發癲癇的、致使癲癇發生的，epileptology癲癇研究

疾病與醫療之一

拆字猜義

⑯	pathology _____	病理學
⑰	schizophrenia _____	精神分裂症
⑱	maschalagnia _____	腋下迷戀
⑲	onychophagus _____	咬指甲癖者
⑳	cyclothymiac _____	循環性情感症患者
㉑	tachypnea _____	呼吸急促
㉒	intracerebral _____	大腦內的
㉓	encephalitis _____	腦炎
㉔	neuroasthenia _____	神經衰弱症
㉕	nervous _____	神經質的
㉖	hallucinogenic _____	產生幻覺的
㉗	parathyroidectomy _____	副甲狀腺切除術
㉘	intervertebral _____	椎間的
㉙	myelosarcoma _____	骨髓肉瘤
㉚	tomography _____	斷層攝影

疾病與醫療之一

16. pathology ＝ patho+logy名詞字尾(陳述、學科、學問、研究)＝**病理學。**

 psychopathology精神病理學，neuropathology神經病理學，dermatopathology皮膚病理學，osteopathology骨病理學，pathologist病理學家，pathologic=pathological病理的、病理學的，pathogenic致病的，pathogen病原體，pathoformic病形成的、病初的，pathognomy病徵學，pathography病情記錄、寫病情，pathonomy=pathonomia疾病規律學、病律論，pathophobia疾病恐懼，trichopathophobia毛髮病恐懼；trichopathy毛髮病，osteopathia骨病，osteopathy骨病、整骨術，osteopathic骨病的、療骨術的，psychopathic精神病的，psychopathist精神病醫生，neuropathy神經病，neuropathic神經病的，neuropathist神經科醫師、神經病學家，neuropath神經病患者，dermatopathy皮膚病，dermatopathic皮膚病的，naprapathy推拿療法，naprapathist推拿師，naprapath以推拿治療的患者

17. schizophrenia ＝ schizo(分裂)+phren+ia名詞字尾(病症、狀況)＝**精神分裂症，分裂性瘋癲症。**

 latent schizophrenia潛隱型精神分裂症，schizophrene精神分裂症患者，schizophrenic精神分裂症的、精神分裂症患者；schizophrenigenic引發精神分裂症的，schizophreniform精神分裂症樣子的；phrenoblabia頭殼壞掉、腦傷、精神障礙；phrenesis瘋癲、瘋狂、精神病，phrenetic瘋癲的、瘋狂的、躁狂的、瘋癲患者、躁狂患者；onychoschizia指甲剝離；trichoschisis裂髮症，retinoschisis視網膜剝離，iridoschisis虹膜裂，cranioschisis顱裂，rachischisis脊柱裂，myeloschisis脊髓裂，cheiloschisis唇裂、兔唇

18. maschalagnia ＝ maschal(腋下、腋窩)+lagn+ia名詞字尾(病症、狀態)＝**腋下迷戀、腋窩性慾。**

 maschalagnia=armpit fetishism腋窩戀癖，maschalagniac腋下迷戀者、腋窩性慾症患者，maschale腋下、腋窩，maschaladenitis腋腺發炎，maschalephidrosis腋下大量出汗，tragomaschalia=bromidrosis羊騷味腋下症、腋

疾病與醫療之一

臭、狐臭、臭汗症；obsolagnia老化後消退或減弱的性慾，zoolagnia動物迷戀、動物情慾症，algolagnia疼痛戀癖、受虐狂症，sthenolagnia展現身體強健而引發的性迷戀、看到猛男肌肉引發性慾，knismolagnia搔癢情慾癖、摳養引發性慾，osmolagnia鼻嗅情慾、體味性慾，cyesolagnia對孕婦性戀癖

上述字尾帶有lagnia的字彙，有些在精神醫學上列為sexual perversion性慾倒錯，但是下列字彙屬於incest亂倫：patrolagnia對父親的性戀，matrolagnia對母親的性戀，fililagnia對兒子的性戀，thygatrilagnia對女兒的性戀，fratrilagnia對兄弟的性戀，sororilagnia對姐妹的性戀。希臘神話中的底比斯邦主Oedipus伊底帕斯，娶了母親還生下子女，是matrolagnia的例子；舊約聖經中，創世紀十九章三〇到三八節記載Lot羅得與兩位女兒同寢生下子女，是patrolagnia和thygatrilagnia的例子；埃及的Cleopatra VII Philopator克莉奧派翠拉七世與弟弟Ptolemy XIII Theos Philopator托勒密十三世結婚，則屬於fratrilagnia和sororilagnia的例子。

19. onychophagus ＝ onycho(指甲)+phag+us名詞字尾(人、者、物) ＝咬指甲癖者、咬指甲強迫症患者。

onychophagy=onychophagia=compulsive nail biting咬指甲強迫症，onychophagous咬指甲強迫症的，dermatophagia=compulsive skin biting咬(指甲周圍)皮膚強迫症，dermatophagus=compulsive skin biter=wolf-biter咬皮膚強迫症患者、狼狀撕咬者，trichophagia=trichophagy=compulsive hair eating食毛癖、吃毛髮強迫症，hematophagy=haematophagy=hematophagia吃血習性、嗜血癖(例：吸血鬼vampire)，pagophagia食冰癖、愛吃冰，amylophagia食澱粉癖，lithophagia食石癖，geophagy食土癖，geophagus食土者，geophagous食土的，omophagia=omophagy生食、吃生肉的行為、吃生肉的習性，omophagus生食者、吃生肉者，omophagous生食的，bradyphagia慢食癖、習慣慢慢吃，tachyphagia速食癖、囫圇吞；onychomycosis指甲黴菌症、甲真菌症、甲癬，onychoclasis指甲折斷，onychocryp-

tosis嵌甲＝ingrown toenail腳趾甲內長，onychomancy指甲占卜；onychatro-phia指甲萎縮，onychalgia指甲痛，onychauxis甲肥厚，onychitis=onychia指甲炎，onychectomy指甲切除、去爪

20. cyclothymiac＝cyclo字首(環、圓、輪、循環)+thym+iac名詞字尾(患者)＝循環性情感症患者、循環性精神疾患者。

延伸記憶 cyclothymia=cyclothymic disorder循環性情感症、循環性精神疾患、循環性情感的失調、循環性情緒的障礙(躁鬱症的一種呈現形式)，dysthymia惡劣情緒症、壞心情症、精神抑鬱症、慢性長期輕度抑鬱症，dysthymiac惡劣情緒症患者，parathymia情感倒錯、情緒顛倒(該笑卻哭、該哭卻笑)，euthymia情感正常、良好心情，euthymic情感正常的，athymia無情感表現、不省人事、痴愚，athymiac不省人事者，hyperthymia過多的情感、情感增盛(輕躁症的一種)，hyperthymiac情感增盛者，hyperthymic情感增盛的，hypothymia過少的情感、情感減退、情緒低落，schizothymia分裂性情感症、精神分裂症，agonothymic鬥爭性情感的、情緒衝突的；thymo-leptic抗抑鬱藥劑，thymos=thumos情緒、激情、衝動

報馬仔 古希臘哲學家Plato柏拉圖認為，人的心靈分為三個部分：激情(thy-mos、thumos、passion、spiritedness)、理智(logos、nous、reason、ratio-nality、intellect)、欲望(eros、desire、appetite)。

21. tachypnea＝tachy字首(快速)+pnea＝呼吸急促。

延伸記憶 tachypnoea(英式拼法)=tachypnea，tachypnoeic=tachypneic呼吸急促的，bradypnea呼吸過慢、呼吸徐緩，hypopnea呼吸不足、呼吸淺慢，hyper-pnea呼吸過度、呼吸深快，dyspnea呼吸困難，apnea中止呼吸、無呼吸，sleep apnea睡眠呼吸中止，eupnea良好呼吸、正常呼吸，bromopnea口臭、臭氣呼吸；tachypsychia思維快速，tachypragia動作快速，tachyphra-sia言語快速，tachycardia心跳過快、心搏過速，tachycardiac心跳過快者、心搏過速患者，tachytelic進化快速的

22. intracerebral＝intra字首(在內、入內、向內)+cerebr+al形容詞字尾(屬於…的、關於…的)＝**大腦內的。**

 延伸記憶. intracerebral hemorrhage腦內出血，extracerebral腦外的、大腦外的，cerebral腦的、大腦的、用腦的、理智的，cerebrum大腦，cerebralgia腦痛、頭痛，cerebrate動腦、思考，cerebroid腦樣的、像腦的，cerebritis大腦炎、腦炎，cerebroma腦瘤；cerebripetal向著大腦的、傳入大腦的，cerebriform腦形的，cerebrifugal離開大腦的、大腦傳出的；cerebropathy＝cerebropathia＝cerebrosis大腦病、腦病；intracranial顱內的，intravascular血管內的，intravenous靜脈內的，intrauterine子宮內的，intrarenal腎內的，intradermal真皮內的、皮膚內的，intraoral口內的，intranasal鼻內的

23. encephalitis＝en字首(內、中)+cephal+itis名詞字尾(炎、發炎)＝**頭的內部發炎、腦炎、大腦炎。**

 延伸記憶. encephalitic腦炎的，encephaledema腦水腫，encephaloid腦樣的，encephaloma腦瘤，encephalalgia腦痛、頭痛，encephalemia＝encephalohemia腦部血症、腦充血，encephalopathy＝encephalopathia腦病，encephalography腦部攝影，encephaloscope窺腦鏡；cephalopathy頭病、頭部病，cephalometer頭測量器、顱測量器，cephalometry頭測量法、顱測量術；cephalalgia＝cephalgia頭痛，cephalemia頭充血，cephaledema頭水腫

 報馬仔. Bovine Spongiform Encephalopathy (BSE) 牛海綿狀腦病：俗稱mad-cow disease狂牛症，若出現在人類，則稱為Creutzfeldt–Jakob disease (CJD)庫賈氏症，是一種degenerative neurological disorder退化性神經病變。

24. neuroasthenia＝neuro+a字首(無、缺乏、沒有)+sthen(力量)+ia字尾(病症、狀況)＝**神經衰弱症、神經沒有力量的狀況。**

 延伸記憶. neurology神經病學、神經科、神經內科，neurologist神經病專家、神經科醫師，neurosurgery神經外科，psychoneurosis精神神經病，neuroticism

疾病與醫療之一

神經過敏症，neuropathy神經疾患、神經疾病，neuropathic神經疾病的，neurosis神經官能病，neuropsychosis神經精神病，neuropsychiatry神經精神病學、神經精神病科，neuropsychiatrist神經精神病學家、神經精神病科醫師，neurosarcoma神經肉瘤，neurogenic神經引發的，neuron=neurone神經元，neuronyxis神經穿刺術；asthenia無力、衰弱，asthenic無力的、衰弱的，angiasthenia血管無力，cardiasthenia心無力、心神經衰弱，myasthenia肌無力症，myasthenia gravis (MG) 重症肌無力症，asthenopia眼疲勞，asthenope眼疲勞者，asthenopic眼疲勞的，asthenoxia氧化力不足、氧化力衰弱；asthenospermia精子活力不足，asthenobiosis生活力不足、活動力衰弱的生活、不活動的生活

25. nervous ＝nerv+ous形容詞字尾(有…性質的、屬於…的) ＝神經的、神經質的、神經過敏的的。

 延伸記憶 nerve神經，nervus神經(單數)，nervi神經(複數)，nervous system神經系統，nervous breakdown神經崩潰、神經失常，nervousness=nervosity神經質、神經過敏，nerve-wracking=nerve-racking使神經緊繃的、令人心煩的、折磨人的，nervine神經的、對神經起作用的，nerve-ending神經末梢，nerve center神經中樞，nervimuscular神經肌肉的，trigeminal nerve=nervi trigeminus=nervus trigeminalis三叉神經，vagus nerve=nervus vagus迷走神經，cranial nerves=nervi craniales腦神經、頭顱神經，facial nerve=nervus facialis面神經，optic nerve=nervus optics視神經，lingual nerve=nervus lingualias舌神經

26. hallucinogenic ＝hallucino+gen(原、源、因、產出源頭)+ic形容詞字尾(具有…的、屬於…的，呈…性質的)、名詞字尾(呈…性質的人者物) ＝致幻覺的、產生幻覺的，致幻覺劑、導致幻覺產生的東西。

 延伸記憶 hallucinogenic plant致幻覺的植物，hallucinogenic mushroom致幻覺的蘑菇、魔菇、迷幻蘑菇、神奇魔菇(例：裸蓋菇鹼蘑菇、裸頭蕈、古巴種裸

疾病與醫療之一

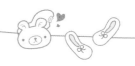

蓋菇屬Psilocybe cubensis)，hallucinogenic effect致幻作用，hallucinogen幻覺劑、幻覺物品、致幻源頭、幻覺源起因素，hallucinogen related disorder致幻劑有關障礙，hallucinogenesis幻覺出現、幻覺發生，hallucinosis幻覺症，hallucinotic幻覺症的；hallucinative=hallucinatory幻覺的、引發幻覺的，hallucinatory vision幻影像，hallucinate使迷幻、使進入幻覺，hallucination幻覺、妄想、錯覺，aural hallucination=auditory hallucination幻聽、聽幻覺，optical hallucination=visual hallucination幻視、視幻覺，tactile hallucination=haptic hallucination幻觸、觸幻覺，gustatory hallucination幻嚐味、味幻覺，olfactory hallucination幻嗅味、嗅幻覺；narcogenic致睡眠的、催眠的，carcinogenic致癌的，oncogenic致腫瘤的，cariogenic生齲的、造成蛀牙的，carpogenic生果實的、結果實的，anthogenic長花的、開花的，endogenic內因性的、內生的，exogenic外因性的、外生的

27. parathyroidectomy = para字首(在旁、輔助、附屬)+thyr(盾牌、盾甲、盔甲)+oid形容詞字尾(有…樣子的、像…形狀的)、名詞字尾(有…樣子的東西、像…形狀的物品)+ec字首(外面、出去)+tom(切、割、動刀)+y名詞字尾(行為、性質、狀態、技術、手術) = 副甲狀腺切除術、甲狀旁腺切除術。

 延伸記憶．parathyroid副甲狀腺的、甲狀旁腺的、副甲狀腺、甲狀旁腺，parathyroidal副甲狀腺的、甲狀旁腺的，parathyroidoma甲狀旁腺瘤，parathyroidopathy甲狀旁腺病，parathyroid hormone=parathormone=parathyrin甲狀旁腺激素，thyroid甲狀的、甲狀腺的、甲狀腺，thyroidectomy甲狀腺切除，thyroidotomy甲狀腺切開，thyroiditis甲狀腺炎，thyropathy甲狀腺病，thyroprivia甲狀腺缺失，thyroprival= thyroprivic= thyroprivous甲狀腺缺乏的、甲狀腺切除後的，hypothyrea=hypothyreosis=hypothyroidism甲狀腺功能減退，hyperthyrea=hyperthyreosis=hyperthyroidism甲狀腺功能亢進；paradidymis旁睪，paragenitalis副生殖器，paralutein副黃體素，paramastoid乳突旁的，paranephric腎旁的、腎上腺的，parasympathetic副交感神經的

28. intervertebral = inter字首(在…之間、在…之際)+vertebr+al形容詞字尾(屬於…的、

關於…的)＝椎間的、椎骨間的。

 intervertebral disc=intervertebral disk椎間盤，intervertebral vein椎間靜脈，intervertebral ganglion椎間神經節，vertebral椎骨的，vertebral canal脊管，vertebral colum脊柱，vertebra椎骨、脊椎(單數)，vertebrae椎骨、脊椎(複數)，vertebrectomy椎骨切除術，Vertebrata脊椎動物亞門(生物學、動物學，Chordata脊索動物門底下的一個亞門)，vertebrate有脊椎的、脊椎動物，invertebrate=invertebral無脊椎的、無脊椎動物，costovertebral肋椎的，ischiovertebral坐骨脊椎的，sternovertebral胸骨椎骨的，paravertebral椎旁的、椎骨側邊的，perivertebral椎骨周的、環繞椎的；intervascular血管間的，intervalvular瓣膜間的，interscapular肩胛間的，intercellular細胞間的，interdental牙間的

29. myelosarcoma＝myelo+sarc(肉)+oma名詞字尾(瘤、腫瘤、腫塊)＝骨髓肉瘤。

 myeloma=myelo+ (o)ma骨髓瘤，myelopathy脊髓病、骨髓病，myelopathic脊髓病的、骨髓病的，myeloparalysis脊髓麻痺、脊髓癱瘓，myelosyphilis脊髓梅毒，myelotomy脊髓切開術，myelocele脊髓突出；myelitis脊髓炎、骨髓炎，myelatrophy脊髓萎縮，myelemia骨髓性血液病、骨髓性白血症、髓細胞血症，myelencephalitis腦脊髓炎；sarcoma肉瘤，sarcoid肉樣的、肉狀的、像肉的、肉樣瘤、類肉瘤；sarcocarcinoma癌肉瘤，sarcomagenic致肉瘤的，sarcomatoid肉瘤樣的、肉瘤狀的

30. tomography＝tomo+graph名詞字尾(寫、畫、描繪、記載、照相、攝影)+y名詞字尾(行為、性質、物品、技術、手術)＝斷層照相、斷層攝影。

 computed tomography (CT) 電腦斷層攝影，tomograph斷層照相機、斷層攝影器，tomogram斷層攝影片、斷層照相片，tomomania開刀癖、手術狂，tomotocia切開生產、剖腹產；gastrotomy胃切開術，laparotomy腹壁切開術、剖腹術，enterotomy腸切開術，irotomy虹膜切開術，myotomy肌切開術，lobotomy腦葉手術、腦葉切開術，orchotomy睪丸切開術、閹割術，

疾病與醫療之一

orchiectomy=orchidectomy睪丸切除術、閹割術，vasectomy輸精管切除術；keratome=keratotome角膜刀、角膜切開器，amniotome羊膜穿破器，dermatome皮刀、皮膚切開器，macrotome大切片刀，microtome切片機、切片刀(供製作顯微鏡觀察用之薄片)

05

疾病與醫療之二

字源線索

★ 英文	★ 中文	★ 字綴與組合形式
body ; mass	體、軀體、身體	som ; soma ; somat ; somato
specific bodily part ; organ	人體的特定部分、器官	organ ; organo
tissue	組織	hist ; histio ; histo
abnormal condition ; process	疾病、變化過程	osis ; se ; sia ; sis ; sy
cell	細胞	cyt ; cyte ; cytio ; cyto
something molded	生物基本單位、顆粒、細胞、體、團、成形、發育	plast
something formed	原生質、漿、血漿	plasm ; plasma ; plasmo
bud ; embryonic stage	胚芽、胚胎、胚層	blast ; blasto
transparent and yellowish fluid	淋巴	lymph ; lympho
canal ; passage	道、通道	mea ; meat ; meato
leading ; drawing out	引管、管道、輸送管	duc ; duce ; duct
hair	毛、絲、髮	trich ; trichi ; tricho
fleece ; tuft of hair	絨毛	vill ; villi

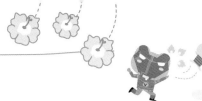

⭐ 英文	⭐ 中文	⭐ 字綴與組合形式
shoulder	肩	om；omo
shoulder blade	肩胛	scapul；scapula；scapulo
chest；thorax	胸、胸廓	thorac；thoracic；thoracico；thoraco；thorax
chest	胸部	pector；pectoro
chest	胸部	steth；stetho
abdomen	腹部	lapar；laparo
back	背	dors；dorsi；dorso
loin；lower back	腰、下背	lumb；lumbo
hip	股、臀髖、髖關節	coax；cox；coxo
rump；buttock	臀	pyg；pyga；pygo
joint	關節	arthr；arthro
bone	骨頭	os；oss；osse；ossi；ost；oste；osteo
framework of body bones	骨骼、骨架	skele；skelet；skeleto
rib	肋骨	cost；costo
cartilage	軟骨	chondr；chondri；chondro

疾病與醫療之二

★ 英文	★ 中文	★ 字綴與組合形式
muscle	肌肉	muscul ; musculo
muscle	肌肉	my ; myo ; myos
skin	皮膚	cut ; cutan ; cuti ; cutis
skin	皮膚	derm ; derma ; dremato ; dermo
horn	角、角狀、角膜	cerat ; cerato ; kerat ; kerato
diaphragm	橫隔、隔	phren ; phreni ; phreno
limb	肢	mel ; melia ; melo
foot	足、腳	ped ; pedi ; pod ; podo
hand	手	cheir ; cheiro ; chir ; chiro
hand	手	man ; manda ; mandate ; mani ; manu
finger ; toe	手指、腳趾	dactyl ; dactylio ; dactylo ; digit ; digiti
fingernail	指甲、趾甲	ony ; onych ; onycho ; onyx
arm	手臂	brachi ; brachio
wrist	腕	carp ; carpo
elbow	肘	ancon

疾病與醫療之二

★ 英文	★ 中文	★ 字綴與組合形式
knee	膝	gen ; geni ; genu ; gon ; gony
leg	腿	crur ; cruro ; crus
calf ; shank	脛、小腿	cnem ; cnemi ; cnemo ; knem ; knemi ; knemo
thigh	股、大腿	femur ; femuro
brain ; top of head	腦、腦部	encephal ; encephalo
head	頭、頭部	cephal ; cephalo
skull	顱、顱骨、頭骨	crani ; cranio
neck	頸、項、領、脖子	cervi ; cervic ; cervici ; cervico ; col ; coll
neck	頸、項、領、脖子	trachel ; trachelo
back of neck	頸背	nuch ; nucha
face	臉、面	faci ; facio
face	臉、面	prosop ; prosopo
eye ; sight	眼、視	ocul ; oculo ; ophthalm ; ophthalmo
eye ; sight ; vision	眼、視、見	op ; opsi ; opso ; opt ; optico

疾病與醫療之二

英文	中文	字綴與組合形式
ear	耳朵	aur ; auri ; auricul ; auriculo ; auro
ear	耳朵	ot ; oto
inner ear ; maze	內耳、迷宮	labyrinth
nose	鼻子	nas ; naso
nose	鼻子	rhin ; rhino
septum	鼻中隔、中隔	sept ; septa
sinus ; curve ; hollow	鼻竇、彎凹處	sin ; sinu
throat	喉	guttur ; gutturo
throat	喉	laryng ; laryngo
pharynx	咽、喉與食道相連處	pharyng ; pharyngo
mouth ; entrance	嘴巴、入口	or ; ora ; orat ; ori ; oro ; os
tongue	舌頭	gloss ; glosso ; glot ; glotto
tongue	舌頭	lingu ; lingua ; linguo
tooth	牙齒	dent ; denta ; denti ; dentin ; dentino ; dento

★ 英文	★ 中文	★ 字綴與組合形式
tooth	牙齒	odon ; odont ; odonto
gums	牙齦、牙床	gingiv ; gingivo
internal organs	內臟	visc ; viscer ; visceri ; viscero
stomach ; belly	胃、肚	gaster ; gastero ; gastr ; gastri ; gastro
cardia	胃賁門	card ; cardi ; cardio
pylorus	胃幽門	pylor ; pylori ; pyloro
bile ; gall	膽	chol ; chole ; cholo
spleen	脾	splen ; spleno
pancreat ; glandular flesh	胰臟	pancre ; pancreat ; pancreato
pancreat ; glandular flesh	胰臟	pancreatic ; pancreatico ; pancreo
liver	肝臟	hepar ; hepat ; hepatico ; hepato
kidney	腎臟	nephr ; nephri ; nephro
kidney	腎臟	ren ; reni ; reno
lung	肺	pulmo ; pulmon ; pulmoni ; pulmono

疾病與醫療之二

★ 英文	★ 中文	★ 字綴與組合形式
gas ; breathe	氣體、呼吸	pnea ; pneo
gas ; breathe ; lung	氣體、呼吸、肺	pneum ; pneuma ; pneumat ; pneumato
gas ; breathe ; lung	氣體、呼吸、肺	pneumo ; pneumon ; pneumono
windpipe	氣管	trache ; tracheo
branches of the trachea	支氣管	bronch ; bronchi ; bronchio ; broncho
heart	心、心臟	card ; cardi ; cardio
heart	心、心臟	cor ; cord ; cour
great artery	主動脈	aort ; aortico ; aorto
upper heart chamber	心房	atri ; atrio
lower heart chamber	心室	ventricul ; ventriculo
vessel ; blood vessel	血管	angei ; angi ; angio
blood vessel ; tube ; duct	血管、管、道	vascul ; vasculo
artery ; blood vessel	動脈、血管	arter ; arteri ; arterio

★ 英文	★ 中文	★ 字綴與組合形式
small artery	小動脈	arteriol ; arteriolo
blood vessel ; vein flow	血管、靜脈、流動	phleb ; phlebo
vein ; vessel	靜脈、血管	ven ; vene ; veni ; veno
intestine ; gut	腸、消化道	enter ; entero
twisted part of the small intestine	迴腸	ile ; ileo
fasting intestine ; small empty intestine	空腸	jejun ; jejuno
colon ; large intestine	結腸、大腸	col ; colo
duodenum	十二指腸	duoden ; duodeno
blind gut ; cecum	盲腸	append ; appendic ; appendix
blind gut ; cecum	盲腸	caec ; caeco ; cec ; eco
straight intestine	直腸	rect ; recto
anus ; rectum	肛門、直腸	proct ; procto
ring opening ; anus	圓圈開口、肛門	an ; ana ; anal ; ano ; anu

疾病與醫療之二

英文	中文	字綴與組合形式
sign of sexual-maturity	性徵、陰部、陰毛、恥骨	pub ; puber ; pubio ; pubo
penis	陰莖、陽物	pen ; peni ; peno
penis	陰莖、陽物	phall ; phalli ; phallo ; priap
testis ; testicle	睪丸	orchi ; orchid ; orchido ; orchio
testes holding pouch	陰囊、睪丸收納囊	scrot ; scroto
semen duct ; blood vessel ; lymph tube	輸精管、血管、淋巴管	vas ; vasi ; vaso
basin	股盆、盆	pelvi ; pelvio ; pelvo ; pelyco
neck of womb	子宮頸	cervi ; cervic ; cervici ; cervico
neck of womb	子宮頸	trachel ; trachelo
womb	子宮	hyster ; hysteri ; hystero
womb	子宮	metr ; metra ; metro
womb	子宮	uter ; utero
womb	子宮	vulv ; vulvo
vagina	陰道、鞘狀物	cole ; coleo

疾病與醫療之二

⭐ 英文	⭐ 中文	⭐ 字綴與組合形式
vagina	陰道、鞘狀物	colp ; colpo ; kolp ; kolpo
vagina	陰道、鞘狀物	vagin ; vagino
egg	卵	oo ; ova ; ovi ; ovo ; ovu ; ovum
ovary	卵巢	oophor ; oophoro ;
ovary	卵巢	ova ; ovari ; ovaro ;
tube ; trumpet	輸卵管、咽鼓管、喇叭狀管道	salping ; salpingo
breast	乳房	mamm ; mammi ; mammo ; mast ; masto ; mazo
nipple ; teat	乳頭、乳頭狀物體	thel ; thele ; thelo
nipple	乳頭、乳頭狀物體	mammill ; mammilli ; papill ; papilli ; papillo
bladder blister	膀胱、疱	vesic ; vesico
urine ; water ; wet	尿、泌尿	ur ; ure ; urini ; urino ; uro
urinary canal	輸尿管	ureter ; uretero
tube conveying urine	尿道	urethr ; urethra
nerve	神經	nerv ; nervi ; nervo

疾病與醫療之二

英文	中文	字綴與組合形式
nerve ; nerve fiber	神經纖維	neur ; neuri ; neuro ; neuron ; neurono
mind ; spirit ; soul	心智、精神、心靈	psych ; psycho
crazy ; mad	發狂、說譫語、精神狂亂	deliri
disease ; suffering ; feeling	疾病、受苦、感覺	path ; pathe ; patho
tumor	瘤	oma ; omat ; ome ; onco ; oncho
flesh ; meat	肉	carn ; carne ; carni ; carno ; sarc ; sarco
flesh tuomr	肉瘤	sarcoma ; sarcomat
malignant tumor	惡性腫瘤、癌	cancer ; canceri ; cancero ; cancri ; cancro
cancer ; crab	癌、橫行者(螃蟹)	carcin ; carcino
cancerous tumor	癌瘤、惡性腫瘤	carcinoma ; carcinomat
inflammation ; burning sensa-tion	發炎、紅燙感覺	itis
swelling	腫脹	tum ; tume

疾病與醫療之二

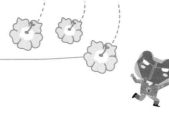

英文	中文	字綴與組合形式
swelling	水腫	ede ; edema ; oedema
aggregation of blood factors	血栓、血凝塊	thromb ; thrombo
node	結節	tuber ; tuberi
pain ; hurt	疼痛	alge ; alges ; algesi ; algesio ; algi ; algio
pain ; hurt	疼痛	alg ; algia ; algo
pain ; hurt	疼痛	dyne ; dynia ; odyn ; odyne ; odynia ; odyno
vomit	嘔吐	eme ; emesi ; emesia ; emesis ; emet ; emetic ; emeto
big ; large	大、畸形大、增大、肥大、腫大	megal ; megalo ; megalia ; megaly
small ; tiny	小、微小、畸形小	micr ; micria ; micro
flow ; flux	流動、風溼	rheum ; rheuma ; rheumat ; rheumato ;
monster ; omen	畸形、畸胎、怪物、惡兆	tera ; terat ; terata ; terato
dead tissue or cell or body	壞死的組織細胞、屍體	necr ; necro ; necron
death	壞死、死去	necrosis ; nekrosis

★ 英文	★ 中文	★ 字綴與組合形式
stone ; rock	結石、石	lite ; lith ; litho
stone ; rock	石化、石頭	peter ; petr ; petri ; petro ; petrosis
hard	硬化、硬	scler ; sclero ; sclerosis
soft ; soft-bodied	軟化、軟、身體軟	malac ; malacia ; malaco ; malako
pore ; opening	疏鬆、孔、洞	por ; pori ; poro ; porosis
pierce ; hole	穿孔、穿破	for ; fora
droop ; sag	脫垂、下垂	pto ; ptoma ; ptomat ; ptomato ; ptosia ; ptosis
rupture ; protruded viscus	疝、疝氣、突出	herni ; hernia ; hernio
grinding or gnashing the teeth	齧齒、咬牙、磨牙	brux ; bruxo
convulsion ; sudden contractions	痙攣、抽搐	spas ; spasm ; spasmo
excitement	高潮、激情、興奮	orgasm ; orgasmic ; orgastic
strong desire	動情、起心動念	estr ; estro ; oestr ; oestro
itching ; be wanton	癢、發癢、很想要	prur ; pruri ; prurit

英文	中文	字綴與組合形式
dull ; dim	鈍、弱	ambly ; amblyo
strong ; strength	有力、強	sthen ; stheno
weak ; weakness	無力、衰弱	asthen ; astheno
work ; function ; reaction	工作、功能、反應	erg ; ergas ; ergo ; urg
expand ; extend	擴張	ectasia
nutrition ; development	營養、生長	troph ; tropho ; trophy
no nutrition ; lessen	沒有營養、變小、萎縮	atroph ; atropho ; atrophy
seizure	發作、上身	lepsia ; lepsis ; lepsy
strike ; paralysis	癱瘓、麻痺	pleg ; plegia ; plego ; plegy
paralysis condition	麻痺、癱瘓	palsy
dissolve ; loosen	溶解、分解、分離、破壞、鬆癱	lyse ; lysis ; lyt ; lyze
split ; cleft	分裂、裂開	schis ; schisia ; schisis ; schist ; schisto
split ; cleft	分裂、裂開	schiz ; schizia ; schizo ; schizosis
bursting forth ; excessive flow	出血、流血	rrhage ; rrhagia ; rrhagic

疾病與醫療之二

英文	中文	字綴與組合形式
flow ; discharge	流出、溢出	orrhea ; rrhea ; rrhoea
stay ; stand still	淤滯、滯留	sta ; stasi ; stasis ; staso ; stat ; stati
decay ; rot	腐敗、腐化、惡臭	putid ; putre ; putri
rot ; putrefaction	腐敗、化膿	sep ; sepsi ; sepsis
rot ; putrefaction	腐敗、化膿	septi ; septic ; septico ; septo
rot ; putrefaction	腐敗、化膿	sap ; sapr ; sapro
pus	膿	puro ; puru ; py ; pyo
charcoal ; carbuncle	煤炭、癰、紅斑	anthra ; anthrac ; anthraco ; anthrax
cutting ; incision	切斷、切開	tomy
cut off ; cut out	切除	ectomy
examination instrument	鏡、檢查儀器	scope
examination by use of instrument	鏡檢、用儀器檢查	scopy
picture ; photo	圖、照片	graph ; gram
add to	裝補、裝上假牙假肢	prosth ; prosthe ; prosthet ; prostheto

疾病與醫療之二

★ 英文	★ 中文	★ 字綴與組合形式
repair ; mold	造型、整形、修復	plasty
opening ; opening making	造口、造瘻、造人工開口	stomy
fusion ; binding	固定術	desis
fixing ; fixation	固定好位置、固定術	pexy
sewing ; surgical sewing	縫合	rhaph ; rhaphy ; rrhapho ; rrhaphy
needle puncture ; perforation	穿刺	cente ; centesis
puncture	穿刺	nyxis
rupture ; fracture	折斷、折裂、斷裂	orrhexis ; rhexis ; rrhexis
tie ; bind	結紮	lig
fungus ; mushroom	黴、真菌、蕈、香菇	myc ; mycet ; myceto ; myco
color	顏色	chro ; chrom ; chromat ; chromato ; chromo
red	紅色、紅	rub ; rube ; rubi ; rubr ; rud
red ; blushing	紅色、紅	erub ; erysi ; eryth ; erythr ; erythro
white ; bright	白色、白	leuc ; leuco ; leuk ; leuko

疾病與醫療之二

★ 英文	★ 中文	★ 字綴與組合形式
white ; pale	白色	alb ; albin ; albino ; albo
white ; pale	白色	album ; albumi ; albumin ; albumini ; albumo
black ; dark	黑色	mela ; melan ; melano ; melen
gold ; gold yellow	金色、金黃色、黃金	chrys ; chryso
gold ; gold yellow	金色、金黃色、黃金	aur ; auri ; auro
yellow	黃色	flav ; flavi ; flavio
yellow	黃色	xan ; xanth ; xantho
tawny ; orange-yellow	黃褐色、茶色、豬肝色、肝硬化的顏色	cirrho
blue ; dark blue	藍、青、氰	cyan ; cyano ; kyan ; kyano
hot ; warm ; heat	溫、熱	therm ; thermo
cold ; freezing ; icy	冷、凍、寒	cry ; cryo ; kry ; kryo
dry	乾燥、乾	xer ; xero ; xir
wet ; damp ; moisture	潮溼、潮	hygr ; hygro

★ 英文	★ 中文	★ 字綴與組合形式
like ; resembling ; equivalent	類似、相近、等同	home ; homeo
other ; another ; different	其他、別異	all ; allo ; alter
flow ; continuous moving	流動、持續移動	flu ; fluct ; flucti ; flum ; flux
service ; obligation ; contagion	公務、役職、傳染病	mun ; muner ; muni
exemption ; no contagion	豁免、無責、無感染、免疫	immun ; immune ; immuni
gland	腺	aden ; adeni ; adeno ; gland ; glans
gland	腺、胸腺	thym ; thyme ; thymo
gland near kidney	腎上腺	adren ; adrenal ; adreno
shield-shaped	盾甲樣子、甲狀腺	thyr ; thyreo ; thyro ; thyroid ; thyroido
tear ; tear gland	淚、淚腺、淚管	dacry ; dacryo
tear	淚、眼淚	lacri ; lacrim ; lacrimo
tear	淚、眼淚	lachry ; lachrym ; lachrymi ; lachrymo

疾病與醫療之二

英文	中文	字綴與組合形式
mucus ; thick mucus	痰、黏液、黏質、咳	phleg ; phlego
sweat ; sweat gland	汗、汗腺	hider ; hidero ; hidr ; hidro
prostate ; stand in front of	前列腺	prostat ; prostate
seed ; ovary ; testis	性腺、生殖腺、睪丸、卵巢	gon ; gonad ; gonado ; gono
ecrete ; exude	分泌	crin ; crino
tonsil ; small rounded mass of tissue	扁桃腺	tonsill ; tonsillo
microorganism ; pathogen ; bud	微生物、細菌、病菌、芽	germ ; germi
seed ; sowing	孢子、芽孢	spor ; spori ; sporo
rod-shaped microorganism	細菌、桿狀菌、桿菌	bacter ; bacteri ; bacterio
rod ; stick ; rod-shaped bacterium	桿菌、桿狀	bacill ; bacilli ; bacillo
chain ; like a chain	鏈、鏈狀	strepsi ; strepto
berry ; like a berry	球狀、球菌、莓、漿果、漿果狀	cocc ; cocci ; cocco

疾病與醫療之二

★ 英文	★ 中文	★ 字綴與組合形式
coil	螺旋、蜿蜒、捲	spir ; spiri ; spiro
sausage	肉毒、灌腸肉、香腸	botul ; botuli

疾病與醫療之二

① oncology _____ 腫瘤學

② erythromycin _____ 紅黴素

③ perivasculitis _____ 血管周圍炎

④ adenocarcinoma _____ 腺癌

⑤ keratomalacia _____ 角膜軟化症

⑥ cyanosis _____ 發紺

⑦ enterococcus _____ 腸球菌

⑧ lumbodynia _____ 腰痛

⑨ xerophthalmia _____ 乾眼症

⑩ myospasm _____ 肌肉痙攣

⑪ autocytotoxin _____ 自體細胞毒素

⑫ phlebothrombosis _____ 靜脈血栓

⑬ epinephrine _____ 腎上腺素

⑭ somasthenia _____ 身體無力

⑮ scapulopexy _____ 肩胛固定術

1. **oncology** ＝ onco+logy名詞字尾(言詞、陳述、學科、學問、研究、思想) ＝ **腫瘤學、腫瘤科**。

 延伸記憶. oncologist腫瘤學專家、腫瘤科醫師，veterinary oncology動物腫瘤科，surgical oncology腫瘤外科，medical oncology 腫瘤內科，radiation oncology放射線腫瘤科，pediatric oncology兒童腫瘤科、兒童癌症，hematology oncology血液腫瘤科，gastrointestinal oncology胃腸腫瘤科，gynecologic oncology婦科腫瘤科，neuro-oncology神經腫瘤科，oncology nursing癌症照護，oncogenic致腫瘤的，oncogenesis腫瘤生成；physiology生理學，epidemiology流行病學，cytology細胞學，bacteriology細菌學，scatology糞便學，histology人體組織學，haematology=hematology血液學

2. **erythromycin** ＝ erythro字首(紅色)+myc+in名詞字尾(素、分泌物、化學物、鹼、胺) ＝ **紅黴素**。

 延伸記憶. kitasamycin北里黴素，albomycin=leucomycin白黴素(北里黴素的另稱)，Aureomycin金黴素(chlortetracycline氯四環黴素的一項藥品名)，xanthomycin黃黴素，streptomycin鏈黴素，vancomycin萬古黴素，hygromycin潮霉素；erythrocyte紅血球、紅血細胞，erythrocyturia紅血球尿、血尿，erythroderma=erythrodermia紅皮症；erythrasma紅癬，erythrism 紅鬚髮，erythremia紅血症、紅血球增多症；erytheme紅斑，erythemogenic引發紅斑的；erysipelas丹毒，erysipelotoxin單毒毒素；erubescent變紅的、臉紅的、發紅的、皮膚潮紅的，erubescence變紅、臉紅、發紅、潮紅；rubeola麻疹(紅色疹)，rubeosis虹膜發紅；rubescent變紅的、臉紅的、發紅的，ruby紅寶石；rubicund紅潤的，rubify使變紅；rubric紅字標題、紅色標明的，rubricate以紅色處哩、以紅字印刷；rudd紅眼魚，ruddy氣色紅潤的、身體健康的

 日本細菌學之父北里柴三郎(Shibasaburo Kitasato)研發而成的黴素，以其姓氏「北里」Kitasa(to) +mycin，而得出新的字彙Kitasamycin北里黴素，但亦有音譯為「吉他黴素」，不過這和樂器吉他guitar毫無關聯。萬古黴素被稱為最後一線用藥，曾是最強的抗生素，由vanquish(征服、降服、控制、抑制)的諧音縮頭字vanco+mycin，得出新字彙Vancomycin，譯名「萬古黴素」音義兼顧，因為可使病菌萬古一永久作古。

3. **perivasculitis** = peri字首(周圍、周遭、膜) +vascul+itis名詞字尾(發炎、炎) = **血管周圍炎**。

 cardiovascular心血管的，cardiovascular diseases心血管疾病，renovascular腎血管的，gastrovascular胃血管的，neurovascular神經血管的，myovascular肌肉血管的；perinuclear核周的，periocular 眼周的，periodontology牙周病科，peritoneum腹膜，perinephrium腎外膜，periosteitis骨膜炎，perinephritis腎周炎，periovaritis卵巢周圍炎，peritonitis腹膜炎；cheilitis唇炎，hepatitis肝炎，otitis耳炎，rhinitis鼻炎，laryngitis喉炎，pharyngitis咽炎，gingivitis牙齦炎，sinusitis鼻竇炎，neuritis神經炎，nephritis腎炎，pancreatitis胰臟炎，tonsillitis扁桃體炎，dermatitis皮膚炎，orchitis睪丸炎，scrotitis陰囊炎，ovaritis卵巢炎，vaginitis陰道炎，cervicitis子宮頸炎，mastitis乳炎，uteritis子宮炎，arthritis關節炎，appendicitis盲腸炎，encephalitis腦炎，gastritis胃炎，poliomyelitis 小兒痲痺症、脊髓灰質炎，diverticulitis憩室炎

4. **adenocarcinoma** = adeno字首(腺、腺體)+carcino+ (o) ma名詞字尾(瘤、腫瘤) = **腺癌細胞瘤、腺癌、腺惡性腫瘤**。

 teratocarcinoma畸胎癌細胞瘤、畸胎惡性腫瘤、畸胎癌，cervical carcinoma子宮頸癌細胞瘤、子宮頸惡性腫瘤、子宮頸癌，metrocarcinoma子宮癌，mastocarcinoma=breast cancer乳癌、乳部惡性腫瘤，papillocarcinoma乳頭狀癌，osteocarcinoma=bone cancer骨癌，chondrocarcinoma軟骨癌，

melanocarcinoma黑癌、黑素癌、黑色素細胞癌，hepatocarcinoma=liver cancer肝癌，colorectal carcinoma大腸癌，verrucous carcinoma疣狀癌，pancreatic carcinoma胰臟癌，gastic carcinoma=gastric cancer=stomach cancer胃癌，carcinomatosis癌症、癌病；adenoma腺瘤，adenosis腺病，adenomyoma肌腺瘤，adenosarcoma腺肉瘤，syringoma汗腺瘤，gastric adenocarcinoma胃腺癌，lung adenocarcinoma肺腺癌，renal adenocarcinoma腎腺癌，uterine adenomyosis子宮腺肌症，uterine adenomyoma子宮肌腺瘤；uterine leiomyoma子宮肌瘤、子宮平滑肌瘤，chondroma軟骨瘤，myeloma骨髓瘤，gastroma胃瘤，hepatoma肝瘤，nephroma腎瘤，pancreatoma胰瘤，lipoma脂肪瘤

臺灣旅港歌星鳳飛飛因罹患lung adenocarcinoma肺腺癌而過世，香港藝人梅艷芳Anita Moi則因罹患cervical carcinoma子宮頸癌而辭世。

5. **keratomalacia** ＝ kerato(角膜)+malac+ia名詞字尾(病症、狀態) ＝角膜軟化症。

keratitis角膜炎，keratalgia角膜痛，keratin角蛋白，keratectasia=keratectasis角膜擴張，keratomy角膜切開，keratectomy角膜切除；keratoscope角膜鏡，keratoscopy角膜鏡檢，keratoderma皮膚角化症，keratosis角化病；osteomalacia骨軟化，bronchomalacia支氣管軟化，cardiomalacia心臟軟化，encephalomalacia腦軟化，esophagomalacia食道軟化，gastromalacia胃軟化，myelomalacia骨髓軟化，myomalacia肌肉軟化，retinomalacia視網膜軟化，splenomalacia脾臟軟化

photokeratitis光角膜炎：指眼睛連續暴露在陽光或燈光照射之下，而產生怕光與紅熱痛現象的光害性角膜炎，snow blindness雪盲就是其中一例。

6. **cyanosis** ＝ cyan+osis名詞字尾(病變、行為過程、狀態變化) ＝青紫、蒼藍症、藍血症、發紺。

疾病與醫療之二

cyanide氰化物、氰化處理，cyanite藍晶石，cyanuria藍色尿、青色尿；cyanogenesis生氰作用，cyanophilous嗜藍的、喜歡藍的，cyanophose藍光幻視，cyanopsia= blue vision藍視、藍視症(白內障手術之後常見，男性服用Viagra威而鋼等藥劑後偶發)，xanthocyanopsia黃藍視症、紅綠色盲、無法分辨紅綠之間差異，cyanobacterium藍菌、藍綠菌、藻青菌，Cyanobacteria藍藻門、藍藻綱 ，cyanometer天藍計、天空藍度測定儀；nephrosis腎病、腎病變，dermatosis=dermatopathy皮膚病，necrosis壞死、轉變為死去器官的過程，xerosis乾燥病，trichosis毛髮病，mycosis黴菌病，dipsosis口渴症，lipomatosis脂肪過多症

血液缺乏氧氣而致皮膚或黏膜呈暗紫色，就是cyanosis。賣座電影Avatar「阿凡達」當中的Pandora「潘朵拉星」的the Na'vi「納美人」，臉色與膚色偏藍，就被影迷戲稱：因為該星球氧氣不足而出現cyanosis。

青光眼的英文是glaucoma=glauc+oma，glauc或glauco代表「銀灰、淡淡藍綠 」，字尾oma除了指「瘤」之外，亦有「腫塊、突起物」意思，直到一七〇五年，由於醫學技術所限，青光眼和白內障仍未區分出來；白內障的英文是cataract=cata+ract，意指往下衝撞，原來指瀑布，後來引申為像一片瀑布白茫茫遮住視力的東西。

7. **enterococcus＝entero+cocc(球狀、漿果狀)+us名詞字尾(人、者、物、行為、狀況、東西、時間、處所)＝腸球菌。**

enterococci腸球菌(複數形)，enterozoon腸動物、腸寄生蟲，enterovirus腸病毒，bovine enterovirus 牛腸病毒，porcine enterovirus豬腸病毒，enterotoxin腸毒素，enterotomy腸切開，enterotome開腸刀，enterectomy腸切除，enterostomy腸造口術，enterostasis腸瘀滯，enterospasm腸痙攣，enteroptosia=enteroptosis腸下垂，enterorrhagia腸出血，enterorrhea腹瀉、腸道流瀉，enterorrhexis腸破裂，enterorrhaphy腸縫合，enteroscope腸鏡，enteroscopy腸鏡檢，enterology腸病科、腸病學；streptococcus鏈球菌，

pediococcus足球菌，vagococcus徘徊球菌，staphylococcus葡萄球菌，micrococcus微球菌；literatus文人、學者(複數為literati)，Magus東方哲人、博學之士、耶穌出生時遠從東方來朝拜的知識分子(複數為Magi)，calamus昌蒲(複數為calami)，ramus支、分支、羽支(複數為rami)，hippopotamus河馬(複數為hippopotami)

8. lumbodynia＝lumb+odyn(疼痛)+ia名詞字尾(病症、狀態)＝腰痛。

lumbar腰的，lumbabdominal腰腹的；lumbocostal腰肋的，lumbocrural腰股的，lumbodorsal腰背的；achillodynia阿基里斯腱痛、跟腱痛，adenodynia=adenalgia腺痛，arthrodynia關節痛，cardiodynia心痛，cephalodynia=headache頭痛，cervicodynia=trachelodynia頸痛、脖子痛，thoracodynia=thoracalgia胸部痛，splenodynia脾臟痛，pododynia=podalgia=tarsalgia腳痛，spondylalgia=spondylodynia脊椎痛，rachiodynia=rachialgia脊柱痛，pleurodynia胸膜痛，prostatodynia前列腺痛，dorsodynia=dorsalgia=back ache背痛，enterodynia腸痛，gastrodynia=stomach ache胃痛，hepatodynia肝痛，gnathodynia頷痛(常與智齒痛相關)，ischiodynia=ischialgia坐骨神經痛

9. xerophthalmia＝xero字首(乾、乾燥)+ (o)phthalm(眼睛)+ia名詞字尾(病症、狀態)＝乾眼症。

xerophthalmus=xerophthalmia乾眼症，xeroderma=xerodermia乾皮症、皮膚乾燥症，xeromenia乾性月經、乾經，xerophobia 乾燥恐懼，xerophobous嫌惡乾燥的、規避旱的，xerostomia口乾，xeromycteria鼻乾，xeromorph旱生型動植物，xerophilous喜歡乾燥的、適旱的，xerothermic又乾又熱的；xeric乾旱的，xerasia毛髮乾燥病，xeransis乾燥、除溼，xerantic除溼的；xenophthalmia異物引發的眼炎，hemophthalmia眼球積血、眼球出血，microphthalmia小眼畸形，photophthalmia光眼炎、連續光照引發的眼睛疾患，sclerophthalmia鞏膜眼症，mycophthalmia霉菌性眼炎

 砂眼、沙眼是由沙眼衣原體(chlamydia)引起的慢性傳染性結膜角膜炎，在瞼結膜表面形成形似沙粒粗糙不平外觀，故稱為砂眼。砂眼的英文詞trachoma源於希臘文trachys，表示粗糙不平，而字尾oma就是「腫塊、突起物、隆起物」的意思。

10. myospasm＝myo字首(肌肉)+spasm＝肌肉痙攣、抽筋。

 myospasia=myopasmia=myospasm肌痙攣、肌肉痙攣，myovascular肌血管的，myotrophy肌營養，myotomy肌切開，myotome開肌刀，myotenositis肌腱炎，myoma肌瘤，myosarcoma肌肉瘤，myolipoma肌脂瘤，myosteoma肌骨瘤，myoalgia=myodynia肌痛，myology肌學，myometer肌力計，myomalacia肌軟化，myosclerosis肌硬化；myectomy=myomectomy肌切除，myectopia=myectopy肌異位，myitis=myositis肌炎；spasmodic 痙攣的，spasmogen痙攣原、致痙攣物，spasmogenic致痙攣的、引發痙攣的，spasmolysis解消痙攣，spasmolysant解消痙攣劑、解痙藥物，spasmophobia痙攣恐懼，vasospasm=angiospasm血管痙攣，bronchiospasm=bronchospasm支氣管痙攣，gastrospasm胃痙攣，cardiospasm賁門痙攣，pylorospasm幽門痙攣，proctospasm直腸痙攣，laryngospasm喉肌痙攣，hysterospasm子宮痙攣，graphospasm書寫痙攣、拇指與食指痙攣，glossospasm舌痙攣，blepharospasm眼瞼痙攣

11. autocytotoxin＝auto字首(自己、自身、自體)+cyto(細胞)+toxin＝自體細胞毒素。

 antitoxin抗毒素，immunotoxin免疫毒素，brevitoxin短毒素，endotoxin內毒素，exotoxin外毒素，aflatoxin黃麴毒素，mycotoxin黴菌毒素、真菌毒素，bacteriotoxin細菌毒素，botulismotoxin=botulinus toxin肉毒桿菌毒素，cobratoxin眼鏡蛇毒素，hepatotoxin=hepatoxin肝毒素(傷害肝細胞與肝臟功能的毒素)，nephrotoxin腎毒素，necrotoxin壞死毒素，enterotoxin腸毒素，adrenotoxin腎上腺毒素，thyrotoxin甲狀腺毒素，neurotoxin神經毒素，leucotoxin=leukocytotoxin白血球毒素，hemotoxin=haemotoxin=hemat-

疾病與醫療之二

otoxin血毒素、紅血球毒素，cyanotoxin藍藻毒素、氰毒的；toxinology毒素學、毒物學，aquatic toxinology水產毒物學，bacterial toxinology細菌性毒素學；toxic毒物的、毒素的、中毒的，toxication=toxicosis中毒，toxicemia=toxicohemia=toxinemia毒血症；toxicology毒物學、毒理學，toxicogenic產出毒素的，mycotoxicosis真菌毒素病，toxicopexy=toxicopexis毒物中和

12. phlebothrombosis＝phlebo字首(靜脈)+thromb(血栓、血凝塊、凝血)+osis＝靜脈血栓形成、靜脈血栓。

 thrombosis=thrombogenesis血栓形成，cardiac thrombosis心臟血栓形成，cerebral thrombosis腦血栓形成，coronary thrombosis冠狀動脈血栓形成，intracranial thrombosis顱內血栓形成，thrombus血栓，antemortem thrombus死前血栓，postmortem thrombus死後血栓，platelet thrombus血小板性血栓，thrombectomy血栓切除，thrombin凝血脢；thromboangitis血栓性血管炎，thromboarteritis血栓性動脈炎，antithrombotic agent抗血栓藥，thrombocyte血栓細胞、凝血細胞、血小板，thrombocytosis血小板增多症，thrombopenia=thrombopeny血小板減少症；phlebotomy靜脈切開、放血，phlebotome開靜脈刀，phlebosis靜脈病，phlebostenosis靜脈狹窄，phlebosclerosis靜脈硬化，phleborrhagia靜脈出血，phleborrhaphy靜脈縫合，phleborrhexis靜脈破裂，phlebology靜脈研究、靜脈學，phlebography靜脈造影、靜脈攝影，phlebogram靜脈造影片、靜脈照片，phlebomyoma靜脈肌瘤，phlebocarcinoma靜脈癌

13. epinephrine＝epi字首(在上、接近、趨近、附加)+nephr+ine名詞字尾(素、鹼、鹵、胺、藥物、化學物品)＝腎上腺素。

 epinephral腎上的、腎上腺的，epinephritis腎上腺炎，epinephrectomy腎上腺切除，epinephrine=adrenalin=adrenaline腎上腺素，epinephroma腎上腺瘤、腎上腺樣瘤，nephralgia腎痛，nephrasthenia腎衰弱，nephrec-

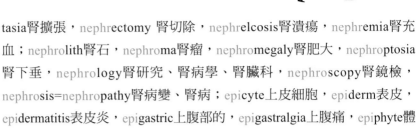

tasia腎擴張，nephrectomy 腎切除，nephrelcosis腎潰瘍，nephremia腎充血；nephrolith腎石，nephroma腎瘤，nephromegaly腎肥大，nephroptosia腎下垂，nephrology腎研究、腎病學、腎臟科，nephroscopy腎鏡檢，nephrosis=nephropathy腎病變、腎病；epicyte上皮細胞，epiderm表皮，epidermatitis表皮炎，epigastric上腹部的，epigastralgia上腹痛，epiphyte體表附生菌、附生植物

14. somasthenia＝som+a字首(無、沒有、缺乏)+sthen(力氣、力量)+ia名詞字尾(病症、狀況)＝疲憊、身體無力。

somasthenia=somatasthenia=疲憊、身體無力，somesthesia=somatesthesia身體感覺、軀體感覺，somatalgia軀體痛，somatic軀體的；somatotype體型，somatotrophin=somatotropin=somatropin生長激素，somatotomy身體切開、軀體解剖、軀體解剖學，somatometry人體測量、人體測量術，somatopathy軀體病，somatomegaly軀體巨大畸形，somatology軀體學、軀體研究；chromosome染色體，monosome單染色體、單體，centrosome(細胞)中心體，chondriosome粒線體，trypanosome錐體、錐體蟲、錐蟲，synaptosome(神經)突觸體，ribosome核醣體，polysome多體、多核醣體、聚核醣體，polyribosome多核醣體、聚核醣體，phagosome吞噬體，lysosome溶小體，bacteriosome細菌小體

15. scapulopexy＝scapulo+pexy名詞字尾(固定、固定術)＝肩胛固定術。

scapulohumeral肩胛肱骨的，scapuloposterior肩後位、(生育時)橫產胎位；scapula肩胛骨，scapular肩胛的、肩胛骨的，scapulectomy肩胛切除，scapulalgia=scapulodynia肩胛痛；pexis=pexia=pexy固定術，pexic固定的，gastropexy胃固定術，mastopexy乳房固定術，ovariopexy卵巢固定術，hepatopexy肝固定術，pneumonopexy肺固定術，nephropexy腎固定術，enteropexy腸固定術，urethropexy尿道固定術，orchiopexy睪丸固定術，cryptorchidopexy隱睪固定術，cecopexy=typhlopexy盲腸固定術

疾病與醫療之二

scapulomancy=scapulimancy=scapulamancy甲骨占卜，mancy名詞字尾(占卜、算命、觀相、看相)。中國商朝與古朝鮮在卜筮時把龜甲或獸的肩胛骨用火燒炙，以出現在甲骨上的裂紋走向斷定吉凶，刻劃在甲骨上的卜筮文字稱為甲骨文。相法與算命：pedomancy足相、足印相，chiromancy手相，odontomancy齒相，oneiromancy夢卜，hippomancy馬卜(以馬跑的方向與嘶吼聲判定)，ailuromancy貓卜，onomancy名字卜，bibliomancy書卜，phyllomancy葉卜，ophiomancy蛇卜，cartomancy紙牌卜，orinithomancy鳥卜，aeromancy天空卜、觀天卜，xylomancy觀木卜，pyromancy觀火卜，hydromancy觀水卜，astromancy 觀星卜，heliomancy觀日卜，selenomancy觀月卜，necromancy亡魂卜，lithomancy石卜，dendromancy樹卜，anemomancy 觀風卜，nephomancy觀雲卜，hyetomancy觀雨卜，nivomancy觀雪卜，glaciomancy冰卜，anthmancy花卜；面相則是physiognomy=physio(自然樣貌)+gnomy(判斷、詮釋)。

疾病與醫療之二

⑯	sporolactobacillus ＿＿＿＿＿＿	孢子乳酸桿菌
⑰	hemeralopia ＿＿＿＿＿＿	晝盲
⑱	lymphedema ＿＿＿＿＿＿	淋巴水腫
⑲	amblyaphia ＿＿＿＿＿＿	觸覺遲鈍
⑳	pneumothorax ＿＿＿＿＿＿	氣胸
㉑	glossanthrax ＿＿＿＿＿＿	舌癰
㉒	cardiomelanosis ＿＿＿＿＿＿	心臟變黑
㉓	melanoptysis ＿＿＿＿＿＿	咳黑痰
㉔	homeostasis ＿＿＿＿＿＿	體內平衡
㉕	albinism ＿＿＿＿＿＿	白化症
㉖	orthodontist ＿＿＿＿＿＿	牙齒矯正專家
㉗	hepatocirrhosis ＿＿＿＿＿＿	肝硬化
㉘	influenza ＿＿＿＿＿＿	流行性感冒
㉙	immunoglobulin ＿＿＿＿＿＿	免疫球蛋白
㉚	allergy ＿＿＿＿＿＿	過敏性

疾病與醫療之二

16. sporolactobacillus＝sporo(孢子)+lacto(乳、乳酸)+bacill+us名詞字尾(人、者、物、行為、狀況、東西)＝**孢子乳酸桿菌。**

延伸記憶．Bacilli桿菌綱，Lactobacillales乳酸桿菌目，Lactobacillaceae乳酸桿菌科，Lactobacillus乳酸桿菌屬，Lactobacillus acidophilus嗜酸乳桿菌，streptobacillus鏈桿菌，pneumobacillus肺炎桿菌，coccobacillus球桿菌，colibacillus大腸桿菌，diplobacillus雙桿菌，bacillus桿菌(單數)，bacilli桿菌(複數)，bacillary桿菌性的，bacillemia桿菌血症，bacilluria桿菌尿症；bacilliculture桿菌培養，bacilliferous帶有桿菌的，bacillicide滅桿菌藥、殺桿菌劑，bacillomycin芽孢桿菌黴素，bacillosis桿菌病，bacillosporin孢桿菌素；lactophile嗜乳者，lactophobia懼乳症，lactose乳糖，lactose intolerance乳糖不耐症；lactigenous=lactigerous=lactiferous生乳的、產乳的、泌乳的，lactivorous吃乳的、哺乳維生的，lactivore吃乳的動物；lactescence乳色、乳狀汁、乳汁分泌，lactate哺乳；sporicide殺孢子劑，sporiferous產孢子的、帶孢子的

報馬仔．優酪乳所稱的AB雙菌中的A菌，就是Lactobacillus acidophilus嗜酸乳桿菌，是一種益生菌；B菌是Bifidobacterium雙叉桿菌，又稱比菲德氏菌。其他的一些細菌：carnobacterium肉品桿菌，clostridium botulinum肉毒桿菌，botulinum肉毒菌、臘腸菌、香腸菌，streptobacillus鏈球菌，spirillum、spirilla螺旋菌，blastomycete芽生菌。

17. hemeralopia＝hemer(白天)+alo(盲、瞎)+ (o)pia名詞字尾(視力)＝**白天無視力、晝盲。**

延伸記憶．hemeralopic晝盲的，hemeralope晝盲者，hemeraphonia晝啞症、白天無聲音症(只在夜間說話)，hemeranthic=hemeranthous晝花的、日間開花的；Hemerocallis=Hemero(一天、白日)+callis(美麗)=萱草屬植物(此植物的花只有一天綻放期，在日出時開出，在日落時凋謝)；nyctalopia=nyctalopy夜晚無視力、夜盲，nyctalope夜盲者，nyctalopic夜盲的；myopia近視，pseudomyopia假性近視，opsy=opsia=opia視力、視力狀況、視力疾患，

hyperopia視力過強、遠視，presbyopia老人視力、老花眼，diplopia＝double vision複視，monocular diplopia單眼複視，binocular diplopia雙眼複視，palinopia視象存留、視覺重複，polyopia多視、視物顯多症；chromopsia色錯覺、部分色盲，dichromatopsia二色視、二色性色盲，achromatopsia 無色視、色盲，xanthopsia黃視症、視物顯黃症、黃視錯覺，axanthopsia無黃色視力症、黃色盲，chloropsia綠視症、視物顯綠症，achloropsia 無綠色視力症、綠色盲，metamorphopsia視物變形、變視症，teleopsia視物顯遠症，micropsia微視錯覺、視物顯小症、小視症，macropsia巨視錯覺、視物顯大症、大視症，megalopsia視物顯大症、大視症，anopia＝anopsy＝anopsia＝anopsia無視力、盲、瞎，hemianopsia偏側盲、偏盲、半邊盲

18. lymphedema＝lymph+edema名詞字尾(水腫)＝淋巴水腫。

 延伸記憶 podedema足水腫，blepharedema眼皮水腫、瞼水腫，dactyledema趾水腫、指水腫，cephaledema頭水腫，leukoedema白色水腫，erythredema紅皮水腫，angioedema血管性水腫，uroedema尿液性水腫，myxedema黏液水腫，lipedema脂肪水腫，rhinedema鼻水腫，cyesedema妊娠水腫，colpedema 陰道水腫，cerebral edema腦水腫，hepatic edema肝病性水腫，renal edema腎病性水腫；lymphuria淋巴尿，lymphangioma淋巴管瘤；lymphotomy淋巴系統解剖、淋巴系統切開，lymphostasis淋巴淤滯，lymphosarcoma淋巴肉瘤，lymphonodus淋巴結(單數)，lymphonodi淋巴結(複數)，lymphopathy淋巴病，lymphology淋巴學，lymphocyte淋巴細胞，lymphocyst淋巴囊腫

19. amblyaphia＝ambly+aphia名詞字尾(觸覺)＝觸覺遲鈍、弱觸覺。

 延伸記憶 amblygeustia味覺遲鈍、弱味覺，amblyacousia聽覺遲鈍、弱聽覺，amblyopia視覺遲鈍、弱視覺，amblyopic弱視的，amblyope弱視者，amblyopiatrics弱視治療；amblyoscope弱視鏡；anaphia觸覺缺失、部分或全部觸覺喪失，hyperaphia觸覺過敏、觸覺過多，hypaphia＝hyp(o) +aphia觸覺過

低、觸覺減退，dysaphia觸覺障礙，paraphia觸覺倒錯

20. pneumothorax＝pneumo字首(氣體、肺、呼吸)+thorax＝氣胸。

pneumocele=pneumatocele=肺膨出，pneumocentesis肺穿刺術，pneumococci肺炎球菌，pneumococcosis肺炎球菌病，pneumocyte肺細胞，pneumolith肺石，pneumotachometer=pneumo+tacho+meter=呼吸速度計，pneumomalacia肺軟化；pneumonia肺炎，influenza pneumonia流感性肺炎，pneumonic肺的、肺炎的，pneumonitis肺炎、侷限性肺炎，pneumonemia肺充血，pneumonectomy肺切除術，pneumonedema肺水腫，pneumonectasia=pneumonectasis肺氣腫；pneumonotomy肺切開術，pneumonorrhaphy肺縫合術，pneumonopathy=pneumonosis肺臟疾病，pneumonorrhagia=pneumorrhagia肺出血，pneumonometer=pneumatometer呼吸氣量測定計；pneumal肺的；pyriform thorax梨形胸，teardrop thorax淚滴胸、水滴胸，amazon thorax單乳胸，stenothorax胸狹窄，pyothorax胸膜腔積膿、膿胸，hydrothorax胸膜積水、水胸；thoracal=thoracic胸的、胸廓的，thoracalgia=thoracodynia胸痛，thoracectomy(部分)胸廓切除術；thoracocentesis胸穿刺術，thoracometer胸圍計，thoracopathy胸部疾病，thoracoplasty胸廓成形術，thoracoscope胸腔鏡，thoracoscopy胸腔鏡檢

疾病與醫療之二

 amazon thorax「單乳胸」的典故：希臘神話提及有一個女兵部落，稱為 the Amazons亞馬遜族，她們在特洛伊戰爭(the Trojan War)中協助特洛伊 (Troy)對抗希臘城邦聯軍；Amazon這個字的來源有各家說法，但若以 希臘文解釋，Amazon=a(無)+mazos(乳房)+on(人、者)=無乳房者。依傳 說，該部族為了拉弓作戰方便，割去一邊的乳房，而成為單乳房的善 戰女兵。南美洲大河亞馬遜河原名是Río Santa Maria de la Mar Dulce (St. Mary River of the Sweet Sea)—「甜蜜之海的聖馬利亞河」，十六世紀 時，由首位完成該河全線探勘到上游的探險家Francisco de Orellana，依 照希臘神話更名為Río Amazonas=Amazon River；據說原因是他在探勘時 遇到原住民的女兵部落，或說他遇到無鬍鬚留長髮而且長相似女生的男 兵部落。

21. glossanthrax = gloss+anthrax(癱、紅斑、紅疹、炭疽) = 舌癱。

 glossauxesis舌腫大，glossectomy舌切除術，glossitis舌炎，glossagra舌痛 風，glossodynia舌痛，glossoid舌狀的，glossary專門詞彙、術語彙編、 集注，glossematics語符學；glossocele舌疝、舌腫脹、大舌、巨舌， glossocoma舌退縮，glossograph舌動描記器，glossolysis舌麻痺，glossology舌學、命名學，glossographer評註者，glossography評註作品， glossolalia口才，glossology言語學，glossotomy舌切開術；glottology言 語學，glottochronology語言年代學；monoglot=monolingual說單種語言 者、說單種語言的，diglot=bilingual說兩種語言者、說兩種語言的， polyglot=polylingual說多種語言者、說多種語言的，pentaglot有五種語文 的作品，heptaglot有七種語文的作品；anthracic炭疽的；anthracosis炭肺、 炭末沉著症；anthrax炭疽，gastrointestinal anthrax胃腸性炭疽，cutaneous anthrx皮膚性炭疽，inhalation anthrax吸入性炭疽，pulmonary anthrax肺炭 疽，meningeal anthrax腦膜炭疽

22. cardiomelanosis＝cardio+melan(黑、黑色)+osis字尾(疾病、病變、狀態、變化形成的過程)＝**心臟變黑。**

 cardiology心臟科、心臟學，cardiologist心臟科醫師、心臟學家，cardiosurgery心臟外科，cardiotomy心臟切開術，cardiomalacia心臟軟化，cardiomegaly心臟肥大，cardiometry心力測量，cardionephric心腎的，cardiopneumatic=cardiopulmonary心肺的，cardiopathy心臟病，cardioplegia心麻痺、心癱瘓，cardioneural心神經的，cardiomyopathy心肌疾病，cardiophobia心臟病恐懼症，cardiorrhaphy心縫合術，cardiorrhexis心碎、心破裂；cardioptosia=cardioptosis心臟下垂，cardiosclerosis心臟硬化，cardionecrosis心臟壞死；cardiac arrhythmia心律不整、心臟無規律活動，arrhythmic tachycardia不律性的心搏過快、失律性頻脈症；melanosis黑變病、黑皮症、黑色素沉著症，hepatomelanosis=liver melanosis肝黑變病，amelanosis無黑色素症、缺色斑，epidermal melanosis表皮黑皮症，hypomelanosis黑色素過少症、缺色斑、脫色斑，hypermelanosis黑色素沉著過多症，neurocutaneous melanosis神經與皮膚黑變病，oculocutaneous melanosis眼皮膚黑變病，ocular melanosis=ocular melanocytosis=melanosis oculi眼黑色素細胞增症，scleral melanosis鞏膜黑變病，myomelanosis肌黑變病，smoker's melanosis菸槍黑色素沉著症、尼古丁口腔黑病變(老菸槍的硬顎黏膜變成暗紅色，最後角質化成為伴有暗紅色中心點的灰白色)，congenital melanosis先天性黑病變，neonatal pustular melanosis新生兒膿疱性黑皮症

 raccoon eyes浣熊眼=panda eyes熊貓眼=periorbital ecchymosis=眼眶周圍瘀斑、眼窩斑狀出血、黑眼圈。

23. melanoptysis＝melano+pty(吐、咳(唾液、口水、痰、血))+sis名詞字尾(行為、動作、病症)＝**咳黑痰。**

 melanoderma黑皮膚病，melanodermatitis黑皮炎，melanocyte黑色素細胞，melanocytoma黑素細胞瘤，melanoacanthoma黑素棘皮瘤，melanocarcinoma黑素細胞癌，melanoma黑瘤、黑素瘤，melanomatosis黑瘤病，

疾病與醫療之二

melanonychia黑指甲症，melanorrhea黑糞症，melanotrichia毛髮變黑，melanoglossia黑舌症，melanoleukoderma黑白斑症；melanuria黑尿症，melanin黑素、黑色素，melanemia黑血症；melasma黑斑症，melatonin退黑激素；melena黑糞症，melenic黑糞的；haemoptysis=hemoptysis咳血，cardiac hemoptysis心病性咳血，parasitic hemoptysis寄生蟲性咳血，albuminoptysis蛋白性痰，pyoptysis咳膿

位於澳洲北部的太平洋西南海域，西起新幾內亞(New Guinea)，東到菲濟(Fiji)一帶的島群，其原住民的膚色黝黑炭黑，被西方依字首字根字尾造字原則，創出一個新字彙代表該島群：Melanesia=mela(黑色)+nes(島嶼)+ia(土地、區域、邦、國)=黑人島嶼邦國。臺灣長年音譯該字為「美拉尼西亞」。

24. homeostasis = homeo+stasis名詞字尾(滯留、瘀滯、停頓、平衡、穩住) = 恆定、體內平衡(呼吸、心跳、體溫、電解質等維持在穩定狀態)。

thermostasis體溫恆定、恆溫，cryostasis恆凍、維持冷凍狀態，humidistasis=hygrostasis恆溼，enterostasis腸淤滯，thrombostasis血栓性瘀血，erythrostasis紅血球淤積，leukostasis白血球滯留症，galactostasis乳汁瘀滯，hemostasis=haemostasis止血法，hypostasis血液墜積、血液沉積，venostasis靜脈血淤滯，bacteriostasis抑菌、抑菌作用，fungistasis抑真菌作用，blennostasis黏液制止法，ophthalmostasis眼球固定法；homeostatic體內平衡的，thermostatic恆溫的，cryostatic恆凍的；ophthalmostat眼球固定器，cryostat恆凍器，thermostat保溫瓶、自動調溫器、恆溫器、恆溫設備，hygrostat=humidistat恆溼計、恆溼器；homeomorphous同形的，homeotherm恆溫動物，homeothermic=homeothermal恆溫的，homeothermy=homeothermism恆溫性、恆溫特質，homeotypic=homeotypical同型款的，homeotherapy順勢療法、類同性療法(例：犀牛角或虎鞭等硬物用於壯陽，獅鬃毛用於治禿頭等)

25. albinism＝albin+ism名詞字尾(病症、疾病狀態)＝白化症。

延伸記憶　albino白化症患者，albinotic白化症的，albinoism=albinism白化症；albinuria白尿；albomycin白黴素；album相簿、專輯、白白一片讓人把喜愛東西裝進去的冊子，albumen蛋白、胚乳，albumin=album (en) +in(素、質、酶、化合物)=清蛋白、白蛋白，albuminoid蛋白似的、像蛋白的、蛋白質的，albuminuria蛋白尿，albuminemia蛋白血症，albuminosis蛋白增多症；albuginea白膜，albuginitis白膜炎；alcoholism酒精中毒、酗酒，dwarfism侏儒症，mongolism先天愚形樣症，sadism性施虐狂症，masochism性受虐狂症，botulism肉毒桿菌中毒，thyroidism甲狀腺劑中毒、甲狀腺分泌缺乏、甲狀腺功能亢進，eroticism好色，narcotism麻醉藥品成癮

26. orthodontist＝ortho字首(正確、直向、原位、矯正、整形)+odon+ist字尾(人、者)＝正牙醫師、牙齒矯正專家、正牙學者。

延伸記憶　orthodontics=orthodontology=orthodontia正牙學、正牙科，orthodontist=orthodontist正牙醫師，orthobiosis正常生活，orthocrasia正常反應，orthodromic順行的、正確方向移動的，orthomorphia矯形術，orthopedics矯正外科、矯形外科，orthopedist矯形外科醫師，orthogon正角形、直角形、矩形、長方形，orthodox正統教義的、正宗信仰的、正統派的，orthodoxy正統性、正統觀念、正統思想，orthography正字寫法、拼寫正確，orthopter直翅目昆蟲，orthopnea端坐呼吸，直直坐好的呼吸方式，orthotopic正位的、常位的、正確位置的(懷孕胎位)；orthergasia功能正常，orthetics矯正學，orthetic矯正的，orthetist矯正師；diphyodont有兩期牙齒(乳齒和恆齒)的哺乳動物、有兩期牙齒的(例：智人Homo sapiens)，heterodont異形齒動物、異形齒的(歷經較高層次的咀嚼演化，牙齒依功能分化而有門牙、犬牙、臼牙之分)，homodont同形齒動物、同形齒的(例：兩棲類動物amphibians)，odontitis牙炎，periodontitis牙周炎、牙周病；odontodynia牙痛，odontolith牙石、牙結石、牙垢，odontology牙科，odontologist牙醫，odontopathy牙病，odontophobia牙痛恐懼、牙手術恐懼、害怕去牙醫診

疾病與醫療之二

所；anodontia先天性無齒症，periodontia=periodontics牙周病科、牙周病科，prosth(esis)(修補物、假體)+odontia=prosthodontia=prosthodontics做義齒、做假牙、補牙鑲牙、假牙修復學、假牙修復術、鑲牙學

報馬仔 牙齒類型：門齒、門牙(incisor)，犬齒(canine)，小臼齒、前臼齒(premolar)，臼齒(molar)；乳齒、乳牙、會掉落的齒(deciduous)，恆齒、恆牙(permanent)。

27. hepatocirrhosis＝hepato+cirrho(黃褐色、器官病變硬化顏色)+sis名詞字尾(過程、狀態)＝肝硬化。

延伸記憶 hepatonecrosis肝壞死，hepatolith肝石、肝膽管結石，hepatology肝臟病科、肝臟病學，hepatoma肝臟腫瘤，hepatomegaly肝腫大，hepatomalacia肝軟化，hepatotomy肝切開術，hepatotoxin肝細胞毒素，hepatorrhagia肝出血，hepatorrhea肝液溢，hepatoptosis肝下垂，hepatorrhexis肝破裂，hepatosis肝功能障礙，hepatoscopy肝檢查、肝鏡檢，hepatopathy肝病，hepatopath肝病患者，hepatocarcinoma肝癌、肝癌細胞瘤，hepatocele肝膨出，hepatodynia肝痛，hepatogastric肝胃的，hepatopneumonic肝肺的，hepatorenal肝腎的，hepatobiliary肝膽的；hepatalgia肝痛，hepatatrophy=hepatatrophia肝萎縮，hepatectomy肝切除術，hepatitis肝炎，hepatitis B virus B型肝炎病毒，fulminant hepatitis猛爆型肝炎、爆發性肝炎，hepatic肝的；hepar肝，hepar adiposum=fatty liver脂肪肝，heparin肝素，heparinemia肝素血；cirrhosis硬化、肝硬化，cirrhosed已經肝硬化了的，cirrhotic肝硬化的、肝硬化症的，cardiac cirrhosis心源性肝硬化病變，alcoholic cirrhosis酗酒性肝硬化病變

28. influenza＝in字首(內、入)+flu+enza義大利文名詞字尾(與英文字尾ence同義：情況、狀態)＝流入、注入、感應、星星流出到地球而引發疾病的流質、流行性感冒、流感。

延伸記憶 flu=influenza流感，influenza B B型流感，avian influenza=bird influenza禽流感，swine influenza豬流感，equine influenza馬流感，feline influenza

貓流感，epidemic influenza地方性流感、類流感，pandemic influenza廣泛地區的大流感，influenza virus流感病毒，influenzal流感的，influence影響、作用、支配力、流入的力量，influential有影響的，influent支流、流入物、流入的，affluence財富湧流向你、富裕、金錢淹腳目，confluence匯流處、集合點，defluent向下流動的，diffluent流走的、流失的，effluent流出的、流出物，fluent流利的、流暢的，fluid液體；efflux溢出物，influx流入、注入、匯入，defluxion脫落、大量排出；fluctuate波動、流動(物價、股票指數)，fluctuant波動的、流動的、不穩定的；impotenza(義)=impotence(英)性無能，confidenza=confidence信心，emergenza=emergence出現，violenza=violence暴力

 報馬仔

流感influenza是義大利文，源自拉丁文influentia；在醫學不發達時，江湖術士以占星術「星星有流質流出到地球而引發疾病」來解釋一定時間就會出現的大疫情，influenza指嚴重疾病始於十六世紀初的義大利，十八世紀中期(1743)歐洲爆發嚴重傳染性疾病，該字在全歐大流行，也進入英語世界。英文affluence=af+flu+ence=財富對你流過來、富裕，後來造出affluenza：富裕病、好吃懶做、無法吃苦。

29. immunoglobulin＝im字首(不、非、無)+muno+glob(球、球狀物、球體)+ul(e) 字尾(小東西)+in字尾(素、質、化合物)＝免疫球蛋白。

 延伸記憶

immune免疫者、免疫動物、豁免的、有免疫力的，immune body抗體、免疫體，immune serum免疫血清；immunity免除、豁免、免疫力、免疫性，inherent immunity=native immunity=innate immunity先天免疫，acquired immunity後天免疫、取得性的免疫，antiviral immunity抗病毒免疫，infection immunity感染免疫，immunize使成為免疫，immunization免疫化、免疫注射、免疫作用；immunology免疫學，immunotherapy免疫療法，immunoreaction免疫反應，immunogenetics免疫遺傳學，immunodeficiency免疫缺陷、免疫缺損、免疫不全，AIDS=acquired immunodeficiency syndrome=後天免疫不全症候群；globin珠蛋白，globulin球蛋白，globulinemia球蛋白

血症，globulinuria球蛋白尿症，globose=globoid球狀的、球形的，globule小球、小球體、血球，globulicide血球破壞劑、滅血球劑，globulimeter血球計算器；immunoferritin免疫鐵蛋白，chondroitin軟骨素，keratin角質，cholecystokinin膽囊收縮素，serotonin血清素，hemocyanin血青素、血藍蛋白，hemoglobin血紅素、血紅蛋白，hemaagglutinin血球凝集素；nodule小節、小瘤、小結節，tubule小管、細管，molecule分子(物理化學)、微粒、微點，schedule撕下來記時間的小紙條、時間表、行事曆

municipal=muni(公職、服務、勞役)+cip(取、承擔)+al形容詞字尾(與…有關的)=市政的、市營的、地方公務的。

30. allergy = all(o)字首(別的、另外、異常的)+erg+y名詞字尾(情況、行為、性質、狀態、物品、制度、技術、手術) = 別異的反應、變樣的反應、變應性、過敏性。

allergen=allergin過敏原、過敏素、變應原，allergenic致過敏的、引發變應的，allergic過敏的、變應的；allergology過敏科、過敏學、變應學，allergist=allergologist過敏症醫師、變應性疾病專家，allergosis過敏症、變應性疾病；energy使做工的東西、燃料、能力、能源、能量、活力、精力，energetic充滿活力的，bioenergy生物質的能源、生質燃料，fossil energy化石能源(例：石油、天然氣、煤)，anergy無力、無法做工，parallergy副變應性，telergy遠距施展功能、心靈感應，synergy綜合功效、綜效、合功，ergasthenia過勞而身體衰弱、工作疲累症；ergasia整體功能、做事的精神狀態，ergasiomania=ergomania工作狂，ergasiophobia工作恐懼；ergogenic產生力量的、功能亢進的，ergometer測力器，ergonomics人體功率學；urge施以力量、敦促、驅策、要求，urgent催逼的、緊急的，metallurgy做金屬的工、冶金術，zymurgy做發酵的工、釀造術，chirurgy=surgery動手做工、療傷治病、手術，demonurgy妖術，dramaturgy戲劇藝術、劇場表演；allotransplantation=allo(異)+trans(轉)+plant(植)+ate(動詞字尾)+ion(名詞字尾)=異體移植，allogamy異體受精、異體婚配、異體交配，allometron體型變異，allotherm變溫動物、冷血動物，allotopia

疾病與醫療之二

異位、錯位，allopathy別異療法、對抗派療法，allodromy心節律別異、心節律障礙，allochromasia變色、顏色變異(皮膚、毛髮)

06

整形塑身美容

字源線索

★ 英文	★ 中文	★ 字綴與組合形式
mould ; shape	造型、塑造、形塑、育成	plasia ; plast ; plasti ; plasto
moulded	塑造物、生成物	plasm ; plasma ; plasmat ; plasmato ; plasmo
work	做事、作工、動手	erg ; ergo ; oper ; opus ; urg ; urgi
operation ; handicraft	手術、手工、手藝、手技	surg ; surgi
pile ; build	堆疊、建立、建造結構	stru ; struct ; structure
enlarge ; capacious	隆、變大、廣大	ampl ; ampli
grow	變雄偉、有威嚴	auc ; auct ; aug ; aux ; auxano ; auxi ; auxili ; auxo
high ; lofty	高、翹、大、提升	alt ; alti ; alto ; hance ; tol ; toll
place in ; put in	植入、擺放	plant ; planto ; pon ; pone ; pos ; posit
sew together ; restore	縫合、修復	rhap ; rhaph ; rhapho ; rrhaph
fasten ; attach	固定、附著、撐住、黏連	fix ; pex ; pexi
cut	切開、割開、斷開、斷層	tom ; toma ; tomi ; tome ; tomo ; tomy
suck ; draw	吸吮、吸附、抽、拉	suck ; suct ; sug ; sugo

整形塑身美容

★ 英文	★ 中文	★ 字綴與組合形式
drag ; draw	拉、抽	tra ; trac ; tract ; trai ; treat
lead	帶動、拉動、引領、帶領	duc ; duce ; duct
head ; skull	頭顱、頭骨	cran ; crani ; cranio
neck	頸、脖子	col ; coll
neck	頸、脖子、子宮頸	cervi ; cervic ; cercici ; cervico ; cervix
face ; front	臉、面、正面	face ; faci ; facio ; fici
eyelid	眼皮、眼瞼	blephar ; blepharo ; blepharon ; palpebr
eyelash	睫毛、纖毛	cil ; cili ; cilio
nose	鼻	nas ; naso ; rhin ; rhine ; rhino ; rrhin ; rrhine ; rrhino
ear	耳、耳朵	aur ; auri ; auricul ; auriculo ; auro ; ot ; oti ; oto
lip	唇、陰唇	cheil ; cheilo ; chil ; chilo
lip	唇、陰唇	labi ; labio ; labr ; labrum ; lip
chin ; jaw ; cheek	頰、頜、顎、下巴	geni ; genio ; geny ; gnath ; gnatho
chin	頰、下巴	ment ; mento ; mentum

整形塑身美容

★ 英文	★ 中文	★ 字綴與組合形式
breast ; nipple	乳房、乳頭	mammill ; mammilli
breast	乳房	mamil ; mamm ; mammi ; mammo
breast	乳房	mast ; masto ; mastoid ; mastoido ; maz ; mazo
belly	腹部	abdomen ; abdomin ; abdomino ; ventr ; ventri ; ventro
belly	腹部	lapar ; lapara ; laparo
belly	腹部	cel ; cele ; celeo ; celi ; celio ; coel ; coele ; coeli ; coelio ; coelo
between knee and ankle	脛、小腿	cnem ; cnemi ; cnemo ; knem ; knemi ; knemo
upper leg ; thigh	股、大腿	femor ; femora ; femoro ; femur ; femuro
rump ; buttock	臀、屁股、尾巴、後尾	glut ; glute ; gluteo ; pyg ; pygo
hip	臀、髖	ili ; ilio ; ischi ; ischio
navel ; bellybutton	肚臍、中心點、中央凹陷處	umbil ; umbili ; umbilic
penis	陰莖、陽物	pen ; peni ; peno ; peo ; phall ; phalli ; phallo
membrane	膜、薄膜、處女膜	hymen ; hymeno

整形塑身美容

英文	中文	字綴與組合形式
knee	膝	gen ; geni ; genu ; gon ; goni ; gony
spine	脊柱、脊椎	rach ; rachi ; rachio ; rachis ; rhach ; rhachi ; rhachio
bone	骨頭	os ; oss ; ossa ; osse ; osseo ; ossi ; ost ; oste ; osteo
pubic bone ; sexually mature	恥骨、性成熟	pub ; puber ; pubio ; pubo
skin ; cutin	皮膚、表皮	cut ; cutan ; cuti ; cutis
skin ; cutin	皮膚、表皮	derm ; derma ; dermat ; dermato ; dermo
wrinkle ; folding	皺紋、摺	rhiti ; rhitid ; rhitido ; rhyti ; rhytid ; rhytido ; rhytio
wrinkle	皺紋	pharc ; pharcid ; pharcido ; phark ; pharkid ; pharkido
wrinkle	皺紋	rug ; ruga ; rugo
scar	疤、傷痕、疤痕	cicatr ; cicatri ; cicatric ; cicatriz
hair	毛、毛髮	crin ; crini ; crino ; hirsute ; pil ; pili ; pilo
hair	毛、毛髮	thrix ; trich ; tricha ; trichi ; tricho
beard	鬍鬚	barb ; barba ; barbat ; pogo ; pogon ; pogono

整形塑身美容

⭐ 英文	⭐ 中文	⭐ 字綴與組合形式
bald	禿頭	alopec
bend ; curve	彎曲	camp ; campto ; campylo
bend ; curve	彎曲	curvi ; cyrt ; cyrto ; kyrt ; kyrto
bend ; humped	彎曲、駝狀	cyph ; cypho ; kyph ; kypho
crooked ; twisted	彎曲、扭彎	scoli ; scolio ; skoli
throw	射、拋、投、急速丟出	jac ; jacu ; ject ; jet
push ; drive ; thrust	推、伸、凸、突	puls ; pulsi ; trud ; trude ; trus
swelling ; rupture ; protrusion	腫脹、膨出、疝氣	cele ; herni ; hernio
split ; cleft	裂、裂開	schis ; schisis ; schist ; schisto ; schiz ; schizo
pus ; rot ; decay	膿、腐爛	sap ; sapr ; sep ; sepsi ; septi ; septico ; septo
pus ; rot ; decay	膿、腐爛	puro ; puru ; putre ; putrid ; putid ; py ; pyo

整形塑身美容

拆字猜義

① plastic _____　　　　整形的

② surgery _____　　　　手術

③ reconstructive _____　　　　復原的

④ augmentation _____　　　　增大

⑤ enhance _____　　　　抬高

⑥ liposuction _____　　　　抽脂

⑦ reduction _____　　　　減少

⑧ blepharoplasty _____　　　　眼瞼整形手術

⑨ gigantomastia _____　　　　巨乳

⑩ mammoplasty _____　　　　乳房整形

⑪ mastopexy _____　　　　乳房固定術

⑫ hymenorrhaphy _____　　　　處女膜縫合術

⑬ rhytidectomy _____　　　　除皺手術

⑭ dermabrasion _____　　　　磨皮

⑮ orthognathic _____　　　　正頜的

整形塑身美容

1. **plastic** = plast+ic形容詞字尾(屬於…的、有…性質的)、名詞字尾(屬於…的人者物、有…性質的人者物…)=**塑膠的、可塑形的、成型的、整形的，塑膠、塑料**

    plastic surgery整形手術、塑形手術，plastic money塑膠貨幣、信用卡、現金卡，hypoplastic發育不良的、成形不全的，plasticize塑化處理，plasticizer塑化劑，plasticity可塑性、柔軟性，plasticated塑鍊而成的、人造的；plaster灰泥、石膏、膏藥，plaster cast石膏塑像、石膏模型；hypoplasia發育不良、成形不全，hyperplasia增生、肥大、成形過大；seismic地震的，simplistic簡單的，academic學術的

2. **surgery** = surg+ery名詞字尾(行為、狀況、性質、作品、行業)=**手術、外科、手術室。**

    cosmetic surgery美容手術、使變美的手術，aesthetic surgery=美容手術、為美麗感受而做的手術、以審美觀進行的手術，cardiac surgery心臟外科，surgeon外科醫生，plastic surgeon=cosmetic surgeon整形醫師，surgical外科的、手術的，surgical gown手術衣；slavery奴役，forgery偽造，stationery文具

3. **reconstructive** = re字首(回去、再度)+con字首(一起、結合)+struct(堆疊、建造)+ive形容詞字尾(有…性質的、有…傾向的、屬於…的)=**修復的、復原的、重建的。**

    reconstruct再次堆疊在一起、修復、重建、再造，reconstructive surgery(毀傷或損壞後)整形修復手術，nasal reconstruction鼻子重建，construction堆疊在一起、營造、建造，constructive建設性的、有助益的，instruction堆疊知識到腦內、教導，destruction把堆疊的東西打下來、拆除堆疊好的東西、破壞；review再看一次、複習、檢討，reject拋回去、拒絕，rewind再次扭旋發條；conduct一起引導、指揮(音樂)，convention來到一起、開會、公約，conjunction結合、聯合、連接、連接詞；tentative試驗性的，regulative規範的，inspective視察的

整形塑身美容

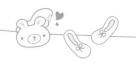

4. **augmentation**＝aug+ment動詞字尾(做…行為)、名詞字尾(行為的過程或結果)+ation名詞字尾(情況、狀態、過程、結果、或因行為而產生的事物)＝**加大、增大、增添物**。

 延伸記憶 breast augmentation隆乳、乳房加大、豐胸，chin augmentation豐頦、隆下巴，cheek augmentation豐頰，augmented加大的、變雄偉的，augmentative有加大作用的，august威嚴的、大而令人敬畏的，Augustus陛下、聖上、皇上、偉大者、威武者；argument論爭、論辯、論點、主張，document文件、紀錄，implement工具、手段；argumentation論辯的推理過程，documentation進行紀錄、提供文件、提供紀錄，implementation動用工具、實施、履行

 報馬仔 Augustus為拉丁文，是渥大維(Gaius Julius Caesar Octavianus)於西元前二十七年改羅馬共和為羅馬帝國，而出任首任皇帝時，臣民進獻給他的稱號，臺灣音譯為「奧古斯都」。

 報馬仔 breast augmentation隆乳，有一個戲謔的講法是boob job奶子活兒、做奶子；英文一些帶有job的俚語皆與性行為有關，譬如：hand job自慰、手淫，blow job口交，Mcjob=McDonald's job，指薪資不高的暫時性工作。

5. **enhance**＝en字首(使成為某種狀態、做某事、飾以、配以、使進行…、使成為…)+hance＝**抬高、加大、漲**。

 延伸記憶 enhancement增強、加大、提升、豐漲，buttock enhancement提臀、抽脂補臀，enhanceosome強化體(生化)，enhanced抬高的、加大的、增強的；enable使有能力，enrich致富，enrage惹怒，enlarge變大、拓展，enamor迷戀、使愛慕，endanger危害、使有危險

6. **liposuction**＝lipo(脂肪)+suct+ion名詞字尾(行為過程或結果、情況、物品)＝**抽脂**。

 延伸記憶 exsuction吸出、吸出術，suction cup吸杯、吸碗，suction fan抽油煙扇、抽

整形塑身美容

油煙機，suction pipe虹吸管，suction biopsy真空抽吸活體組織小片樣本，suctorial吸吮的、有吸盤的；sucking乳臭未乾的、還在吸奶的；lipolysis脂肪分解、脂解，lipoprotein脂蛋白，lipopexia脂肪蓄積，lipophilia親脂性、脂溶性；lipectomy脂肪切除術，lipaemia=lipemia=lipohemia脂血症，lipaciduria脂酸尿，liparous肥胖的；transfusion輸血，aggresion侵略，eversion外翻、翻到外面

7. **reduction＝re字首(回去、反向)+duct+ion名詞字尾(行為過程或結果、情況、物品)＝帶回去、復回原位、減少、縮小、簡化。**

 延伸記憶. reduction mammoplasty=breast reduction縮胸手術、縮小乳房，bone reduction削骨，jaw reduction削下巴、下巴縮小，reductase還原脢；reduce減少、降低、復原，reducible可縮小的、可變消瘦的、可復位的；abduction帶離開、拐騙，deduction帶往下方，減、扣除、演繹(邏輯)，induction帶進來、誘發、歸納(邏輯)，production帶往前方、生產；exacerbation惡化，vindication平反、含冤昭雪，intubation插管

8. **blepharoplasty＝blepharo+plasty名詞字尾(成形術、塑成法)＝eyelid surgery＝眼瞼整形手術、除去眼袋、魚尾紋手術。**

 延伸記憶. Asian blepharoplasty=double eyelid surgery亞洲式眼瞼整形手術、割雙眼皮手術，blepharoptosis眼瞼下垂；blepharal眼瞼的，blepharitis眼瞼發炎，blepharectomy眼瞼切除；autoplasty自體成形術、自體移植術(用自己身上的組織)，heteroplasty異體成形術、異體移植術，uraniscoplasty顎成形術，angioplasty血管成形術，osteoplasty骨成形術、骨整形術

 報馬仔. 不同文化對相同事物的描述與比喻有差異，我們認為眼角皺紋像魚尾，而稱為魚尾紋，但英美人士的認知是像烏鴉爪，故稱為crow's feet。某些中國大陸的整形美容診所，常把魚尾紋的英文直譯為fishtail wrinkles，那是中文式的英文。

整形塑身美容

9. **gigantomastia**＝giganto(巨大)+mast+ia名詞字尾(情況、狀態、病症)＝巨乳、乳房巨大、乳房發育過度。

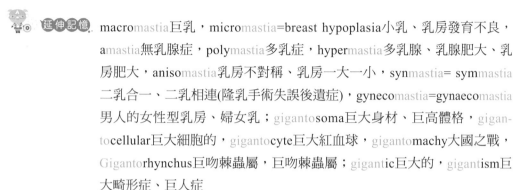 延伸記憶　macromastia巨乳，micromastia=breast hypoplasia小乳、乳房發育不良，amastia無乳腺症，polymastia多乳症，hypermastia多乳腺、乳腺肥大、乳房肥大，anisomastia乳房不對稱、乳房一大一小，synmastia= symmastia二乳合一、二乳相連(隆乳手術失誤後遺症)，gynecomastia=gynaecomastia男人的女性型乳房、婦女乳；gigantosoma巨大身材、巨高體格，gigantocellular巨大細胞的，gigantocyte巨大紅血球，gigantomachy大國之戰，Gigantorhynchus巨吻棘蟲屬，巨吻棘蟲屬；gigantic巨大的，gigantism巨大畸形症、巨人症

10. **mammoplasty**＝mammo+plasty名詞字尾(塑造技術、成形手術)＝乳房造型手術、乳房整形(包括隆乳、縮乳等手術)。

 延伸記憶　augmentation mammoplasty隆乳加大整形、隆乳、豐胸，mammography乳房造影檢查、乳房X光攝影，mammology=mammalogy哺乳類動物學；mammal哺乳動物，mammaphilia=mammophilia=breast fetishism乳房痴迷、乳房著魔，mammary乳房的；rhinoplasty鼻子整形，mentoplasty下巴整形，genioplasty下巴整形，otoplasty耳朵整形，abdominoplasty腹部整形，brachioplasty手臂整形

11. **mastopexy**＝masto(乳房)+pexy名詞字尾(固定術、固定技術、固定手術)＝乳房固定術、阻止乳房下垂。

 延伸記憶　mastoptosis乳房下垂，mastodynia乳痛，mastosis乳房腫痛、乳房腫大，mastoid乳房樣子的、乳突物，mastology哺乳動物自然歷史，mastodont乳齒象；mastectomy乳房切除，mastitis乳房炎、乳腺癌；cecopexy=typhlopexy盲腸固定術，proctopexy=rectopexy直腸固定術，scapulopexy肩胛固定術，salpingopexy輸卵管固定術，enteropexy腸子固定術，cervicopexy子宮頸固定術

整形塑身美容

12. hymenorrhaphy＝hymeno+rrhaphy名詞字尾(縫合術、縫合手術)＝**處女膜縫合術、處女膜修復。**

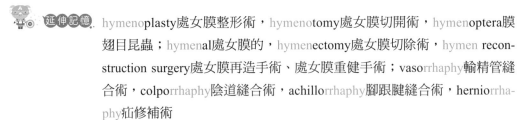

延伸記憶 hymenoplasty處女膜整形術，hymenotomy處女膜切開術，hymenoptera膜翅目昆蟲；hymenal處女膜的，hymenectomy處女膜切除術，hymen reconstruction surgery處女膜再造手術、處女膜重健手術；vasorrhaphy輸精管縫合術，colporrhaphy陰道縫合術，achillorrhaphy腳跟腱縫合術，herniorrhaphy疝修補術

報馬仔 Hymen：希臘神話中掌婚姻之神。

13. rhytidectomy＝rhytid+ectomy名詞字尾(切除術、切除手術)＝**皺紋切除術、除皺手術、整容手術。**

延伸記憶 actinic rhytides光照性皺紋、日光性皺紋；rhytidoplasty皺紋整形，rhytidosis角膜皺縮，rhytidosis retinae 視網膜皺縮；rhytiphobia皺紋恐懼、皺紋嫌惡，rhytiscopia皺紋窺尋，rhytidermia皺紋皮膚症，rhytidome落皮層、皺皺的外樹皮層，Rhytina皺皮動物(例：海象walrus)；rhytiosis皺紋症、早衰外形症；gastrectomy胃切除，splenectomy脾切除，enterectomy腸切除，pancreatectomy胰臟切除

報馬仔 各種拉皮或部位緊實手術：face lift 臉部拉皮、除皺手術，arm list 提臂、去除蝴蝶袖手臂，breast lift 托胸、提乳，midface lift=cheek lift 臉頰拉皮、除皺、臉頰緊實手術，brow lift=forehead lift 額頭拉皮除皺，buttock lift 拉臀、提臀、翹臀、臀部緊實處裡。

14. dermabrasion＝derm+ab字首(離開、脫出)+ras(擦、刮、磨)+ion名詞字尾(行為過程或結果、情況、物品)＝**磨皮。**

延伸記憶 dermal皮膚的，pododerm蹄部真皮，pachyderm厚皮動物(例：犀牛rhinoceros)、厚臉皮的人，leucoderma=leukoderma白斑症、皮膚斑白症；der-

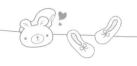

matitis皮膚炎，dermatoma皮膚瘤，dermatology皮膚科、皮膚研究，der-matome皮膚切開機械、植皮刀；abrasion磨掉、磨蝕，abrasive磨蝕的，salabrasion鹽磨擦、鹽磨療法，erase擦掉、磨掉，eraser板擦；abdicate正式說明後離開、退位、讓位、離職，abjure發誓脫離、鄭重放棄，ablution洗掉、洗淨；cession割讓，derision嘲笑，precision精確

15. orthognathic＝ortho字首(正、直、矯正)+gnath+ic形容詞字尾(…的)＝正頜的、正顎的、頜顎部骨頭矯正的。

 延伸記憶. gnathic顎的、頜的；gnathoplasty頜顎整形，gnathoschisis顎裂，gnathople-gia頜麻痺；orthodontics牙齒矯正，orthography正體書寫，orthodox正統的，orthopterous直翅目的(昆蟲)，anorthosis不能挺正、無法勃起、不舉，orthobiosis正直生命過程、合乎健康與道德的正當生活；polycyclic多環的、多旋圈的、多輪的，metallurgic冶金的，cannabic大麻的

拆字猜義

⑯ implantation ＿＿＿＿＿＿　　　　植入

⑰ cheiloschisis ＿＿＿＿＿＿　　　唇裂

⑱ labiodental ＿＿＿＿＿＿　　　唇齒的

⑲ depilate ＿＿＿＿＿＿　　　　除毛

⑳ rachiocampsis ＿＿＿＿＿＿　脊柱彎曲

㉑ phallocentric ＿＿＿＿＿＿　陽具中心的

㉒ inject ＿＿＿＿＿＿　　　　　注射

㉓ rhinitis ＿＿＿＿＿＿　　　　鼻炎

㉔ gluteofemoral ＿＿＿＿＿＿　臀股的

㉕ otopyosis ＿＿＿＿＿＿　　　耳膿

㉖ cranifacial ＿＿＿＿＿＿　　顱顏的

㉗ osteoporosis ＿＿＿＿＿＿　骨質疏鬆

㉘ umbilicular ＿＿＿＿＿＿　　肚臍的

㉙ cicatricose ＿＿＿＿＿＿　　有疤的

㉚ laparocele ＿＿＿＿＿＿　　腹疝

整形塑身美容

16. implantation ＝im字首(內、入、使…做…)+plant(種植、栽種、擺放、放置、植物)+ation名詞字尾(過程、結果、因行為而產生的事物)＝**植入、隆、墊。**

延伸記憶。 implant植入、植入物，breast implantation乳房植入術、隆乳，nose implantation墊鼻、隆鼻，implant leakage植入物滲漏，dental implant植牙，transplant移植，explant移除、搬離開，plantation植栽區、農園、農場；imbibe喝入、接受、吸收，imbrute進入禽獸狀態、淪為禽獸、變得殘忍，impact衝進來、衝擊、碰撞、影響；ablactation斷乳，exclamation驚嘆，importation進口

17. cheiloschisis ＝cheilo+schi+sis名詞字尾(行為過程、狀態變化)＝**唇裂、兔唇。**

延伸記憶。 cheiloschisis=cleft lip=harelip唇裂、兔唇，cheilosis唇乾裂，cheiloplasty唇整形，cheilorrhaphy縫唇；cheilitis唇炎，cheilectropion唇外翻；palatoschisis=cleft palate顎裂，cranioschisis顱裂，retinoschisis視網膜層裂；schizophrenia精神分裂，schizonychia=onychoschisis指(趾)甲裂，schizocarp裂果、離果、分果(植物學)

報馬仔。 與嘴唇相關的整形手術：lip lift 唇角拉皮，lip augmentation=lip enhancement 豐唇、隆唇，lip reduction 縮唇、薄唇手術，philtrumplasty 人中整形。

報馬仔。 Angelina Jolie影壇走紅後，厚唇、撅嘴(pout)被視為性感，但是有人認為不美也不性感，稱呼那種嘴唇為 pillow lips 枕頭唇，意指其凸脹狀與大小如枕頭，臺灣則習於用「香腸嘴」稱呼有大厚唇的嘴。

18. labiodental ＝labio+dent(牙齒)+al形容詞字尾(…的、關於…的)、名詞字尾(具…特性之物時間、過程、狀態)＝**唇齒的、唇齒音的，唇齒音。**

延伸記憶。 labionasal唇鼻的，labiopalatal唇顎的，labiovelar唇軟顎的；labial唇的，labiate唇形的，labiaplasty=labioplasty陰唇整形，labial hypertrophy陰唇

整形塑身美容

肥大症，labial reduction陰唇縮小手術，labia minora小陰唇，labia majora
大陰唇；dental clinic牙科診所，dentist牙醫，dental occlusion牙齒咬合，
rodents=Rodentia嚙齒目動物(例：家鼠house mouse，拉丁文學名為Mus
musculus)，maxillodental上頷牙的；crucial至關重要的，instrumental儀器
的，expressional表情的

常見的唇齒音是 f 與 v；閩南語或日語等語言沒有這類發音，以致於學
漢語的「父、富」或英文的「father, victory」時，常有發音困難或訛誤
的問題。

19. depilate＝de字首(除去、取消、毀、離開)+pil+ate動詞字尾(做、從事、進行、造成)
＝除毛、脫毛、去髮。

depilatory除毛的、脫毛的，depilatory脫毛劑，depilous=hairless無毛的、
無髮的，horripilate令人毛骨悚然，pilary毛髮的，pileous有毛的、多毛
的，piliform毛狀的，pilosis多毛症，pile絨毛、軟毛、細毛(織品)；detach
拆卸、除去附接狀態，despair脫離希望、絕望，detect除去遮掩、測出、
發覺、察覺；dedicate致力、供俸、全心投入，emanate散發，emasculate
除去陽剛、去勢、閹割

20. rachiocampsis＝rachio(脊柱、脊椎)+camp+sis名詞字尾(行為過程、狀態變化、病症)＝脊柱彎曲。

rachioscoliosis=scoliosis脊柱側凸、脊椎側彎，rachiocentesis脊柱穿刺，
rachiodynia=rachialgia脊柱痛；rachilysis歪脊矯正，rachitis脊柱炎、佝僂
病，rachischisis=spina bifida脊柱裂；campsis彎曲症、彎曲狀態，gono-
campsis=gonycampsis膝彎曲；camptodactyly指頭屈曲，camptomelia肢(手
或腳)屈曲，camptocormy=camptocormia軀幹彎曲、駝背；chemosis結膜水
腫，agenesis發育不全，stasis瘀、瘀滯，exostosis 外生骨疣

21. phallocentric＝phallo+centric形容詞字尾(以…為中心的、以…至上的)＝陽具中心

的、男性沙文主義的。

 延伸記憶 phallocracy有陽具者統治體制、男人主權制，phallocrat男權主義者，phal-
locampsis陰莖彎曲，phalloplasty陰莖整形，phallophobia陽具恐懼；phal-
lectomy陽具割除，macrophallus陽具異常巨大，microphallus陽具異常微
小，microphallus微莖屬吸蟲(寄生蟲分類)；Jovicentric以木星為中心的、
圍繞木星的，Christocentric以基督為中心的，biocentric以生命為中心的

報馬仔 男女性器相關整形：penis enlargement=male enhancement=penis implant陽
具變大整形、墊屌、隆莖；公開承認曾經進行該手術，並予以宣揚推廣
者，包括臺灣藝人蔡頭；glanuloplasty龜頭或陰蒂整形，clitoroplasty陰
蒂整形，vaginoplasty陰道整形，labiaplasty=labioplasty陰唇整形、陰部
美化手術。

22. inject＝in字首(內、入)+ject(射、拋、投、急速丟出)＝打針、注射、施打。

 延伸記憶 inject注入、射入，injectable可注射的，injectant注入物，injector注射器、
注水器，botox injection施打肉毒桿菌，hyaluronan injection=hyaluronic
acid injection=hyaluronate injection施打玻尿酸，filler injection填充物注
射，eject拋出、彈射出來，reject丟回去、拒絕，project拋向前、投射、做
計畫，subject拋到底下、征服、降服；inboard船內的、機內的、艙內的，
inbred天生的，incite刺激、煽動、在裡面鼓動

23. rhinitis＝rhin+itis名詞字尾(炎、發炎)＝鼻炎。

 延伸記憶 rhinallergosis過敏性鼻炎，rhinalgia鼻痛；rhinoplasty=nose job鼻整形，
rhinoscopy鼻鏡檢，rhinoscope鼻腔鏡，rhinosinus=nasal sinus鼻竇，rhino-
sinusitis= nasal sinusitis鼻竇炎，rhinoceros鼻子長角的物種、犀牛、鼻角
獸；coxitis髖炎，gastritis胃炎，hepatitis肝炎

整形塑身美容

rhinophyma酒糟鼻、肥大性酒渣鼻、鼻贅，另稱strawberry nose草莓鼻、brandy nose白蘭地鼻；其他有關鼻子的講法：short nose短鼻、豬鼻、朝天鼻，pug nose扁平鼻、獅鼻，aquiline nose鷹勾鼻，hump nose駝峰鼻，bulbous nose球莖狀鼻、蒜頭鼻、蓮霧鼻。

24. gluteofemoral＝gluteo+femor(股、大腿)+al形容詞字尾(…的、關於…的)＝臀股的、屁股與大腿相連那部分的。

延伸記憶. gluteoplasty臀部整形，gluteofemoral meat=ham股臀部的肉、火腿；gluteal臀的，gluteal implant=butt implant=buttock augmentation植臀、墊臀、豐臀、隆臀，gluteus臀肌；glutitis臀肌炎；femora=femurs腿骨、股骨，femoral大腿的、股骨的，femoral artery股動脈

報馬仔. 與「屁股」有關的另一個字源是pyg，但是其衍生的字彙與生理解剖或醫學較少關聯，而多與審美或情色有關：pygophilia嗜臀、臀部痴迷、磨臀性慾，pygoscopia窺臀癖、淫窺臀部，callimammapygian乳房與臀部俱美的，callipygian美臀的。

報馬仔. 現在收藏於義大利拿不勒斯(Naples=Napoli)國立考古博物館中的一尊古羅馬大理石雕，名為Callipygian Venus或Venus Kallipygos或Aphrodite Kallipygos，字義就是「美臀愛之女神」；羅馬神話的愛之女神名為Venus，希臘神話則是Aphrodite；calli=kalli=beautiful美麗。

25. otopyosis＝oto+pyo(膿)+sis名詞字尾(行為過程、狀態變化、病症)＝耳膿、耳化膿。

延伸記憶. otopyorrhea耳膿溢、耳膿流出，otoplasty耳整形，otoimplant植耳、墊耳、隆耳，otitis耳炎，otophone助聽器、助聽耳機，otology耳科，otoscope耳鏡；tracheopyosis氣管化膿，pyodermia膿皮症，pyohemia膿血症、膿毒；stenosis狹窄化，sclerosis硬化，idrosis汗症，telognosis遠距診斷，mitochysis有絲分裂

整形塑身美容

 最常見的耳整形，是把招風耳、蝙蝠耳(protruding ears、prominent ears、bat ears)美化。

26. cranifacial = crani+facial(臉的、面的) = 顱顏的、顱面的。

 cranial顱的，cranifacial surgery顱顏手術；cranioplasty顱整形，craniometry顱部測量，craniognomy顱型看相，craniography顱型描繪、顱型學；maxillofacial上頜面的、mandibulofacial下頜面的，temporofacial顳面的、太陽穴和臉的

27. osteoporosis = osteo+poro(孔、洞、開口)+sis名詞字尾(行為過程、狀態變化、病症) = 骨頭孔洞化、骨質疏鬆。

 senile osteoporosis老年型骨質疏鬆症，juvenile osteoporosis幼年型骨質疏症，postmenopausal osteoporosis停經後骨質疏鬆，osteoplasty骨整形，osteoma骨瘤、osteosarcoma骨肉瘤、osteocarcinoma骨癌、骨惡性腫瘤，osteocampsis骨曲折，osteoarthritis骨關節炎，osteotomy切骨術、截骨術，osteo+ectomy=ostectomy切除骨頭；porosis疏鬆、骨痂形成、空洞形成，porous多孔的、疏鬆的、可滲透的，porosity孔隙性、透氣性；Porifera多孔動物門、海綿，poriferous 多孔的、多孔動物的，pore孔、開口

28. umbilicular = umbilic+ular形容詞字尾(具…性質的、似…狀的) = 肚臍狀的、肚臍的。

 umbilical臍的，umbilical cord臍帶，umbilicus肚臍、中心點，umbilicate臍形的，umbilicated臍狀凹陷的；umbilicoplasty=bellybutton surgery肚臍整形；molecular分子的(化學、生物)，navicular舟狀的、船形的，secular世俗的，singular單數的，vascular血管的、維管束的(植物)

29. cicatricose = cicatric+ose形容詞字尾(具…性質的) = 有疤的、帶瘢的、滿是傷疤的。

 cicatrice=cicatrix疤(單數)，cicatrices疤(複數)，cicatrix removal=scar remov-

整形塑身美容

al除疤，vicious cicatrix惡性疤痕；cicatrectomy割除瘢疤，cicatrize成疤、結疤；nebulose星雲狀的，rugose很多皺紋的、多皺摺的，cymose聚傘狀的，comatose昏睡狀態的、彌留的，botryose=botryoid 葡萄簇狀

30. laparocele＝laparo+cele(疝氣、蹦出來、破壁突入)＝腹疝。

延伸記憶. laparoscope腹腔鏡，laparoscopy=abdominoscopy腹腔鏡檢，laparotomy剖腹，laparomyitis腹肌炎；cystocele膀胱疝氣，rectocele直腸疝氣，dacryocystocele淚囊疝氣，enterocele腸疝氣、墜腸

報馬仔. abdominoplasty腹部整形美容，lower body lift下半身拉皮、腹部緊實除皺或去脂手術。

07 戶外活動與運動

字源線索

★ 英文	★ 中文	★ 字綴與組合形式
contest ; fight ; physical activity	競爭、拚搏、運動	ath ; athl
compete for prize ; prize	獎賞、錦標、競技奪獎	athlon
aim ; seek ; strive ; rush	追逐、拚衝	pet ; peti ; pit
exercise in nudity ; naked	裸體訓練、裸身	gymn ; gymno
swim ; damp	游泳、浸溼	nata ; natat
motion in water	水中動作、游泳	swim
water	水	aqu ; aqua ; aque ; aqui
water	水	hyd ; hydr ; hydra ; hydro
round object ; spheric body	圓物、球體、球	ball ; polo ; pulu
inflate ; spheric body	吹氣成圓、球	ball ; ballo ; balo ; bol ; bole ; bolo
inflate ; round object	吹氣成圓、圓形物、球	pall ; polo
throw ; send	拋擲、投射	ball ; ballo ; balo ; bole ; boll ; bolo ; pall ; polo
something thrown	拋擲物	ball ; ballo ; balo ; bole ; boll ; bolo ; pall ; polo

★ 英文	★ 中文	★ 字綴與組合形式
palm of hand ; open hand ; paddle	張開的手、手掌、球拍	racket ; racquet
simultaneous discharge	齊射、成排轟出、連珠炮	vola ; volan ; volat ; volley
sudden outburst ; fly quickly	迸出、速飛	vola ; volan ; volat ; volley
bow ; curve ; bend	弧、弓、屈、彎	arc ; arci ; arch ; arco ; arcu
beside ; by the side of ; alongside	並行、一起、在旁邊	par ; para
elevate ; mountain ; hill	抬高、隆起、山、山丘	mound ; mount ; mont
field ; flat place	野外、平坦地	camp ; campes ; champ
horse	馬	equ ; eque ; equi
animal hunted for food or sport	野味、獵物	game
hunt ; pursue ; chase	打獵、狩獵、覓求、追逐	hunt ; venat ; vener
slip ; slide ; fly silently and effortlessly	溜走、滑行、滑翔	glid ; glide
run ; course	奔跑、奔途	drom ; drome ; dromo

★ 英文	★ 中文	★ 字綴與組合形式
move	動、移動、行動	mob ; mobi ; mobil
draw ; drag	跋涉、拖拉前行、費力緩行	tra ; trac ; tract ; trek
come	來、來到、降臨	ven ; veni ; vent ; ventu
watch ; protect	盯著、守著、護著、防衛	guard ; ward
get ready ; prepare ; defend	就緒、準備、保護、防衛	par ; para
stay awake ; patrol ; observe	保持醒著、巡視、觀察	watch
discover ; detect ; discern	發現、偵知、辨識	spot
score purpose ; mark indication	分數、點、意向、指示	point
hide ; store	藏匿、隱藏、儲藏	cach ; cache
step ; foundation ; safe spot	安全處、壘、踩踏、根底	bas ; bat
turn to ; bend to ; toward	朝著、向著	ward
tie ; bind	聯合、結合	leag ; lig
partner ; ally ; club	夥伴、結盟、協會	soci ; socia ; social ; socio

拆字猜義

①	pentathlete _____	(田徑)五項運動選手
②	gymnasium _____	健身房
③	aquatics _____	水上運動
④	natatorium _____	游泳池
⑤	swimathon _____	長距離耐力游泳賽
⑥	equestrian _____	馬術家
⑦	racquetball _____	美式壁球
⑧	volleyball _____	排球
⑨	archery _____	射箭術
⑩	dodgeball _____	躲避球
⑪	cyclepolo _____	鐵馬球
⑫	balloon _____	氣球
⑬	Paralympics _____	殘障奧運會
⑭	parachute _____	降落傘
⑮	birdwatching _____	賞鳥

戶外活動與運動

1. **pentathlete**＝penta(五)+athl+ete名詞字尾(人、者、物)＝(田徑)五項運動選手。

athlete運動員、運動家、選手、壯漢、虎臂熊腰身強體壯的人，athlete's foot=ringworm of the foot=tinea pedis香港腳、腳部癬菌病、腳部黴菌感染、足癬，athlete's heart=athletic heart syndrome (AHS)=athletic brady-cardia運動員心臟症候群、運動員心跳徐緩心臟擴大的現象，athlete's oath運動員誓詞，athlete drug testing運動員藥物檢測，triathlete三項運動選手，heptathlete(女子田徑)七項運動選手，decathlete十項運動選手，athletic運動員的、選手的、強體壯的、敏捷的、運動的、體育的，athletic facility 運動設施、運動場地，athletics運動、田徑運動、競技會、體育活動、體育課；decathlon十項運動競賽，heptathlon七項運動競賽，pentathlon五項運動競賽，triathlon三項運動競賽；pentagynous五雌蕊的，pentandrous五雄蕊的，pentadactyl=pentadactylate五指的、五趾的；aesthete審美家、唯美主義者，polychete多毛類海蟲，schizomycete裂殖菌，gamete接合體、配偶子(動物學)

2. **gymnasium**＝gymn+as(t) (行為者、運動者、操練者、從事者)+ium名詞字尾(相關場館、相關會場、相關地方、身體部位、生物體、化學元素)＝**裸身訓練館、裸體運動館、室內體育館、體操館、健身房、德國與丹麥的學科高中。**

gymnast體操運動員、體操選手，gymnastics體操、體操訓練、操練、體能訓練、智能操練，rhythmic gymnastics韻律體操，aerobic gymnastics有氧體操、健美操，acrobatic gymnastics技巧體操、特技體操，competitive artistic gymnastics競技體操，gymnastic體操的、體操課程、體操技巧、絕妙技巧，gymnasial體育館的、體操館的、健身房的、學科高中的，hydrogymnastics水中運動，hydrogymnasium水中運動場、運動水池；gymnophobia裸體恐懼，gymnocryptosis裸身祕密八卦談、婦女扯談他們男友或丈夫的性事表現、男人扯談他們女友或妻子的性事表現，gymnomania裸體狂躁症、脫光強迫症，gymnogynomania偷窺裸女狂，gymnoscopy用望遠鏡或其他管鏡工具窺視異性裸體，gymnosperm裸子植物(例：松柏門

Pinophyta)，gymnocarpous裸果的，gymnogenous裸生的；gymnanthous裸花的；enthusiast擁有熱忱的人、熱情人士，ecdysiast脫衣舞女、裸舞藝術家，symposiast研討會參加人士、饗宴參加者；reptilium爬蟲館，presidium主席團，allodium自主地、保有絕對所有權的土地(法律)，epicardium心外膜，palladium鈀

古希臘的gymnasium是教育場所，其體能競技的教育訓練是以裸身方式進行，所以字源是希臘文的gymn，意思就是「裸身、裸體」；但是該場所也有澡堂、圖書館、講堂等設施，事實上是身體與智能兩者的訓練館，德國與丹麥的學科高中(非技職系統的文科或文理高中)稱為gymnasium，就是延續心智部分的傳統，一些國家把體育館和健身房稱為gymnasium，就是延續體能部分的傳統。事實上，古希臘犬儒學派(Cynicism，怒犬吠天派、憤世嫉俗派)的第一位哲人Antisthenes就是任職於雅典的Cynosarges gymnasium(白犬區身心鍛鍊學校)，源自古希臘的西方文明並不認為運動、體育、體操只是四肢發達而頭腦簡單的事。

競技體操項目：high bar=horizontal bar單槓(男)，parallel bars雙槓(男)，still rings吊環(男)，pommel horse鞍馬(男)，vault跳馬(男、女)，floor exercise地板體操(男、女)，uneven bars高低槓(女)，balance beam平衡木(女)。

韻律體操項目：rope繩操(男、女)，clubs棒操(女)，hoop圈操(女)，ball球操(女)，ribbon帶操(女)，stick棍操(男)，double rings雙環操(男)。

3. **aquatics**＝aqua+tic形容詞字尾(屬於…的、有…性質的)+ics名詞字尾(活動、作為、學術、研究、現象、狀況、性質)＝**水上運動、與水有關的活動或競賽。**

延伸記憶 aquatic水中的、水上的、水生的，aquavitae水生命液、生命之水、烈酒，aquaplane滑水板，aquapolis水都、水城、水上城市、水底城市，aquatel=aqua+hotel水上旅館、水底旅社、水上大飯店，aquarelle水彩、水彩畫，aquarellist水彩畫家，aquamarine水藍色、海藍色，aquatic plant

169

水生植物，aquatic animal水生動物，aquatic bird水禽、水鳥；aquifer含水層、地下水層；aqueous含水的、帶水的，aqueous solution水溶液，sub-aqueous海底的、水下出現的、水底發生的、水棲的；chromatics色彩論、色彩學，kinematics運動學，dogmatics教理學、教義學，mathematics數學

 報馬仔.

Aquafina=aqua(水)+fina(終端、完備、精美、優質、純粹)=pure water純水，是百事可樂公司出產的一款瓶裝水(bottled water)。

 報馬仔.

aquaplane=aqua(水)+plane(平面、平板)=滑水板；hydroplane=hydro(水)+plane(飛機)=水上飛機；aqua(拉丁文)：水，hydro(希臘文)：水。

4. **natatorium＝**natat+orium名詞字尾(行為者活動場地、從事動作的處所、物體部位、動植物種類)＝游泳池、市內游泳館。

 延伸記憶.

natator游泳者，natatorial=natatory游泳的，natation游泳、游泳術、泳技，natational游泳的、游泳術的、泳技的，natationist游泳者；natant游泳的、漂浮的，supernatant浮游的、浮在水面上的，circumnatant環游的、繞圓圈游泳的，contranatant逆流游泳的，denatant順流而下游泳的，enatant自水底游出來的、浮出身子的，innatant游在其中的；cafetorium= cafe(teria) + (audi)torium=教育機構中兼具講堂與自助餐館兩種功用的設施，sudatorium發汗室、三溫暖的烤箱間、蒸氣浴室，scriptorium抄寫室、繕寫室、文書室，pastorium牧師宅邸、牧師公館

5. **swimathon＝**swim+ (mar)athon(馬拉松、長距離耐力賽)＝長距離耐力游泳賽。

 延伸記憶.

swimsuit女泳衣，swim against the current= swim against the tide=swim against the stream逆流游泳，swim with the stream順流游泳，swimming trunks男泳褲，swimming costume=swimwear泳裝通稱，swimming cap泳帽，swimming stroke游泳的拍水前進姿勢、泳式，swimming event泳賽項目，swim meet=swimming meet泳賽，swimming gala水上運動會，swimming lane泳道，synchronized swimming同步游泳、水中芭蕾、花樣式游

泳；utramarathon=ultra-marathon超級馬拉松(距離超過42.195公里的馬拉松比賽)，photomarathon攝影馬拉松(在12-24小時限定時間內要拍一系列主題照片)，phonathon=telephone+marathon電話馬拉松(賑災募款時大批人員皆大量捐款電話)，talkathon=talk+marathon冗長的答詢、冗長的討論、冗長的演說

 front crawlstroke捷泳=freestyle自由式，breast stroke蛙式、胸泳，butterfly stroke蝶式、蝶泳，backstroke仰式、背泳，side stroke側泳，dog paddle狗爬式，trudgeon crawl stroke步行爬泳，medley混合式，individual個人賽，relay接力賽。

6. **equestrian**＝eque+ster名詞字尾(人、男人、從事…行業的男子、物品、東西)+ian形容詞字尾(與…有關的、具…特性的、含…成分的)、名詞字尾(某種職業、地位的人)＝**騎術的、騎馬的，騎士、騎師、騎馬者、馬術家、馬術比賽。**

 Olympic Equestrian Venue奧運馬術比賽場地，Equestrian Games馬術運動會，equestrian statue騎馬姿勢雕像，equestrienne女騎士、女騎師、女騎馬者、女馬術家，equestrianism= riding=horseback riding=horse riding馬術、騎馬技巧；equitation騎馬行為、馬術，equites騎士團、騎馬武士團、特權武夫階級；Equidae馬科動物，equine馬的、馬科的，equid馬科動物，equipage馬車及隨扈隊伍，equinia馬鼻疽，equinophobia對馬恐懼；Equus馬屬動物(例：馬horse、驢donkey、斑馬zebra)；pollster民調機構、民調業者，quipster愛說俏皮話的人、善言妙語者，mobster盜匪、暴民、流氓，baluster欄杆、扶手、支柱；Palestinian巴勒斯坦人、巴勒斯坦的，lacustrian湖上居民、居於湖上的，Christian基督徒、基督教的

 eque：馬(拉丁文)，hippo：馬(希臘文)。hippopotamus=hippo(馬)+potam(河流)+us(動物物種)=河馬，hippodrome=hippo+drom(跑)+e(場地、人者物)=跑馬場、賽馬場，hippophagy=hippo+phag(吃、食)+y(習性)=吃馬肉的習性、食馬肉的行為。

7. racquetball＝racquet+ball(球、球狀物)＝短拍式牆球、短柄牆球、美式壁球。

racquetballer短柄牆球手、短柄牆球運動員，racquets網拍式牆球，racquet =racket球拍，racquet sports執拍運動，racquet game執拍運動項目，bad-minton racquet羽毛球拍，tennis racquet網球拍，table-tennis racquet桌球拍、乒乓球拍，squash racquet壁球拍，racquet court執拍運動場地；paint-ball漆彈、漆彈比賽，cannonball炮彈，gumball=gum ball圓球狀口香糖

運動場若是圍合起來成方形而狀若院子的，稱為court，譬如：tennis court網球場，squash court壁球場，basketball court籃球場；若必須走或跑行程的，稱為course，譬如：golf course高爾夫球場，obstacle course障礙超越賽場、障礙超越訓練場；若用繩索圍出一個範圍的，稱為ring，譬如：boxing ring拳擊場，wrestling ring摔角場；若是有一個很開闊的奔跑場地的，稱為field，譬如：football field足球場、baseball field棒球場。

8. volleyball＝volley+ball(球、球狀物)＝排球、一波波連發攻擊的球、球在空中飄飛就擊打的球。

volleyball court排球場，beach volleyball沙灘排球，volleyballer排球選手、排球運動員，volley截擊、上網截擊、趨前在球未落地前即擊球(網球用語)，half volley半截擊、反彈球迅擊在球落地彈起的瞬間擊球，drop volley吊小球、放小球，輕輕截擊使球過網就落地，volley飛踢、凌空飛踢、在球未落地前即踢球(足球用語)，half volley半截擊、反彈球迅踢、在球落地彈起的瞬間擊球(足球)，volleyfire排射、齊射、多管齊發(軍事用語)；volant飛翔的、飛速的，volante輕快地、飄飄然(音樂)，volary鳥舍、飛禽場，volation飛行；volatile會波動的(價格)、飛飄的、無憂愁的、易變動的、短暫的、易揮發的(物質)、會突爆的(情勢)、易怒的(脾氣)，volatility揮發性、突爆性、動盪性；hardball=baseball棒球(相對於softball壘球)，meatball肉丸，rollerball筆尖的滾珠

9. **archery＝arch＋ery名詞字尾(人或物的總稱、人員、業者、行業、活動、商品、用品)
＝射箭術、射箭比賽、射箭運動、弓箭部隊、弓箭手、弓箭裝備。**

延伸記憶. mounted archery＝horse archery＝horseback archery騎馬射箭、騎馬射箭比賽、騎馬射箭運動，target archery標靶射箭，field archery原野射箭，archer弓箭手、射箭選手，horse archer＝horsed archer＝mounted archer騎馬箭手，arch拱型結構、拱門，arch support足弓墊、保護足弓的鞋墊、拱座(建築)，arch brick弓型積木、弧型磚，arch bridge拱橋，arched弓型結構的、拱型的，arched beam拱樑，arched dome拱型圓屋頂，arched window拱窗，archway拱門、拱道、栱型牌樓；arco以弓拉的(音樂術語)、在用手指撥奏(pizzicato)之後恢復用弓來拉出音樂的，arcograph圓弧規、畫圓弧器，arcosolium 拱形墓；arc弧、弧形、弧形物、弓形物，arcade拱廊、連拱柱廊、商店街；arcuate＝arcual弓形的、拱式的，arcuation弓形、拱形、拱形結構、拱門；arciform弓形的、拱形的；finery華麗服飾，bindery書籍裝訂，snobbery勢力，brewery釀酒場、釀酒業者

報馬仔. Arc de Triomphe(法文)＝Arch of Triumph(英文)，法國巴黎凱旋門、勝利拱門。

10. **dodgeball＝dodge(躲避)＋ball＝躲避球。**

延伸記憶. baseball棒球，Tee Ball＝T-Ball樂樂棒球，volleyball排球，football＝soccer足球、英式足球，gridiron football＝American football球場是劃線格布局的足球、美式足球、美式橄欖球，rugby football＝rugby橄欖足球、英式橄欖球，table football＝gitoni＝foosball＝fussball桌上足球、臺桌足球、手足球、遊戲臺足球，basketball籃球，horseball騎術籃球、馬籃球(橄欖球、籃球和馬術之間的結合運動)，softball壘球，handball手球，Tchoukball巧固球，tetherball繩球，paintball漆彈，paintball marker漆彈槍，ball games球類運動、球類比賽，ballplayer棒球選手、球類運動員，ball carrier帶球者、運球者，ball control控球、在足球或籃球場上某方盡量保有球的控制權以拖延時間，ballboy球童、撿球員，ballgirl女球童、女撿球員，ball

park棒球場、球場；dodger躲避者、逃避者，draft dodger逃避兵役者，dodgery逃躲的行為、規避的作法、欺瞞方式，dodge閃開、閃躲、閃避、逃躲、迴避，dodgy逃躲的、規避的、欺瞞的、狡猾的

報馬仔. dodgem=dodge them(字面意思：「閃避他們」；我碰撞他們，但閃避他們碰撞我)，指遊樂園裡的「碰碰車」、碰碰車娛樂活動。

報馬仔. Dodgers=Los Angeles Dodgers道奇隊、洛杉磯道奇隊，美國職棒大聯盟(Major League Baseball, MLB)一支著名球隊；道奇體育場(Dodger Stadium)是棒球比賽球場，也是道奇隊的主場。

11. cyclepolo＝cycle(輪、環、圈)+polo＝腳踏車球、鐵馬球。

延伸記憶. cyclepolo=bicycle polo坐騎改為自行車但規則大致依循polo的運動，polo馬球、騎馬擊球運動、擊毬、擊鞠、打毬，elephant polo象球、騎象擊毬、坐騎改為大象但規則大致依循polo的運動，yak polo犛牛球、坐騎改為犛牛但規則大致依循polo的運動，water polo水球，canoe polo=kayak polo獨木舟水球；cycler騎自行車者、騎摩托車者，cycleway=cycletrack自行車道，menstrual cycle月經週期

報馬仔. bal(荷蘭文)，Ball(德文)，balle、ballon(法文)，bola(葡萄牙文)，balón、bola(西班牙文)；pall(愛沙尼亞文)，pallo(芬蘭文)，pallone(義大利文)；這些字的意思都是「球」，與ball和polo是同源字。

12. balloon＝ball+oon名詞字尾(人、者、物)＝氣球、球狀物。

延伸記憶. ballooning搭氣球升空、搭氣球飛行、操控氣球，ballooner=balloonist搭氣球升空者、搭氣球飛行者、氣球駕駛員、氣球操控師，weather balloon氣象氣球、氣候探測氣球，pilot balloon測風氣球，helium balloon氦氣球，hot-air balloon熱氣球，hot-air balloon flight熱氣球飛行，ballista投擲式武器細體統、石弩炮、投石攻城機，ballistic拋射的、彈道的、擲出火器的，ballistic missile彈道飛彈，ballistics彈道學、彈道特性，ballot擲出的

小球、摸彩用的小球、投擲進票箱的選票；bollard拋繩套住的樁、擲纜拴住的柱子、繫船柱、套纜樁；picaroon海盜、盜匪，platoon陸軍一排的兵力、小組、小隊，raccoon浣熊，spittoon痰盂

13. Paralympics＝Para字首(並行、輔助、在旁邊)＋Olympics(奧運會)＝並排進行的奧運會、殘障奧運會、殘疾人奧運會、帕運會。

 Paralympic殘障奧運會的、殘疾人奧運會的、帕運會的，Paralympian＝Paralympic athlete殘障奧運會運動員、殘障奧運會選手，Deaflympics＝Deaf(耳聾)＋Olympics＝聽障奧運會，Deaflympian聽障奧運會選手，Special Olympics特殊奧運會，Olympic奧運的，Olympic Games＝Olympics奧運大賽、奧運大會，Summer Olympics夏季奧運會，Winter Olympics冬季奧運會；paratactic並列的，parallel平行線，paralegal輔助性法律工作者、律師助理

 另類字源解釋：Paralympics＝Paralysis(癱瘓、麻痺)＋Olympics＝殘障奧運會，Paralympics＝Paraplegia(下身癱瘓、下肢麻痺)＋Olympics＝殘障奧運會。

14. parachute＝para字首(防範、阻止、保護)＋chute(墜落)＝防範墜落的東西、阻墜裝備、緩降裝置、降落傘，跳傘、傘降、空投。

 parachute sailing＝parasailing拖曳傘、由快艇或跑車拖拉的飄傘運動，parachuting跳傘行為、跳傘運動，parachuter＝parachutist跳傘者，parachutic跳傘的、降落傘的，main parachute主傘，reserve parachute副傘、備用傘，parachute rigger降落傘疊包員、降落傘修護兼檢查員，parachute tower跳傘塔，parachute flare照明傘、將裝置放於降落傘空投而可照亮一個地區，parachute troops＝paratroops傘兵部隊，round parachute圓形傘，square parachute方形傘，annular parachute環形傘，self-inflating parachute＝ram-air parachute自動充氣傘、衝壓空氣傘，automatic parachute自動開傘降落傘，brake parachute＝landing parachute＝parachute brake＝parabrake減速

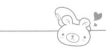

175

傘、著陸傘、制動傘、煞車傘，drag parachute=deceleration parachute減
速傘，drogue parachute漏斗形減速傘，anti-spin parachute抗尾旋傘、抗
失速傘；parasol防範太陽的東西、防避陽光的東西、遮陽傘、陽傘，
parapet=para(保護)+pet(胸部、乳房位置)=防範胸部遭攻擊的檔牆、低矮
圍牆，parados=para(保護)+dos(背部)=防範背部遭擊傷的檔牆、掩體後的
土埃

golden parachute「黃金降落傘」、「價值很高的逃生裝置」，比喻用
語，指公司高層所享有的豐厚離職金或退職待遇。silver parachute「白銀
降落傘」、「價值次高的逃生裝置」，指公司中高層所享有還不錯的離
職金或退職待遇；至於一般員工，可能連 nickel parachute「鎳降落傘」
都沒有。

延緩張開降落傘時間，享受急墜刺激，甚至在空中進行多人手牽手編隊
等驚心動魄行為的特技跳傘，稱之為 skydive「天空俯衝跳」、「天空跳
潛」、「天潛」；tandem skydive則指找刺激的觀光客或初學者和跳傘教
練綁在一起的「雙人天潛」、「串聯天潛」。

15. birdwatching = bird(鳥)+watch+ing名詞字尾(行為、活動、狀態、情況、行業)=賞
鳥、觀鳥、飛禽觀察欣賞研究。

birdwatching=birding，birdwatcher賞鳥者、觀鳥家，butterfly watching
=butterflying賞蝶、觀蝶、蝴蝶觀察欣賞研究，flower watching賞花、花見
(日文漢字)，orchid flower watching=orchid blossom watching賞蘭，sakura
watching=cherry blossom watching賞櫻，whale watching賞鯨、觀鯨、鯨魚
觀察欣賞研究，dolphin watching賞豚、觀豚、海豚觀察欣賞研究，shark
watching賞鯊、觀鯊、鯊魚觀察欣賞研究，sky watching=sky gazing=starga
zing=amateur astronomy=backyard astronomy夜觀星空、觀星、凝視星星、
盯看星星、業餘天文、後院天文，meteor shower watching流星雨觀賞，
people watching=crowd watching觀察民眾、觀察人群；bird's eye鳥瞰的、
俯視的，bird's nest鳥巢，bird strike鳥撞飛機的事故

拆字猜義

16 trainspotting _____ 火車專門辨識

17 mountaineering _____ 登山

18 glamping _____ 五星級露營

19 gamekeeper _____ 盜獵行為防範者

20 venery _____ 狩獵行為

21 competition _____ 競爭

22 adventure _____ 冒風險

23 paraglide _____ 飛行傘

24 canidrome _____ 賽狗場

25 basetender _____ 守壘員(棒球)

26 snowmobiling _____ 開雪車走

27 geocacher _____ 地理尋寶者

28 aerotrekking _____ 輕航機飛行

29 forward _____ 前進的

30 association _____ 協會

16. trainspotting＝train(火車)+spot+ing名詞字尾(行為、活動、狀態、情況、行業)＝各類火車型款、型號、生產商、動能、速度、聲音等的辨識，火車專門辨識、火車賞析。

 延伸記憶

trainspotter=railfan=rail buff=railway enthusiast=railway buff火車專門辨識者、火車賞析者、鐵道迷、鐵路痴、鐵路狂，aircraft spotting=plane spotting各類飛機型款、型號、生產商、航空公司、外觀、動能、速度、聲音等的辨識、飛機專門辨識、飛機賞析，aircraft spotter飛機專門辨識、飛機賞析=plane spotter飛機專門辨識者、飛機賞析者，military aircraft spotter軍用飛機辨識賞析者，airway spotter=airline spotter航空公司辨識賞析者，對航空公司代號、標誌、飛機型款、空姐制服與美貌等的辨識賞析，car spotting汽車專門辨識、汽車賞析，bus spotting大客車專門辨識、大客車賞析，bus spotter=bus fan=bus nut=bus enthusiast大客車專門辨識者、大客車賞析者、大客車迷、大客車痴、大客車火熱狂，yacht spotting遊艇專門辨識、遊艇賞析，fighting ship spotting軍艦專門辨識、軍艦賞析；sheepherding當牧羊人，sightseeing看風景，greeting問候、打招呼；commuter train通勤火車，freight train貨運火車，passenger train客運火車，bullet train子彈列車、高速火車，train à grande vitesse=TGV=high speed train法國高速鐵路

 報馬仔

英國大導演Danny Boyle一九九六年的驚世作品，片名就是Trainspotting，在華人地區的片名翻譯為《猜火車》、《迷幻列車》；該片寫實表現出經濟困頓時期，感覺無望的蘇格蘭年輕一代，無所事事、吸毒、販毒、偷竊、酗酒、性濫交，毫無目標地耗時間度日子，歷歷如繪地展現人心與靈魂中的空虛與荒蕪。該導演於二〇〇八年推出的Slumdog Millionaire榮獲二〇〇九年美國電影金像獎最佳導演與最佳影片等八項大獎，該片的中文譯名在臺灣、中國與香港分別是：《貧民百萬富翁》、《貧民窟的百萬富翁》、《一百萬零一夜》。

17. mountaineering = mount+ain名詞字尾(人、者、物)、形容詞字尾(屬於…的、與…有關的)+eer動詞字尾(從事、進行)、名詞字尾(從事…的人、與…有關的人、進行…的事務者)+ing名詞字尾(行為、活動、狀態、情況、行業)＝登山運動、登山、爬山。

mountaineering=mountain climbing爬山，mountain山、山岳、嶽、山脈、山的、山區的、山居的，mountain climber爬山能手、登山運動員，mountaineer登山、爬山，mountaineer爬山能手、登山運動員、山地居民，mountain man山地居民、山居者，mountain railway高山鐵路，mountain range山脈，acute mountain sickness=altitude sickness高山症、高山反應、高地綜合症，mountainous=mountainy山區的、多山的、有山的，mount山、山峰，mount舉高、抬起、登上、跨上、騎上，surmount超越山、登上山、克服、越過、勝過，paramount山之巔的、至高無上的；mont山，montane山地森林、長在山地森林的，montero山林管理員、山林工作為生者、山林獵人；mound土丘、土堆、棒球投手區、土墩、墳墩、塚；auctioneer拍賣員，engineer工程師，pioneer開拓者、先驅者，weaponeer武器專家、核武設計製造者；weaponeering武器設計製造，engineering工程師行業、工程學，auctioneering拍賣活動，pioneering拓荒、進行先導工作，orienteering越野識途、定向越野、野外定向、定向運動、借助地圖和指南針來設法通過未知區域的身心考驗運動

Mount Everest世界最高峰、埃佛勒斯峰、聖母峰(漢語)、珠穆朗瑪峰(藏語)；Mont Blanc(法文)= Monte Bianco(義大利文)=White Mountain，法義邊界的阿爾卑斯山(Alps)最高峰，意思為「白嶽、白峰」，臺灣音譯「白朗峰」；Montblanc=Mont Blanc名牌鋼筆「萬寶龍」；Montenegro=Monte+negro(黑)=黑山、黑山共和國，由前南斯拉夫Yugoslavia分離出來的新國家，臺灣音譯「蒙特內哥羅」；Montana=mountainous region=mountainous country多山地區、多山鄉邦、音譯「蒙大拿」州(美國)。

戶外活動與運動

18. glamping = glamorous(有魅力的、動人的、亮麗的)+camp+ing名詞字尾(行為、活動、狀態、情況、行業)=**五星級露營、魅力露營、具有豪奢食宿的舒適但又接近大自然的露營。**

glamping=boutique camping精品露營=luxury camping豪華露營=posh camping高檔次露營=comfy camping舒服露營，glamper=glamorous+camper五星級露營人士，campingphobia露營恐懼，campingphobe露營恐懼者，campingphile喜愛露營的人，camping露營、野營、野地搭營過夜、帳篷裡過生活，tent camping搭帳篷露營，camping tent露營用的帳篷，camping equipment=camping gear露營設備、露營用品，camping trip露營旅行，campground=campsite露營區、露營場、露營園(已經建立公共設施供露營人士利用的場地)，camping ground=camping site紮營的地方，camping coach由廢棄火車改裝的野營營舍，camp chair露營椅、輕便摺疊帆布椅，campfire營火、營火晚會，camporee=camp jamboree童子軍大露營，summer camp夏令營，social camping社交型露營，mobile camping移動式露營(每天依走路、騎馬、開車、操舟、駕船到各地露營)，car camping汽車露營、開著露營車(motorhome, trailer, recreational vehicle, camping car, caravan)去露營區野營，survivalist camping求生式野營、訓練野地求生技巧的露營，encamp紮營，decamp拔營，campestral野地的、生長在田野的；glamor=glamour魅力、魔力、吸引力，glamour girl衣著奇美吸引大家的女孩，glamour boy打扮俊美吸引大家的男孩，glamour stock熱門股票、極有吸引力而大家爭先搶購的股票

19. gamekeeper = game+keeper名詞字尾(維護的人或機器、看守的人、栽培養育者)=**獵物或獵場看守員、盜獵行為防範者。**

game land獵場、狩獵區，game park狩獵員、獵苑、國家獵物公園、野生動物公園，small game小型獵物(例：兔rabbit、鴨duck)，large game大型獵物(例：鹿deer、麋elk)，big game特大型獵物(例：象elephant、犀牛rhinoceros)，game license狩獵執照、打獵許可證，single small game

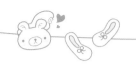

license小型獵物單次狩獵許可證，game preserve=wildlife park=zoological park獵物專屬區、獵物保護區、禁獵區、野生動物保護公園、動物保護與研究園區，game preserver禁獵區維護員，game animals=game species獵物動物、獵物物種、被列入可狩獵清單的動物明細，game bird可狩獵的鳥，game fish可捕獵的魚、准許捕捉的魚，game fowl可狩獵的禽，game act狩獵法案，game law狩獵法律，game meat=bushmeat野味、獵物肉，gamy=gamey具野味的、帶腥羶氣的、獵物多的、淫蕩的，gameless沒有獵物的、沒有野味的；beekeeper=apiarist養蜂者，diary keeper固定寫日記的人，goalkeeper球賽的守門員，gatekeeper大門警衛

20. venery = vener+ery名詞字尾(人或物的總稱、業者、行業、活動、商品、物品)=狩獵行為、打獵活動、獵物。

venerer獵人、打獵者；venatic=venatical狩獵的、喜歡打獵的、以狩獵維生的，venator獵人、狩獵戶、擅長打獵者，venatory狩獵的、獵食維生的，venatory creature獵食生物，venatory skill狩獵技能，venatorial=venatorious狩獵的、熱中打獵的、特愛追逐的，venatious具狩獵傾向的、有狩獵性質的；venison獵捕的鹿肉、野味

與venery「狩獵、打獵、獵物」無關，但是拼法與發音完全一樣的字，稱為「同形同音異義字」(homonyms)：venery=Venus(愛神維納斯)+ery，意思是「追求性慾滿足、縱慾、追求性愛」。只要是字源與Venus有關的衍生字，意思與「愛」有關，有些偏向「性愛、肉慾之歡」的字詞：venereal性交的、性慾的、性病的，venereal desire性慾、venereal disease性病、venereology性病學、性病科、性病研究；另外也有一些偏向「敬愛、尊敬」的字詞：venerate敬重、尊敬、崇敬，venerable德高望重的、值得尊敬的、令人敬重的。

21. competition = com字首(共同、相互、一起)+pet+ition名詞字尾(行動的過程或結果、情況、狀況)=一起拚、共同追、競爭、競技、競賽。

 延伸記憶. compete比賽、爭取、對抗、競爭，competitor比賽對手、爭取者、對抗者、競爭者、選手，competitive競爭的、競技的、爭奪錦標的、好爭的、有競爭力的，uncompetitive不與人爭的、不具競爭力的、沒得拚的，competitiveness競爭力、競爭特質，competitive sports競技的運動、爭奪錦標的運動，individual competition個人競賽，dual competition兩人一組競賽，team competition團體競賽、團隊競賽，relay competition接力賽，mixed competition混合賽，single competition單打賽，double competition雙打賽，mixed double competition男女混合雙打賽，competent與目標相合的、可以和目標一起拚搏的、有資格的、可勝任的、有本事的、能幹的，incompetent與目標不合的、無資格的、無法勝任的、沒有本事的、不能幹的，competence能力、本事，perpetual衝到徹底的、永遠的，impetuous衝進去的、衝動的、急躁的，impetuosity衝動、急躁、狂亂，impetus衝力、推力，appetite針對某目標一直追逐的狀態、欲望、食慾、性慾、熱愛，petition針對某目標一直追逐的作法、請願、陳情、祈求、祈禱，propitious往前衝的、順風的、有利的、吉祥的

22. adventure＝ad字首(向著、對著)+vent+ure名詞字尾(行為、行為狀態、情況、結果)、動詞字尾(進行、從事)＝**向著目標前進、邁進未來、探險心、冒險性、試膽子的活動、投機行為，擔風險、冒風險、大膽從事。**

 延伸記憶. adventurer冒險家、投機者、大膽行為的人，adventuress女冒險家、女投機者，adventuresome冒險的、愛冒風險的，adventurous愛冒險的、膽子大的、敢作敢當的、勇往直前的、驚險的，misadventure來到的不幸事件、變故、意外、災難，venture冒險的行動、有大風險的事業、創業型投資，joint venture合資冒風險的創業投資，adventitious偶然得到的、偶然來到的、外加的，advent到來、來臨、出現，Advent基督降臨、基督再次臨到世界，Adventism基督復臨論、基督再臨派的主張，Adventist Church基督復臨教會、基督復臨安息日會；event出來的事務、事件、發生的事情，prevent提前到來、預防、阻止；intervene來到兩者之間、介

入、干涉，venue來到的地點、會場、場地，avenue走來走去的地方、林蔭大道

 報馬仔．　位於臺北市八德路與敦化北路路口的Taiwan Adventist Hospital「臺安醫院」，就是基督復臨安息日會開設的醫院；此教會頗具特色，在週六而非週日休息，還主張吃素。

23. paraglide ＝ parachute(降落傘)+airfoil(機翼形、翼狀)+glide ＝飛行傘、飛飄滑翔的翼形降落傘，駕飛行傘飛飄。

 延伸記憶．　paragliding飛行傘運動，paraglider飛行傘運動者、飛行傘玩家，powered paragliding=paramotoring動力飛行傘運動，glide滑行、滑翔、下滑，glider=sailplane滑翔機、滑翔器、滑翔裝置、滑翔者、滑翔玩家，gliding滑翔運動、滑下的動作，gliding滑翔的、滑動的、游動的，gliding shift游動性排班制、彈性排班，hang glider=delta plane滑翔翼、懸掛式滑翔器(輕而且沒有動力)、三角翼，hang gliding滑翔翼運動、駕滑翔翼飛飄、懸掛式三角翼滑翔，motor glider動力滑翔機

 報馬仔．　parafoil=parachute+airfoil(機翼、翼形、翼面)=翼傘、翼形降落傘。

24. canidrome ＝ cani字首(犬、狗)+drom+e名詞字尾(人、者、物、場地、空間、跑道) ＝賽狗場、跑狗場、賽狗競速場。

 延伸記憶．　hippodrome賽馬場、跑馬場、馬車競速場、馬術競賽表演場，porcidrome跑豬場、賽豬競速場，bovidrome跑牛場、賽牛競速場，camelidrome跑駱駝場、賽駱駝競速場，velodrome飆速場、橢圓形且跑道傾斜的室內自由車(自行車)或機車競賽場，motordrome動力車輛賽車場、汽車賽車場、機車賽車場，autodrome汽車賽車場、汽車賽車跑道，airdrome=aerodrome簡易型機場、航空站，helidrome=helicopter+airdrome=直升機場，syndrome一起出現的症狀、症候群、綜合症候，prodrome跑在前面的東西、前驅徵狀，catadromous由上而下跑動的、順流而下游動的、降河迴游的、降

河產卵的(例：鰻魚eel)，ana**dromous**由下而上跑動的、逆流而上游動的、溯河迴游的、溯河產卵的(例：鮭魚salmon、中華鱘Acipenser sinensis)，amphi**dromous**=di**dromous**兩向迴游的，potamo**dromous**河中迴游的(例：鯰魚catfish)，oceano**dromous**遠洋迴游的(例：鯨魚whale)；**dromo**mania漂泊狂、不安於室症

 與動物有關的各種競速比賽：horse racing賽馬，dog racing狗賽跑，greyhound racing獵犬競速賽，sled dog racing狗拉雪橇競賽，pig racing豬賽跑，camel racing駱駝賽跑，yak racing犛牛賽跑，elephant racing象賽跑，pigeon racing賽鴿，turtle racing烏龜競速，snail racing蝸牛競速，mouse racing老鼠競速，cockroach racing蟑螂競速。

25. **basetender**＝base+tender名詞字尾(照顧者、守護人)＝看守安全處者、守壘員(棒球)。

 baseball glove=**base**ball mitt棒球手套，**base**runner跑壘者，second **base**man二壘手，on **base**在壘上、在安全處，off **base**離壘、離開安全處，**base**s are loaded=**base**s-loaded滿壘情況，**base** hit=hit安打、可安全上壘的打擊，extra **base** hit (EB, EBH, XBH) =long hit長打、超過一壘以上的安打，**base** on balls (BB) =walk四壞球保送上壘，stolen **base** (SB) 盜壘，**base** coach跑壘指導員；**bas**is基礎、基準，**bas**ic基礎的、基本的，a**bas**ia=a+**bas**+ia=步行不能症、無法踩踏走路；acro**bat**ic=acro+**bat**+ic=高空踩踏的、走鋼索的、雜耍表演的；bar**tender**酒保、酒吧侍者、照顧吧檯的人，gate **tender**平交道看守員、道口守護員，goal**tender**=goalkeeper球賽守門員

 棒球用語：single一壘打，double二壘打，triple三壘打，home run全壘打；double play雙殺，triple play三殺，force play封殺，squeeze play強迫取分；pitcher投手，catcher捕手，infielder內野手，outfielder外野手；fair ball界內球、按規則進行的，foul ball界外球、違背規則進行的，fly ball高飛球，ground ball=grounder滾地球。

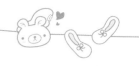

26. snowmobiling＝snow(雪)＋automobile＋ing名詞字尾(行為、活動、狀態、情況、行業)＝開雪車走、玩雪車、雪車運動。

延伸記憶

snowmobile＝snowmachine＝motorsleigh＝motorsled機動雪車、雪地車，snowmobilist＝snowmobiler雪車運動員、雪車駕駛，snowmobile racing雪車競賽，snowboard滑雪板、玩雪板，snowboarding雪板運動，snowskiing＝skiing滑雪，snow cruiser 雪地巡遊車、雪車，snowmaker人工造雪機，snowplough＝snowplow 犁雪機、掃雪機，snowsweeper＝snowthrower除雪機，snow tyre雪地防滑輪胎，snowball雪球，snowball fight打雪仗，snowman building堆雪人；skimobile雪橇車，bookmoblie圖書車、行動式圖書館，pimpmobile拉皮條並直接在上面進行性交易的大型豪華車，trackmobile軌道車，bloodmobile捐血車，popemobile教宗車、開頂但四面防彈玻璃保護的遊行用吉普車，mobile phone行動電話、手機，mobile canteen行動餐車，mobile toilet＝portable toilet流動廁所

報馬仔

sledding＝sleding＝sledging＝tobogganing乘雪橇、坐雪橇、雪橇運動，water skiing滑水，grass skiing滑草，dry slope skiing滑土坡，jet ski水上摩托車、噴射式水上滑動車。

27. geocacher＝geography(地理)＋cache＋er名詞字尾(人、者、物)＝地理尋寶者、解地謎而尋寶的人、地理藏寶活動參與者。

延伸記憶

cache祕窖、密藏室、藏物裝置、隱藏、躲藏、儲藏、儲存，caches＝geocaches地理藏寶活動中藏有指示或線索的容器，geocache進行地理藏寶，geocaching解地謎而尋寶的活動、地理藏寶活動、運用包括全球定位系統(Global Positioning System, GPS)等各種高科技來定位定向導航以找到一關關線索而找到寶物的活動，cache-sexe只遮藏性器官的極簡式小三角褲、遮羞布，cachet要人的私密印戳、機構的關防；geotracking地圖跟蹤，geomedicine地理醫學、風土醫學、研究地理因素對疾病與健康關係的醫學，geophysics地球物理學

geocaching算是現代科技型的「尋寶」(treasure hunting)。

與cache有關的電腦用語：cache高速緩衝記憶體、高速緩衝存儲器、快取記憶體，disk cache磁碟快取記憶體，cacheline快取區塊、高速緩存區塊，cache memory sharing快取記憶體共享、高速緩存分享，cache miss快取未中、高速緩存誤失，cache file快取檔案，cache card快取記憶體卡。

28. aerotrekking＝aero字首(大氣、空中、航空)+trek+ing名詞字尾(行為、活動、狀態、情況)＝緩緩飛航、在低空以極輕飛行器或飛飄器(包括降落傘、飛行傘、滑翔翼、輕航機)慢慢行、輕航機飛行。

aerotrekker緩緩飛航者、輕航機輕航機飛行員(例：張菲)，trek艱辛走長路、長途跋涉，trekking跋涉活動、在(南亞、北美、南美、東非)山區的多天期健行活動，river trekking=river climbing=mountain stream climbing緩緩沿溪行、溯溪、攀溪(結合健行、攀岩、游泳、結繩等技能)

重量很輕且只有單人或雙人座的「固定翼」飛行器，稱為ultralight aircraft或microlight aircraft(輕航機)，ultralight=ultra(極端、過度)+light(輕)=極輕，microlight=micro(微小)+light=極輕，ultralight aviation指「輕航機飛行」。

以休閒為目的而且在一天內完成的步行，稱為hiking(健走、健行、遠足)，通常著hiking shoes(登山鞋、健行鞋)或hiking boots(登山靴、健行靴)，走的是hiking trail(登山步道、健行步道)；若是必須艱辛進行多日且搭帳篷過夜，就是trekking，也就是backpacking(背背包行走茫茫天涯、千山任我踽踽行)，若是只背著不超過4.5公斤的極輕極簡背包走路，稱為ultralight backpacking；若是脫光衣服的裸體健行，稱為freehiking或naked hiking；若是一邊搭便車一邊健行，就是hitchhiking，原意是「用繩勾住別人，讓別人費力而你卻輕鬆地走」。

29. forward＝fore字首(前面、先、預先)+ward＝前面的、預先的、前進的、期貨的，遞送、轉交、代運，籃球或足球隊或曲棍球的前鋒。

forward=striker足球前鋒、出擊者、攻門兵將，forward pass向前傳球(在American football常見，但在rugby football則算違規)，power forward籃球賽中的強力前鋒、大前鋒，small forward小前鋒(籃球)，center forward足球中鋒，forward-center籃球大前鋒兼中鋒、視情況使前峰改打中鋒的位置；forward-looking看未來的、有遠見的、奮進的，forward-thinking思索未來的、關心以後發展的，forward bending坐著而向前彎身的姿勢、拉背，forward leaning坐姿前傾動作，forwarder轉運商、代運業者，forwarding轉運、遞送，forward quotation期貨報價；backward=rearward向後，outward向外，earthward向著地球、向著地面，skyward向天空，northward向北

籃球場上每隊的五員戰將，除了大前鋒、小前鋒、中鋒之外，另有兩位後衛；負責長射(long-range shot)取分的稱為shooting guard得分後衛，負責控球並指揮進攻且供應妙傳的稱為point guard控球後衛，在二○一二年初一舉揚名的臺裔籃球好手林書豪(Jeremy Lin)，就是打這個位置；point的字源除了「分數」之外，另有「位置、意向、指示」等意思，point guard在籃球賽的地位，等於是英格蘭名將貝克漢(David Beckham)的足球「中場」(midfielder)位置，或是美式足球的「四分衛」(quarterback)的位置。

30. association＝as字首(向著、對著)+soci+ate動詞字尾(做、從事、進行、造成、使之成為)、形容詞字尾(有…性質的)+ion名詞字尾(行為、過程、結果、情況、物品、機構)＝協會、公會、聯合、結合、社團。

sports association=sports club=athletics club運動協會、運動社團、體育社團，National Basketball Association (NBA) 美國全國籃球協會，National Collegiate Athletic Association (NCAA) 全美大學體育協會，Union of European Football Associations (UEFA) 歐洲足球協會聯盟、歐洲足協、歐洲足

球總會，Fédération Internationale de Football Association (FIFA) (法文)=International Federation of Association Football國際足球協會、國際足協、國際足球總會，Film Critics Association影評人協會，Dental Association牙醫師公會，freedom of assembly and association集會與結社自由，associate交往、結社、聯想、連結、締盟，associate伴隨的、共事的、夥伴的、副的，associate professor副教授，associated gas伴生天然氣、與石油一同發現的瓦斯，disassociate使結合關係斷裂、分離、取消交往，consociate一起交往、聯盟、聯合、協作，sociability社交能力、社交特質，social社交的、社會的，asocial孤僻的、不愛社交的、不與人來往的

代表「運動社團聯合體」的另一個英文是league，多半指的是「球團聯合會」、「球會聯盟」、「球團聯合比賽」、「球團聯賽」；美國的美式足球職業球團的聯賽，稱為National Football League (NFL)，美國職棒大聯盟稱為Major League Baseball (MLB)，聯賽的名次表或排名表就是league table；英格蘭職業足球球團(football club)的「超級聯賽」或「甲組聯賽」，稱為Premier League；常在「世足賽」(FIFA World Cup)出現的是英格蘭隊(England)，代表旗幟是白底紅十字的「聖喬治十字旗」(St George's Cross)，而非使用「米字旗」(Union Jack)的英國隊(United Kingdom, UK)，因為英國的四大地域－英格蘭、蘇格蘭、威爾斯、北愛爾蘭－在國際足總各有會籍。

08

飲食與營養

字源線索

⭐ 英文	⭐ 中文	⭐ 字綴與組合形式
life ; live	生命、生機、活力	veget ; vig ; vigi ; vit ; vita ; viva ; vive ; vivi
feed ; support ; care for	餵養、供養、照顧	ali ; aliment ; alimento
feed ; nutrition	餵養、養分	nour ; nurse ; nurt ; nutri ; nutrit
feed ; nutrition	餵養、養分	threps ; threpso ; troph ; tropho
nourishment ; grow	營養、長大	alesc ; alit ; olesc
meat ; flesh	肉	carn ; carne ; carni ; carno
meat ; flesh	肉	sarc ; sarco ; sarcomat
meat ; flesh	肉	cre ; crea ; creatin ; creato ; kreato ; kreo
flesh ; animal	肉、動物	zo ; zoa ; zoo
fruit	水果、果實	fruct ; fructi ; frug ; fruit
grass ; green crop	青草、植物、綠色作物	herb ; herbi
bread ; loaf	麵包	pan ; pain ; pani ; panis
milk ; dairy	乳、奶、乳製品	galact ; galacto ; galaxy ; lact ; lacti ; lacto

飲食與營養

★ 英文	★ 中文	★ 字綴與組合形式
fat ; grease	脂、脂肪、油脂	lard ; pimel ; pimele ; pimelo ; pio ; pion
fat ; grease	脂、脂肪、油脂	adip ; adipo ; adipos ; lip ; lipo ; lipomat
fat ; grease	脂、脂肪、油脂	pingu ; pingue ; pingui ; seb ; sebi ; sebo
fat ; oil	脂、油	ol ; ole ; oleo
oil ; olive oil	油、橄欖油	elaeo ; elaio ; eleo
honey	蜜、甜美、柔美	mel ; meli ; melior ; melit ; melito ; melo
honey	蜜、甜美、柔美	melli ; mellit ; mellito
sweet ; sugar	甜、糖、醣	gluc ; gluco ; gluk ; glyc ; glycol
sugar	糖、醣	ose ; sacchar ; sacchari ; saccharo ; sucr ; sucro
sweet ; pleasing	甜、愉悅	dolc ; dulce ; dulci
sweet ; syrupy	甜、過甜、糖漿	glycer ; glycero
salt ; salty	鹽、鹹、鹵	hal ; hali ; halio ; halo
salt ; salty	鹽、鹹、鹵	sal ; sali ; salin ; salt
vinegar ; sour	醋、酸	acet ; aceti

飲食與營養

★ 英文	★ 中文	★ 字綴與組合形式
sour ; bitter	酸、苦、澀、侵蝕	acerb ; acerbo ; acri ; acrid
sour ; sharp	酸、強烈	acid ; acidi ; acido
biting ; very sour	燒灼的、劇烈的、很酸	mord ; mors ; tart
hot ; spicy ; sting	辣、嗆辣、刺鼻	poign ; point ; pugnac ; punc ; punct ; pung
hot ; prick ; stimulate	辣、戳刺、刺激	piqu ; pique
tasting ; taste	味道、舌嚐、品味	geuma ; geus ; geust ; gust ; gusti
tasting ; taste	味道、舌嚐、品味	flavor ; flavour ; savor ; savour ; taste
smell	氣味	odor ; odori ; odoro ; odour ; odouri ; odouro
smelling ; smell	鼻聞、嗅、氣味	olfact ; olfacto
smelling ; smell	鼻聞、嗅、氣味	osm ; osmat ; osmi ; osmo
smelling ; smell	鼻聞、嗅、氣味	osphresi ; osphresio
pleasant odor ; scent ; spice	香、香味、香料	arom ; aroma ; aromat ; aromati ; aromato
smell sweetly	聞香、芳香	fragr
stink ; foul odor	臭	brom ; bromo ; pong ; stench ; stink

★ 英文	★ 中文	★ 字綴與組合形式
offensive odor ; stink	很臭	oz ; ozo ; ozon ; oznoi ; ozono

① aliment ＿＿＿＿＿＿＿　　　　供養

② nourishment ＿＿＿＿＿＿＿　　養料

③ nursery ＿＿＿＿＿＿＿　　　　托兒所

④ vegetable ＿＿＿＿＿＿＿　　　蔬菜

⑤ vital ＿＿＿＿＿＿＿　　　　　與生命有關的

⑥ antivivisectionist ＿＿＿＿＿＿＿　反對活體解剖的人

⑦ sarcoid ＿＿＿＿＿＿＿　　　　肉狀的

⑧ fructuous ＿＿＿＿＿＿＿　　　多果實的

⑨ herbicide ＿＿＿＿＿＿＿　　　滅草劑

⑩ distasteful ＿＿＿＿＿＿＿　　　難吃的

⑪ phantogeusia ＿＿＿＿＿＿＿　　幻味覺

⑫ malodorous ＿＿＿＿＿＿＿　　　惡臭的

⑬ cacosmia ＿＿＿＿＿＿＿　　　惡劣味道

⑭ acidulous ＿＿＿＿＿＿＿　　　帶酸味的

⑮ dulcify ＿＿＿＿＿＿＿　　　　使悅耳

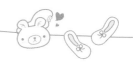

1. **aliment**＝ali+ment名詞字尾(行為，行為的過程或結果、事物)、動詞字尾(做…行為)
＝食物、生計，供養、提供食物、給予生活費。

 alimentary飲食的、供養的、生計相關的，alimentary tract消化道，aliment-al營養的、飲食相關的，alimentative供給營養的、富有營養的，alimen-totherapy營養療法、食物療法，alimentology營養學，hyperalimentation營養過度，hypoalimentation營養不足，tachyalimentation營養消化過快，alimony給離婚對象買食物營養品生活的錢、贍養費；monument紀念性建築、紀念碑、紀念塔、紀念館，announcement宣布，investment投資

2. **nourishment**＝nour+ish動詞字尾(致使、造成)+ment名詞字尾(行為，行為的過程或結果、事物)＝養料、滋養品。

 nourish供養、養育、培養，nourishing具有營養的，nourished得到足夠營養的，malnourished營養不良的；nurture食物、營養品、養育；nutrient營養的、滋養品、食物，nutrition營養，nutritious有營養的，nutriology營養學，nutritional supplements營養補品；establishment建立、確立、既有勢力，acknowledgment＝acknowledgement承認、確認，encouragement鼓舞、鼓勵

 nutraceuticals＝nutrition+pharmaceuticals＝pharmafoods類藥劑營養品；常見類別名稱如下：functional food機能性食品、health food健康食品、or-ganic food有機食品。

3. **nursery**＝nurse+ery名詞字尾(場所、地點、工作處、行為、狀況)＝餵養照顧的地方、托兒所、養魚池、苗圃。

 nurserymaid＝nurserygirl保姆、兒童照護員、餵乳員，nursery garden苗圃、植物幼苗培育場，nurse養育、養護、照顧，nurse養護者、照料者、護士，trained nurse護理教育畢業的護士，head nurse護理長；nursing照顧、看護傷病、餵乳，nursing a baby＝feeding a baby at breast以乳房餵乳，

飲食與營養

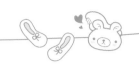

nursing home療養院；grapery葡萄園，bakery烘培坊、麵包店，distillery釀酒廠、蒸餾室，brewery啤酒廠、釀酒廠

4. vegetable＝veget+able字尾(能夠…的東西)、形容詞字尾(能夠…的)＝可活可種植的東西、植物、蔬菜，植物的、蔬菜的。

 延伸記憶．vegetarian素食者、吃素的，vegetate像植物般活著、呆板過日子、無聊渡時間，vegetative植物的、植物人狀態的，vegeburger=vege(table) + (ham) burger=蔬菜漢堡；blamable可責怪的，excusable有理由的、情有可原的，amendable可修訂的

5. vital＝vit+al形容詞字尾(…的、關於…的)＝與生命有關的、致命的、關係重大的。

 延伸記憶．vitality活力、生命力，vitamin生命維持素、維他命，vitaminize提供維他命、增強力量，vital statistics與生老病死結離婚等生命過程相關的數字統計，curriculum vitae (CV) 生命歷程、生活經過、履歷；thermal熱的，penal懲罰的，seminal精液的

6. antivivisectionist＝anti字首(反對)+vivi+sect(切、斷、剖)+ion名詞字尾(狀態、結果)+ist名詞字尾(主張者、行為人)＝反對活體解剖的人。

 延伸記憶．vivisect活體解剖，vivid活潑的、有生命力的、生動的，convivial一起吃喝生活的、飲宴交際的；vivacious活潑、生命力強，viva voce(活生生的叫喊)現場口頭表決，viva voce examination筆試之外的現場口試；survive活超過、活過(時期、災難)、存活、倖存，vive hodie為今天而活；anti-ageing抗老化，anti-war反戰，anti-rust抗鏽蝕，anti-corruption反貪腐；sect切割出去的一派人士、教派、學派，sector圓形被切開的部分、扇面、部門、類別，section剖面、區段；pollution汙染，dilation膨脹，dilution稀釋；artist藝術家，experientmentist實驗者，Latinist拉丁語學者

7. sarcoid＝sarco+oid形容詞字尾(…樣子的、…狀的、類似…的)＝肉狀的、肉樣的、像

肉的、類似肉的。

sarcoid stone肉狀石(臺北故宮博物院的收藏)，sarcoma肉瘤，sarcocarp果肉，sarcophagous肉食的；android機器人、人狀物，ichthyoid魚狀的，hippoid馬狀的，anthoid花狀的，anthoid youth花樣的青春，cynoid犬狀的，steroid= stereo+oid=類似固體物、類固醇(生化、醫學)

Google作業系統取名為Android=andro+oid，意指像人那樣聰明有智慧的。

8. **fructuous**=fruct+uous形容詞字尾(具…傾向的、易於…的、多…的)=**多果實的、多產的、豐饒的。**

fructify結果、有成果；frugivore食果動物，frugal(只藉土地生產果實而活的)節儉的、不花錢的；fruit fly果蠅，fruitarianism果食主義，fruitarian果食者；congruous適合的、一致的、全等的(幾何)，deciduous落葉的，continuous持續的，contemptuous蔑視的

9. **herbicide**=herbi+cide名詞字尾(除…劑、滅…劑、砍殺的行為)=**滅草劑。**

herbiferous長草的，herbivora=herbivores草食動物(複數)；herbarium植物館，herbal medicine植物藥、草藥、中藥，herbaceous草本的；rodenticide滅鼠劑，pesticide滅害蟲劑，parasiticide殺寄生蟲的藥劑，algiocide止痛藥、滅痛劑，biocide殺生，avicide殺鳥，apicide滅蜂，gallicide=gallinicide殺雉形目動物、殺家禽、殺雞鴨鵝，piscicide殺魚、殺魚毒劑，rodenticide囓齒類動物消滅劑、滅鼠藥，patricide弒父，mariticide殺夫，uxoricide殺妻

10. **distasteful**=dis字首(不、無、相反、取消、離開)+taste+ful形容詞字尾(富有…的、充滿…的)=**味道不合的、難吃的、令人討厭的。**

distaste厭惡，tastemaker品味開創者、時尚塑造者，tasteless不可口的、枯

燥無味的，tasty可口的；dislocate離開位置、脫臼、流離失所，dislike不喜歡，distinction區別、分辨；careful仔細的、小心的，grateful感恩的，plentiful豐富的、很多的

11. phantogeusia＝phanto字首(幻影、幻覺、顯現)+geus+ia名詞字尾(病症、狀況)＝幻味覺、未有甜鹹物但卻覺得甜鹹。

 dysgeusia味覺障礙，parageusia味覺錯亂，ageusia無味覺，cacogeusia惡劣味道；phantom=fantom幽靈、幻覺、幻覺的、不實的、虛假的，phantom accident假車禍、造假的意外，phantasy=fantasy魅影、幻影、想像，phantasmic鬼魅的、幻影的；fantastic意想天開的、幻覺的、無法置信的、好到好像是夢幻的；dementia痴呆症，aphonia失聲症、失音，plutomania財富狂躁症、一直妄想成為富豪

 The Phantom of the Opera歌劇魅影：是現代音樂家Andrew Lloyd Webber安德魯韋伯，也就是著名歌唱家Sarah Brightman莎拉布萊曼的前夫所作的經典音樂劇作品，改編自法國作家Gaston Leroux勒胡的小說Le Fantôme de l'Opéra。

12. malodorous＝mal字首(壞、惡、不良)+odor+ous形容詞字尾(有…性質的、屬於…的…)＝惡臭的。

 odoriferous產生味道的，inodorous無氣味的、無臭的，deodorant除臭劑，malodor惡臭；malign惡性的，malign tumor惡性腫瘤，maltreatment苛待、虐待，malevolence惡意

 惡臭的：malodorant(法文)，maleodorante(義大利文)，maloliente(西班牙文)。

13. cacosmia＝caco字首(惡劣、糟糕、爛、差勁)+osm+ia名詞字尾(病症、狀況)＝惡劣味道。

延伸記憶. anosmia沒有嗅覺，hyperosmia嗅覺過敏、過高，hyposmia嗅覺遲鈍、過低，coprosmia大便味道；cacophonic聲音難聽的、吵雜的，cacography寫字很醜，cacodemon邪靈、惡鬼，cacoethes惡習，cacology發音不標準、措詞不佳，caconym不當的名稱、分類不對的動植物名；insomnia失眠，hyposalemia血鹽過低，nosophilia患病癖、愛生病的精神病

報馬仔. caconym=caco+onym=「不恰當的名稱」，典型例子就是atom原子這個字，因為造字時用希臘文atom=a+tom=不可切開、不可分割，意思指「物理界最小的粒子」，但隨著科學進展，卻陸續發現更小的粒子。

14. **acidulous**＝acid+ulous形容詞字尾(微量的、少量的)＝**微酸的、帶一點酸味的、帶諷刺的。**

延伸記憶. acidulate使酸化，aciduria酸尿，acidity酸性、酸度，acid rain酸雨；acerbity酸、苦澀，acerbate使變酸、使氣惱；acrid苦味的、刻薄的、令人難受的，acrimonious尖酸刻薄的；dentulous有牙的，tuberculous結節狀的、結核的，unscrupulous胡搞瞎搞的、不守應有規矩的

15. **dulcify**＝dulci+fy動詞字尾(使成為⋯、加以⋯化)＝**使變甜、甜化、使柔和、使悅耳、使愉快。**

延伸記憶. dulcification甜化處理、柔和處理；dulcet賞心悅目的、宜人；dolce甜蜜的、溫柔的，dolce柔美地唱或奏(音樂術語)；beautify美化，nullify空無化、註銷，deify神格化

報馬仔. La Dolce Vita(義大利文)=the Sweet Life=the Good Life=甜蜜人生；大導演Federico Fellini費里尼執導而榮獲法國坎城影展金棕櫚(Palme d'Or、Palm of Gold=Golden Palm)大獎的影片就是La Dolce Vita，中文片名在不同華人地區分別為《甜蜜的生活》與《露滴牡丹開》。

飲食與營養

拆字猜義

⑯　melody　＿＿＿＿＿＿＿　　　美妙音調

⑰　halobiotic　＿＿＿＿＿＿　　　海洋生物的

⑱　desalinization　＿＿＿＿＿＿　　海水淡化處理

⑲　aromatherapy　＿＿＿＿＿＿　　芳香療法

⑳　stinker　＿＿＿＿＿＿＿　　發惡臭的人或動物

㉑　pungent　＿＿＿＿＿＿　　　刺鼻的

㉒　acetifier　＿＿＿＿＿＿　　　醋化器

㉓　glycogen　＿＿＿＿＿＿＿　　糖原

㉔　xylose　＿＿＿＿＿＿＿　　　木糖

㉕　polysaccharide　＿＿＿＿＿＿　多醣

㉖　adiposity　＿＿＿＿＿＿　　　肥胖

㉗　lipoma　＿＿＿＿＿＿＿　　　脂肪瘤

㉘　lactagogue　＿＿＿＿＿＿　　催乳劑

㉙　panivore　＿＿＿＿＿＿　　　食麵包者

㉚　oleic　＿＿＿＿＿＿＿　　　　油的

飲食與營養

16. melody = mel+ody名詞字尾(歌、唱歌、謳歌、歌頌) = **甜蜜歌曲、美妙音調、悅耳旋律。**

 延伸記憶. melodious悅耳的，melodic旋律的、曲調優美的，melodics旋律研究、旋律學，melodist歌唱家、作曲家、演出美好旋律者；meliorate變甜蜜、改良、變好、向善，melittin蜂毒素；melliferous產蜜的、甜的，mellite蜜蠟石；threnody悼歌、輓歌，prosody韻歌、詩律，parody諧謔模仿唱歌表演

17. halobiotic = halo+bio(生物、生命)+tic形容詞字尾(屬於…的、有…性質的) = **鹽生的、海水生物的、海洋生物的。**

  延伸記憶. halophyte鹽生植物，halophile適鹽生物、喜鹽生物，halometer 量鹽計；halide鹵化物、鹵族的，halite石鹽、岩鹽；antibiotic抗生物的、抗生素，epibiotic體表附生的，symbiotic共生的，cryptobiotic隱生的，biography生命撰寫、傳記，bioethics生命倫理；apathetic冷漠的，empathetic感同身受的，realistic現實的、務實的

18. desalinization = de字首(除去、拿掉、離去)+sal+ine形容詞字尾(屬於…的、具有…的、如…的)、名詞字尾(人、藥物名稱及化學名詞)+ize動詞字尾(從事…行為、進行…動作)+ation名詞字尾(情況、狀態、過程、結果) = **除鹽處理、海水淡化處理。**

  延伸記憶. saline含鹽的、鹽泉、鹽湖、鹽水、生理食鹽水，saliferous帶有鹽礦的、產鹽的，salinize 鹽化，salary薪資、薪餉(羅馬帝國發給士兵的買鹽錢、或無法發餉時以鹽巴替代之)，salariat受薪階級，salted鹽醃製的，salty鹹的；defrost除霜，deice除冰，decode解碼；morphine嗎啡，amine=am(monium) + ine=胺，crystalline結晶的、透明的，gasoline=gas + ol(e) + ine=石油氣、天然氣；mobilize動員，colonize殖民，civilize開化；nation-alization國有化，privitization私有化、民營化，civilization文明

 報馬仔. wage時薪、工資，salary月薪、週期薪。

19. aromatherapy＝aroma＋therapy名詞字尾(療法)＝**芳香療法、精油療法。**

延伸記憶。aromatherapist芳香療法師，aromatherapeutic芳香療法的；aromatiferous 帶有芳香的、產生芳香的；aromatic有香氣的、芳香的，aromatase芳化酶；thermotherapy熱療，phototherapy光療，hydrotherapy水療

20. stinker＝stink＋er名詞字尾(人、者、物)＝**發惡臭的人或動物、卑劣人物、貪官污吏、令人厭惡者。**

延伸記憶。stink惡臭、異味，stink發出臭味、惹人厭惡，stinky臭的，stinking惡臭的、卑劣的，stinkaroo拙劣作品、拙劣表演，stinkard臭獾、惡臭的人；stenchful惡臭的；trafficker走私者、私販，provoker挑釁者，scavenger吃腐食者

21. pungent＝pung＋ent形容詞字尾(具有⋯性質的)＝**刺鼻的、嗆鼻的、嗆辣的、刺激的。**

延伸記憶。pungence嗆鼻性質、嗆辣特性；pugnacious咄咄逼人的、嗆聲爭鬥的；poignant辛辣的、濃烈的，poignance辛辣、酸辣；divergent分歧的，different不同的，discontent不滿的，efficient有效率的

22. acetifier＝aceti＋fier名詞字尾(做⋯的人或器物)＝**醋化器、醋酸製造機。**

延伸記憶。acetate醋酸鹽、醋酸製品，acetous含醋的，acetum醋，acetic acid乙酸、醋酸，acetometer醋酸測量計；rectifier矯正器，falsifier偽造者，quantifier數量詞，magnifier放大鏡，modifier修飾詞、修改人，amplifier擴大機(音響)，dehumidifier除溼機

23. glycogen＝glyco＋gen名詞字尾(生產、產出源頭、來源物)＝**糖原。**

延伸記憶。glycose＝glucose葡萄糖，glycosuria＝glucosuria糖尿病，glycolipid糖脂，glycoprotein糖蛋白；glycerin甘油；glucosamine葡萄糖胺，glucogenic生成葡萄糖的；collagen膠原，zymogen酵素原，mucinogen黏蛋白原，

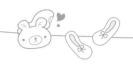

pathogen病原體，cryogen冷原、冷媒、冷凍劑，nitrogen氮，oxygen氧，halogen鹵素

　報馬仔. 與關節或骨頭維護相關的產品，主打的就是葡萄糖胺glucosamine，聲稱有助骨骼保養。

24. xylose＝xyl(木、木質、木頭)+ose＝木糖。

　延伸記憶. fructose果糖，lactose乳糖，galactose半乳糖，maltose麥芽糖，sucrose砂糖、蔗糖，ribose核糖，ribo(se)+some體=ribosome核糖體，triose三碳醣，tetrose四碳醣，pentose五碳醣，hexose六碳醣，ketose酮醣；xyloid木頭狀的，xyl(ose)+(sorb)itol山梨醇=xylitol木糖醇；xylogen產生木頭之原、木質部(植物)，xylology木頭學、木頭研究，xylograph木板畫，xyloglyph木雕、木刻

25. polysaccharide＝poly字首(多、很多)+sacchar+ide名詞字尾(化合物)＝多醣。

　延伸記憶. saccharine糖的、糖質的，saccharinize加糖、使變甜，saccharify糖化，使…成為糖，sacchariferous含糖的、帶有糖的、產糖的，monosaccharide單醣，disaccharide雙醣，oligosaccharide寡醣，fructooligosaccharide果寡糖，mucopolysaccharide黏多醣；polygon多角形，polymorphic多形狀的，polyphagy 進食過多；cyanide氰化物，chloride氯化物，bromide溴化物，trioxide三氧化物，dioxide二氧化物，monoxide一氧化物

　報馬仔. mucopolysaccharide disease黏多醣疾病：是一種遺傳性的疾病，病人的智能或生理機能愈來愈差，這類疾病多半隨著年齡增加而逐漸惡化。

26. adiposity＝adip+osity名詞字尾(特質、特性)＝肥胖、發胖、脂肪多。

　延伸記憶. adipose肥胖的、動物脂肪的，adipoid脂肪狀的，adipic油脂的、油質的，adipic acid脂肪酸；adiposis肥胖症，adipocyte含脂肪的細胞，adipogenesis脂肪生成，adipogenic=adipogenous長出脂肪的；adiposuria脂肪尿症；po-

rosity孔隙度，ponderosity費思量的程度，amourosity=amourousness好色情況、好色程度

27. lipoma＝lip+oma名詞字尾(瘤、腫瘤、新生物)＝脂肪瘤。

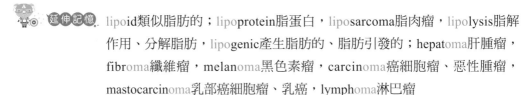 lipoid類似脂肪的；lipoprotein脂蛋白，liposarcoma脂肉瘤，lipolysis脂解作用、分解脂肪，lipogenic產生脂肪的、脂肪引發的；hepatoma肝腫瘤，fibroma纖維瘤，melanoma黑色素瘤，carcinoma癌細胞瘤、惡性腫瘤，mastocarcinoma乳部癌細胞瘤、乳癌，lymphoma淋巴瘤

28. lactagogue＝lact+agogue名詞字尾(催發劑、帶領者、引動者)＝催乳劑、催乳針、催乳藥。

 lactate泌乳、產乳；lactiform乳狀的，lactigenous泌乳的、產乳的，lactiphagous食乳的；emmenagogue催經劑、月經促進劑、通經劑，hydragogue催水劑、利尿劑、水瀉劑，demagogue人民引動者、群眾煽動家

29. panivore＝pani+vore名詞字尾(食⋯者、吃⋯的人)＝食麵包者、吃麵包維生的人。

panivorous食麵包的，panification麵包製作，panifiable可做成麵包的(法文)，panifier做成麵包(法文)；pain blanc白麵包(法文)，pain noir黑麵包(法文)；panadería麵包店(西班牙文)，panetteria麵包店(義大利文)；fructivore= frugivore吃水果者(例：黑猩猩chimpanzee)，piscivore= piscovore食魚者，graminivore食草動物，folivore食葉動物，nectarivore食蜜動物，palynivore食花粉動物

麵包在臺語發音也近似pan，是源自日據時接受日文外來語パン；但日文源自西班牙文的麵包pan(耶穌會傳教士St. Francis of Xavier沙勿略到日本傳教)，而西班牙文和義大利文的pane與法文的pain，則都是源自拉丁文的panis。

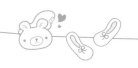

Panis angelicus《天使之糧》或譯《天使麵包》：是神學家Thomas Aquinas阿奎那所寫文稿，歷代藉以譜曲者很多，但以César Franck佛蘭克的那首最有名而傳唱最廣。

30. oleic＝ole+ic形容詞字尾(…的)＝油的、產自油的。

oleic acid油酸，oleiferous含油的、帶油的、產油的，oleaceous油橄欖樹科的、木犀科的，oleum油，oelin=oleine油精、三酸甘油脂，petroleum=petro(石頭)+ole(油)+um名詞字尾=石油；scenic風景的，acidic酸的，aerobic有氧運動的，egoistic利己的、自私的、自我中心的，altruistic利他的、愛別人的、不自私的，ethic道德的、合乎倫理的，ironic諷刺的

使用方法建議：

1. 先閱讀正文，再以祕笈當成總複習，感受學習的成果
2. 先閱讀祕笈，再閱讀正文，享受說文解字的快樂
3. 正文與祕笈交替閱讀與查詢，編結圍殲字彙的交叉火網
4. 增補祕笈內容，使之更加完備，選輯出自己的隨身祕笈

A

-a 名詞，名詞有分陽陰性的語文中的陰性單數字尾，譬如拉丁文、西班牙文、義大利文，和部分英文

-a 名詞，源自希臘與拉丁文之名詞的複數，動物分類類別

-ability 名詞，具…能力，具…性質，合適…狀況

-able 形容詞，能夠…的，有…能力的

-able 名詞，能夠…的東西，有…能力的物品

-ably 副詞，能夠…地，有…能力地

-aceae 名詞字尾，植物分類，科

-aceous 形容詞，具…性質的

-aceus 形容詞，具…性質的，屬…類別的

-acious 形容詞，多…的，有…性質的

-acity 名詞，性質、狀態、情況

-acle 名詞，實物名詞，抽象名詞

-acy 名詞，抽象名詞，性質、狀態、行為

-ade 名詞，行為、狀態、事物、某種材料物、某種行為的人

-ade 名詞，果汁

-age 名詞，物品、用具、數量、費用、金額

-age 名詞，場所、地點、住處

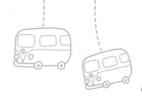

-age 名詞，結果、狀態、關係

-age 動詞，從事、進行

-agog 名詞，引領者、催行者、鼓動者、激發劑、觸發物

-agogue 名詞，引領者、催行者、鼓動者、激發劑、觸發物

-aholic 名詞，熱中…者、痴迷…者、沉溺於…者

-ain 名詞，人

-aire 名詞，人

-al 形容詞，屬於…的、關於…的

-al 名詞，具…特性之物、過程、狀態、活動

-ality 名詞，狀態、情況、性質

-an 形容詞，屬於…的

-an 名詞，人、物、者

-ance 名詞，狀態、情況、性質

-ancy 名詞，狀態、情況、性質

-and 名詞，動作或行為的對象

-aneity 名詞，性質、狀態、情況

-aneous 形容詞，有…性質、狀態、情況的

-ant 形容詞，屬於…的

-ant 名詞，人、者、物

-ar 形容詞，有…性質的、具…形狀的

-ar 名詞，…的人、…的物、做…的人

-ard 名詞，人(帶有貶義)、做…過度者、沉溺於…者

-arian 名詞，人

-arian 形容詞，…的人

-arium 名詞，場館、會場、地方

-ary 形容詞，具…性質的、有…特性的

-ary 名詞，匯集處所、場所、地點、人身

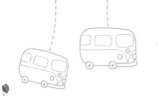

-asium 名詞，相關場館、相關會場、相關地方

-ast 名詞，相關的人、相關者

-aster 名詞，人

-ate 動詞，做、從事、進行、造成、使之成為

-ate 形容詞，有…性質的、如…形狀的

-ate 名詞，人、者、物、職務、職權的總稱

-ate 化學名詞，由酸而成的鹽類

-atic 形容詞，…性質的、屬於…的

-ation 名詞，情況、狀態、過程、結果、產生的事物

-ative 形容詞，有…性質的、與…有關的

-ator 名詞，做…工作的人或器物

-atory 名詞，場地、地點

-atory 形容詞，有…性質的、具有…的

B

-bellum 名詞，戰爭期間、戰爭

-bolic 形容詞，…代謝的

-bred 形容詞，在…地方成長的，用…方式養成的

C

-cavous 形容詞，使…蝕空的、使…變空洞的

-cele 名詞，突出、腫大、腫瘤、疝、腔、窩

-cene 名詞，新的東西、新近的生物或產物

-centesis 名詞，穿刺術、穿孔術

-centric 形容詞，以…為中心的、以…至上的

-cide 名詞，除…劑、滅…劑

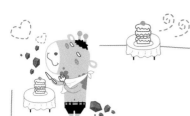

-clad 形容詞，穿上…的、披覆…的

-clad 名詞，穿上…的物品、披覆…的東西

-cle 名詞，小東西、小物質、小生物

-cle 名詞，工具、器具

-colous 形容詞，居…而生活的，棲息於…的

-crat 名詞，統治制度或管理制度的信奉者

-cracy 名詞，統治制度、管理制度

-dian 形容詞，…日的、…天的

-diem 名詞，日、天

-dom 名詞，情況、狀態、性質、領域、國土、某階層人士的統稱

-e 名詞，人者物、場地、空間、跑道

-e 形容詞，具有…的、有…特質的

-ectomy 名詞，切除術、切除手術

-ed 形容詞，具有…的、有…特質的、如…的

-ed 名詞，具有…的人者物、有…特質的人者物、如…的人者物

-ed 形容詞，經過…處置的、被…處理過的

-ed 名詞，經過…處置的人者物、被…處理過的人者物

-ee 名詞，人、物(行為的被動者)

-eer 名詞，從事…的人、與…有關的人、進行…的事務者

-eer 動詞，從事、進行

-eer 形容詞，從事…的、與…有關的、進行…的

-ein 名詞，化學物、鹼、胺

字尾詞綴祕笈

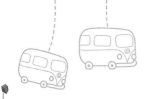

-eine 名詞，化學物、鹼、胺

-el 名詞，小東西、小事物、簡單代表物

-el 動詞，做出小東西、小事物、塑造出簡單代表物

-ella 名詞，雌性的小東西、小事物

-elle 名詞，小東西、小事物

-en 動詞，做、使成為、使變成

-en 形容詞，由…製成的、含有…物質的

-en 名詞，年少的人或小的東西

-ence 名詞，性質、狀態、行為、人士

-ency 名詞，性質、狀態、行為

-end 名詞，行為結果產生的人或物

-ene 名詞，源出、某地的人、烯(化學)

-enne 名詞，…的女性

-ent 名詞，人、者、物

-ent 形容詞，具有…性質的

-eous 形容詞，有…性質的、關於…的

-er 名詞，人、者、物(行為的主動者)、有關的人、某國或某地區的人與物

-er 名詞，方位詞，…方向的風

-er 動詞，動作、過程

-er 動詞，一再、屢屢，連續動作及擬聲動作

-er 形容詞及副詞比較級，更…

-erie 名詞，具…特質之物、…專賣店、…專業技術廠

-ern 方位詞，…方向

-ern 形容詞，場所、地點、時期、時代

-ery 名詞，場所、地點、工作處、行為、狀況、性質、作品、行業、身分

-ery 名詞，人或物的總稱，業者、行業、活動、商品、用品

-esce 動詞，開始、正在進行

-ese 形容詞，某國的、某地的、某民族的、某語言的

-ese 名詞，某國人、某地人、某種語言、某種文體、

-esque 形容詞，如⋯的、⋯式的、⋯派的

-ess 名詞，女人、從事⋯行業的女子、做⋯的女性或雌性

-et 名詞，地方、物品

-et 名詞，人、者

-et 名詞，重奏、重唱的組合

-ete 名詞，人、者

-etic 形容詞，屬於⋯的、有⋯性質的

-ette 名詞，⋯的小者、⋯的女性，偽造物、代用品

-ety 名詞，性質、狀態、情況

-eur 名詞(法文)，⋯人、⋯者

-eur 動詞(法文)，⋯人、⋯者

-eut 名詞，治療者、護理者

F

-faction 名詞，情況、狀態、行為或行為的結果

-ferous 形容詞，帶有⋯的、產生⋯的

-fic 形容詞，致⋯的、令⋯的

-fication 名詞，化為⋯、使成為⋯

-fier 名詞，做⋯的人或器物

-florous 形容詞，具有⋯朵花的、於⋯時間開花的

-fold 副詞，⋯倍、⋯重疊

-form 名詞，形體、樣態、樣貌、外觀、模式

-form 動詞，使⋯具有某種形體、樣式

-form 形容詞，有⋯形狀的

-fugous 形容詞，離開⋯的

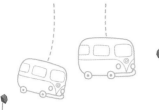

-ful 名詞，…數量

-ful 形容詞，富有…的、充滿…的

-fy 動詞，使成為、使化為、做、進行

G

-gen 名詞，種族、基因、生長、生成

-gen 名詞，原、源、因、產出源頭、來源物

-genous 形容詞，產生…物質的、由…產生的

-gerous 形容詞，生有…的、帶有…的、似…的

-germ 名詞，芽、菌、胚

-gest 動詞，帶有、懷有、孕育

-geusia 名詞，味感、味覺

-geustia 名詞，味感、味覺

-globin 名詞，珠蛋白、球蛋白

-glot 名詞，說…種語言者

-gn 形容詞，產生…的、帶有…的

-gnity 名詞，產生…性質、帶有…的性質

-gon 名詞，角形

-gony 名詞，發生、起源、生殖

-graph 名詞，寫、畫、描繪、記載

-graphic 形容詞，與寫、畫、描繪、記載有關的

-gyne 名詞，女人、女性生殖器官

H

-holic 名詞，熱中…者、痴迷…者、沉溺於…者

-hood 名詞，時期、情況、狀況、性質、人

-ia 名詞，動物分類、綱

-ia 名詞，國家、國土、領土、地區、地方

-ia 名詞，情況、狀態、病症

-iac 名詞，⋯情況者、⋯狀態的人、⋯病症患者

-ial 形容詞，屬於⋯的、具有⋯的

-ial 名詞，動作、過程、狀態、物品

-ian 形容詞，與⋯有關的、具⋯特性的、含⋯成分的

-ian 名詞，某種職業、地位的人

-ibility 名詞，⋯能力、⋯可行性

-ible 形容詞，可⋯的、能⋯的

-ible 名詞，能夠⋯的東西或人、有⋯能力的物品或人

-ibly 副詞，能夠⋯地、有⋯能力地

-ic 形容詞，具有⋯的、屬於⋯的，呈⋯性質的

-ic 名詞，⋯物、⋯人、⋯學、⋯術、⋯時代

-ical 形容詞，⋯的

-ice 名詞，事物、行為、意義、狀態、性質

-ician 名詞，精於某種學術的人、專家、高手

-icity 名詞，性質、情況、狀態

-icle 名詞，小東西、小物質、小生物

-icle 名詞，工具、器具

-ico 名詞，物、人

-ics 名詞，學術、學科

-ics 名詞，活動、作為、現象、狀況、性質

-id 形容詞，具有⋯性質的、如⋯的

-id 名詞，構成的本質、要素、粒子、體

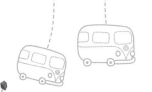

-id 名詞，某科植物、某科或某綱動物、流星、疹

-ide 名詞，化合物

-ie 名詞，小東西、暱稱、與…有關的人或物

-ier 名詞，人或物(陽性)

-iere 名詞，人或物(陰性)

-iery 名詞，人或物的總稱、…業者、…行業、…類商品

-ile 形容詞，屬於…的、有…性質的

-ile 名詞，屬於…的物、有…性質的東西

-ility 名詞，性質、狀態、情況、用具

-in 名詞，…素、…分泌物(醫學、生化用語)

-in 名詞，鹼、胺(化學物)

-ine 形容詞，屬於…的、具有…的、如…的

-ine 名詞，素、鹼、鹵、胺(藥物名稱及化學物品)

-ine 名詞，人、者、物、原則、準則、理念、抽象概念

-ing 名詞，行為、活動、狀態、情況、學術、行業、總稱、材料

-ing 形容詞，具…性質的

-ion 名詞，行為、過程、結果、情況、物品、機構

-ior 名詞，人、者、物

-ior 形容詞，屬於…的、有…性質的

-ious 形容詞，屬於…的、有…性質的、充滿…的

-ique 形容詞，具有…的、屬於…的，呈…性質的

-ique 名詞，…物、…人、…學、…術、…時代

-ise 名詞，狀態、情況、性質、功能

-ise 動詞(英式拼法)，從事…行為、進行…動作

-ish 形容詞，如…的、似…的、略…的、稍…的、某國的、某民族的

-ish 名詞，某國的語言

-ish 動詞，致使、造成

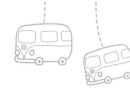

-ism 名詞，主義、思想、宗教、行為、現象、主張、特徵、特性、疾病、制度

-ist 名詞，某種行為者、某種主義者和某種信仰者、某種職業或研究的人

-ist 形容詞，某種主義的、某種信仰的、某種作為的

-ista 名詞，某種行為者、某種主義者和某種信仰者、某種職業或研究的人

-istic 形容詞，…的

-istical 形容詞，…的

-it 名詞，人、抽象名詞

-ite 名詞，人、居民

-ite 形容詞，具有…性質的

-ite 名詞，岩石、礦物、化石、隕石

-ite 名詞，有機物、亞…酸鹽、醇、多羧醇

-ition 名詞，行為、行動的過程或結果、情況、狀況

-itious 形容詞，具…性質的、有…屬性的

-itis 名詞，發炎症、炎

-itive 形容詞，…的

-itol 名詞，醇、多羧醇

-itor 名詞，行為者、行動者

-itory 名詞，處所、場所

-itude 名詞，情況、性質、狀態、事物

-ity 名詞，性質、情況、狀態、人、事、時、物

-ium 名詞，化學元素

-ium 名詞，小東西、小塊物

-ium 名詞，一段時間

-ium 名詞，場地、處所

-ive 形容詞，有…性質的、有…傾向的、屬於…的

-ive 名詞，有…性質的的物品、有…傾向的東西、屬於…的藥劑

-ivity 名詞，情況、狀況、性質

-ize 動詞(美式拼法)，從事…行為、進行…動作
-ization 名詞，行為的過程或結果

-kin 名詞，…的小者

-le 動詞，反覆、連續及擬聲詞
-le 名詞，進行某行為或動作的人或物
-land 名詞，…土地、…地域、…邦、…國家
-lent 形容詞，滿有…特性的、適宜…的
-less 形容詞，無…的、不…的
-let 名詞，…的小者
-like 形容詞，如…的、有…性質的
-ling 名詞，小而與某種事物有關的人或動物
-load 名詞，裝載量、載運數、承重量
-loaded 形容詞，裝載…的、載運…的、承擔…重量的
-log 名詞，言詞、言語、說話、思想、編寫、匯集
-loge 名詞，言語者、說話人、匯集者
-logical 形容詞，…學科的、…學術的
-logist 名詞，學問家、研究者、專家
-logy 名詞，言詞、陳述、學科、學問、研究、思想、思維
-ly 形容詞，如…的、有…特性的、屬於…的
-ly 形容詞，每…期間的
-ly 名詞，報刊、雜誌
-ly 副詞，如…地

-lyse 動詞，析、分解、溶解、裂解、鬆開、癱瘓、分開
-lyte 名詞，溶解之物、裂解之物
-lyze 動詞，析、分解、溶解、裂解、鬆開、癱瘓、分開
-lysis 名詞，析、分解、溶解、裂解、鬆開、癱瘓、分開

M

-machy 名詞，爭奪、戰爭、鬥爭
-made 形容詞，…做的、…做成的
-made 名詞，由…做的東西
-mania 名詞，狂躁症、躁症、瘋狂、痴迷
-mastia 名詞，…乳症
-ment 名詞，行為、行為過程、行為結果、事物、組織、機構
-ment 動詞，做…行為
-meter 名詞，儀器、測量表
-meter 名詞，公尺
-meter 名詞，音步(詩的格律)
-most 形容詞，最…的

N

-nerved 形容詞，…神經的
-ness 名詞，性質、情況、狀況、物品
-nik 名詞，參與…的人、有…特徵的人
-nomy 名詞，法則、定律、管理制度
-nox 名詞，夜晚

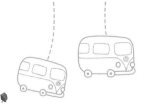

O

-o 名詞，音樂術語及樂器名稱、人、事物(大多數來自義大利語)

-oid 形容詞，看似…的、像…樣子的、有…狀的

-oid 名詞，似…的東西、像…樣子的人或物、…狀的物品

-ol 名詞，醇(化學)

-oleum 名詞，油、油品

-oma 名詞，瘤、腫瘤、腫塊

-on 名詞，人、物、時期

-oon 詞，人、物

-optic 形容詞，光學的、視力的

-or 名詞，人、者、物

-orexia 名詞，…食慾症

-oria 名詞，場所、地點(複數)

-orium 名詞，場所、地點

-ory 形容詞，有…性質的、屬於…的

-ory 名詞，物品、東西、場所、地點

-ose 形容詞，具…性質的

-ose 名詞，糖、碳水化合物、蛋白質分解產物

-oses 名詞(複數)，病變、行為過程、狀態變化

-osis 名詞(單數)，病變、行為過程、狀態變化

-osity 名詞，性質、狀況、情況

-ot 名詞，居民、小型物

-ous 形容詞，有…性質的、屬於…的、充滿…的

P

-parous 形容詞，以…方式生出來的

-para 名詞，產婦

-penia 名詞，貧乏、減少

-pexy 名詞，固定術、固定技術、固定手術

-phane 名詞，…形狀物、顯現為…狀態之物

-philia 名詞，愛戀症、愛慾症

-phobia 名詞，恐懼症、嫌惡

-phone 名詞，發出…聲音的裝置或儀器或樂器

-phyceae 名詞，…藻類

-phyceous 形容詞，…藻類的

-plasty 名詞字尾，塑造技術、成形手術

-ply 動詞，倍增、摺疊

-potent 形容詞，…能力的

-proof 形容詞，防…的、不透…的

-ption 名詞，行為、行為結果、行為過程

-ptosis 名詞，下垂、下垂症

Q

-quean 名詞，放蕩女子、下流女子

R

-ress 名詞，女性

-ric 名詞，管區、轄區

-rix 名詞，女性、婦女、從事某行為的女性

-rrhaphy 名詞，縫合術、縫合手術

-ry 名詞，行為、狀況、情況、學術、…行業

-ry 名詞，工具、場所、處所、地點

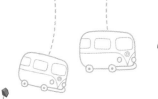

-s 名詞，人、者、物複數

-s 副詞，時間、地點、方式、狀態

-sarcoma 名詞，肉瘤

-schisis 名詞，裂、分裂

-scient 形容詞，…知的、知道…的

-scope 名詞，…鏡、…探視檢查工具

-scopy 名詞，…鏡檢、…鏡的操作術

-ses 名詞(複數)，行為過程、狀態變化

-ship 名詞，關係、身分、職位、性質、技藝、技術

-sion 名詞，行為、行為的過程或結果

-sis 名詞(單數)，行為過程、狀態變化

-soma 名詞，體、軀體

-somic 形容詞，體的、染色體的

-some 形容詞，充滿…的、易於…的

-stance 名詞，站立、站姿、態度、立場、位置

-ster 名詞，人、男人、從事…行業的男子

-stress 名詞，女人、從事…行業的女子

-stylar 形容詞，柱的、標竿的

-style 名詞，…式建築、具…風格

-style 形容詞，…建築的、具…風格的

-th 名詞，行為、性質、狀態、情況

-th 形容詞，加在基數之後成為序數，排第…的、屬於…的、有…性質的

-thyme 名詞，具有某種氣質、性情、徵兆者

-thymia 名詞，精神狀態、情感、氣質、性情、徵兆

-tic 形容詞，屬於⋯的、有⋯性質的

-tic 名詞，屬於⋯的人、者、物、有⋯性質的人、者、物

-tion 名詞，行為、行為結果、行為過程

-tomy 名詞，切開術、切開手術

-trix 名詞，女性、婦女、從事某行為的女性

-trophy 名詞，營養、增長

-tropin 名詞，激素

-tropism 名詞，向⋯性、親⋯性

-tude 名詞，程度、狀態、性質

-ture 名詞，行為、行為結果

-ty 名詞，性質、情況、狀態、人、者、物

U

-ual 形容詞，⋯的

-ual 名詞，人、者、物

-ula 名詞，人、者、物

-ula 形容詞，具⋯性質的、似⋯狀的、小的

-ulate 動詞，進行、從事

-ulate 形容詞，進行⋯的、從事⋯的

-ule 名詞，⋯的小者

-ulose 形容詞，具⋯特徵的、酮糖的(化學)

-ulous 形容詞，微量的、稀疏的、少量的

-ulous 形容詞，具⋯傾向的、易於⋯的、多⋯的

-um 名詞，東西、物體、器具、器官、時間、處所

-um 名詞，金屬元素

-uous 形容詞，具⋯傾向的、易於⋯的、多⋯的

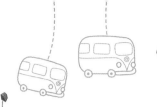

-ure 名詞，行為、行為狀態、情況、結果
-ure 形容詞，與⋯行為有關的、屬於⋯行為狀態的
-ure 動詞，進行、從事
-urgy 名詞，工藝、技術
-us 名詞，人、者、物體、行為、狀況、東西、時間、處所

V

-vora 名詞(複數)，噬⋯者、食⋯者、吃⋯者
-vore 名詞(單數)，噬⋯者、食⋯者、吃⋯者
-vorous 形容詞，食⋯的、吃⋯的、噬⋯的

W

-ward 形容詞，向著⋯的、朝⋯方向的
-wards 副詞，向、朝
-ways 副詞，方向、方式
-wear 名詞，特定(性別、年齡層、場合、材料)的衣物
-wise 副詞，方向、方式

Y

-y 形容詞，多⋯的、有⋯的、如⋯的、屬於⋯的
-y 名詞，情況、行為、性質、狀態、物品、制度、技術、手術
-yer 名詞，人

索　引

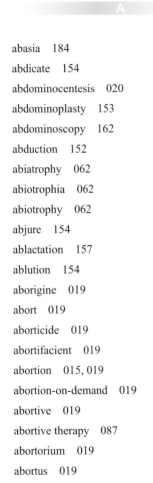

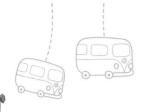

索
引

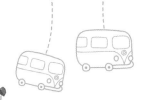

索
引

索
引

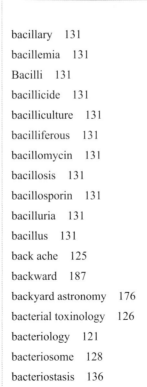

B

索
引

C

索
引

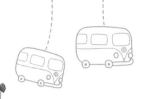

索引

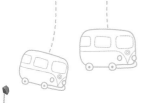

索
引

索
引

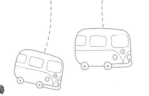

索
引

D

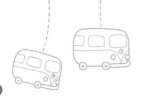

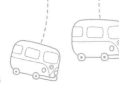

索
引

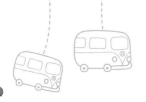

索引

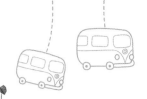

索
引

索
引

G

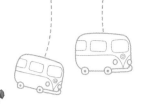

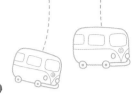

H

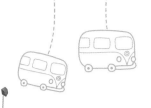

索
引

索
引

索
引

I

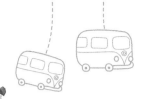

索
引

索引

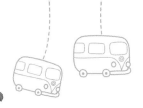

索
引

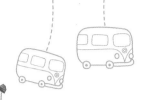

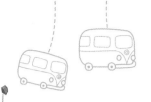

索
引

索引

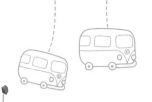

N

索引

索
引

索
引

索引

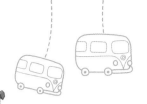

索引

P

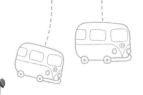

索
引

索
引

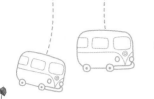

索
引

索
引

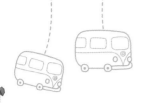

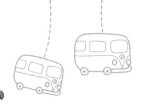

Q

R

索
引

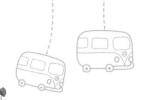

索
引

S

索引

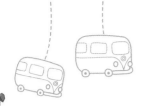

索
引

索引

T

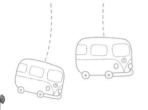

索
引

索
引

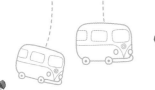

V

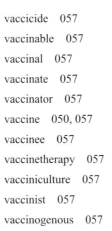

索引

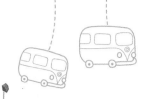

W

X

索
引

國家圖書館出版品預行編目資料

WOW!字彙源來如此——健康篇／丁連財著.--
初版--.--臺北市：書泉，2013.04
　　面；　公分
　ISBN 978-986-121-821-2（平裝）
　1.英語　2.詞彙
805.12　　　　　　　　　　102003673

3AA7

WOW！字彙源來如此
──健康篇

作　　者─ 丁連財
發 行 人─ 楊榮川
總 編 輯─ 王翠華
主　　編─ 溫小瑩　朱曉蘋
文字編輯─ 溫小瑩　吳雨潔
封面設計─ 吳佳臻
內頁插畫─ 吳佳臻
出 版 者─ 書泉出版社
地　　址：106台北市大安區和平東路二段339號4樓
電　　話：(02)2705-5066　　傳　　真：(02)2706-6100
網　　址：http://www.wunan.com.tw
電子郵件：shuchuan@shuchuan.com.tw
劃撥帳號：01303853
戶　　名：書泉出版社

經 銷 商：朝日文化
進退貨地址：新北市中和區橋安街15巷1號7樓
TEL：(02)2249-7714　　FAX：(02)2249-8715

法律顧問　元貞聯合法律事務所　張澤平律師

出版日期　2013年4月初版一刷
定　　價　新臺幣330元